# 清代傳奇小說研究

曲金燕 著

臺灣 學士書局 印行

# 自　序

　　在這個薄霧朦朧、略帶暖意的初冬清晨，我完成了博士畢業論文的寫作，沒有想像中徹頭徹尾的輕鬆與解脫，反而多了幾絲憂慮和不安。就像一個長途跋涉的旅人，一路上歷盡艱辛地找尋夢中的風景，到達終點後卻猛然發現，許多想像中的美麗已經經過，而美麗，永遠沒有終點。有太多的遺憾留在了最後一個句號裏，但也許，這並不是一件壞事，自知不完美，才有繼續前行的可能，自知有缺憾，才會更加堅定地去尋找。

　　論文中的部分篇章，先後都在國內的學術期刊中刊登過。其中，《「只羨鴛鴦不羨仙」——論冒襄、李漁的言情傳奇小說》刊登於《江蘇社會科學》；《我本淮王舊雞犬 不隨仙去落人間——明末清初傳奇小說中的遺民形象研究》刊登於《北京教育學院學報》，後來被《人大複印資料》全文轉載；《從道光、咸豐時期的傳奇小說看資本主義萌芽的阻滯》刊登於《蘇州大學學報》；《20世紀清代文言小說研究述評》刊登於《甘肅社會科學》；《論封建末世城市生活的浮華》刊登於《天中學刊》；《論清代文言小說的通俗化》刊登於《江蘇廣播電視大學學報》；《論乾嘉傳奇小說與通俗文學的交融》刊登於《文教資料（南京師範大學）》；《滿陸尊商賈 窮愁獨縉紳——論道光、咸豐時期傳奇小說主人公的轉換》刊登於《牡丹江教育學院學報》；《繁華掩蓋下的浮靡——讀

道光、咸豐時期的傳奇小說有感》刊登於《江西教育學院學報》。

終生感謝我的導師趙杏根先生和師母陸湘懷女士，是他們在我徘徊在人生的十字路口時將我帶進了我渴望已久的求學之路。先生博學強識，嚴謹求實，爲人平和寬厚，師母慈愛善良，二人待我如女。依稀記得初見先生時的情景：凌雲樓會議室裏複試時，幾位導師同時面試，儘管此前我只在電話中聽過先生的聲音、拜讀過先生的作品而從未見過他的容貌，但我還是一眼便認出了他，平和樸實，仁厚豁達，一如他的文章。先生是我所見過的少有的勤勉好學之人，經常與先生在圖書館中、資料室裏不期而遇，儘管少有語言的交流，但先生的踏實進取無形中給了我很大的上進的力量。我的基礎不是很好，做畢業論文之初更是茫然不知所措，那時先生遠在美國，得知我的困惑之後寫了一封長信來鼓勵我，在先生的支持與厚望下，我躑躅前行，三年來發表論文十餘篇，其中有三篇屬於中文類核心期刊，是先生的鼓勵讓我找到了勇氣與自信，而我這一點小小的成果也可讓先生稍感慰藉！先生與師母對我生活上的關心更是無微不至，當我遇到困難的時候，二人總是悉心地呵護開導，爲我操心甚多，師恩如山，無以爲報！

感謝我的愛人賈愚，能數年如一日地容忍我蹩腳的廚藝和情緒低落時的糟糕脾氣；感謝我的師兄弟姐妹們，以及 2005 級所有博士生同學，你們的友誼和笑容給我三年的學習生涯平添了許多溫暖；感謝默默支持我的親人和朋友，因爲有了你們我的人生才有意義！

清晨的薄霧已經漸漸散去，陽光初露，又是一個好天氣。

曲金燕於蘇州大學獨墅湖校區
2007 年 12 月 20 日

# 清代傳奇小說研究

# 目　次

# 前　言

　　清代傳奇小說之研究，首先涉及到的問題是「清代傳奇小說」概念的釐定。傳奇小說是文言小說的一個分支，是文言小說的重要組成部分。但較為棘手的是，文言小說的研究自肇始之日起就一直處於概念、範圍模糊不清、分類不明的尷尬局面，這就直接引發了學者對傳奇小說的範圍、特徵以及歸屬問題長久不衰的討論。

　　最早論述傳奇小說特徵的當屬魯迅，他在《中國小說史略》第八篇《唐之傳奇文》中說：傳奇「敍述婉轉、文辭華豔」，與志怪小說相比，前者的作者「有意為小說」，而後者只是「粗陳梗概」；與野史雜傳相比，不同之處在與後者意在「顯揚幽隱，非為傳奇」。後人對傳奇的看法幾乎都建立在此觀點的基礎之上，較早論述傳奇的專著《唐人傳奇》[1]這樣寫道：「我認為傳奇與志怪最根本的區別是在於作者的創作意圖上，志怪小說的創作意圖，歸根結蒂，無非是為了『發明神道之不誣』，是為了『所以徵明善惡，勸戒將來，實使聞者深心感寐，亦即是為了申鬼神之不虛，明果報之實有；而傳奇小說的創作意圖，卻主要是為了顯露作者的才華文采，一方面遣興娛樂、抒情敍志，另一方面也帶有擴大名聲、提高聲譽的目的。

---

[1]　李宗為著：《唐人傳奇》（北京：中華書局，1985），頁 12-13。

創作意圖的不同，使志怪小說在內容上局限於搜神志怪，文筆上只求簡練質實，儘量要表示出所述者都有來歷，並非出於作者的虛構想像；而傳奇小說在內容上則擴大到可以聳動聽聞而令讀者留下教強烈印象的一切奇人奇事，文筆力求優美動人，不避虛飾，尤注意於形容描寫以見作者敍事之有方、想像之瑰奇。」在與志怪小說的比較中，李宗爲總結出了「傳奇」這種文體的特點：「諧興娛樂、抒情敍志」、「文筆優美」、「敍事有方」、「想像瑰奇」。《中國小說辭典》[2]亦採納了李氏的觀點，它對「傳奇小說」一條作如下解釋：「多取材於現實生活，反映社會矛盾，注重於人物性格刻畫，情節奇特描寫生動，尤重虛構藝術，富有浪漫色彩」。其餘大多數辭典、工具書對「傳奇小說」的定義都沒有超出此書苑圍。

傳奇的以上特點是研究者在研究「唐傳奇」的基礎上總結出來的，因而難免帶有「以點蓋面」的不足之處，因爲傳奇這種文體自產生以來就處於一種動態的發展變化之中，連傳奇小說的創作者、編選者對它也是莫衷一是、各執一詞，最明顯的例證就是清人張潮所輯的《虞初新志》，「虞初」最早爲一種小說的作者，《漢書·藝文志》著錄小說十五家，其中有《虞初周說》九百四十三篇，並注說：「河南人，武帝時以方士侍郎（號）黃車使者。」後來「虞初」演變成了小說的代稱，《虞初新志》書名即取此意。此集一出，傳奇小說的範圍空前寬泛，凡文集、史傳、散文中屬「任誕矜奇，率皆實事」之文，都在搜羅之列，乃至後來的《虞初續志》、《廣虞初新志》等「虞初體」皆沿此例。

---

2　秦亢宗主編：《中國小說辭典》（北京：北京出版社，1990），頁 2。

　　鑒於本篇論文的研究範圍鎖定在「清代」的「傳奇小說」，所以依張潮之習，採納廣泛意義上的「傳奇小說」含義，即凡是散見在清代文集、散文、史料筆記、小說集、雜傳中屬於「文學性教強，故事情節委婉，人物形象鮮明，細節描寫較多，從而篇幅也較長。作者注重文采和意想，有自覺的藝術構思」[3]類型的作品，無論是單篇行世還是以結集的形式流傳，都在本文的討論範圍之列。不過，由於自身才疏學淺、精力有限的內因，再加資料流失、散佚難尋的外因，本文的研究物件多來源於清人的小說集和史料筆記，至於文集、詩集中的傳奇小說卻罕有涉及，關於這部分的內容，有待日後做進一步的考證和研究。

　　根據所用語言方式的不同，人們習慣於將中國古典小說分為白話小說和文言小說。文言小說，顧名思義，即是用古代書面語言寫成的小說。清代的文言小說，在數量上遠遠超過了前代，僅以江蘇廣陵古籍刻印社出版的《筆記小說大觀》為例，整套叢書共為 35冊，收錄了清末以前的全部筆記小說，清代部分就囊括了從第 15冊到第 35 冊的 21 冊之多，佔據了叢書的 60%。傳奇和志怪是文言小說的兩大分支，清代的志怪小說較前代來說缺乏特色，因此，本文將視點鎖定在傳奇小說上，擬從二十世紀以來學人對清代傳奇小說的研究入手，理清清代傳奇小說的研究概貌。

---

[3]　《中國古代小說百科全書（修訂本）》（北京：中國大百科全書出版社，1998），
　　頁 39，程毅中釋。

# 一、20 世紀 20 至 80 年代的清代傳奇小說研究

與其他的文體樣式迥異，小說自產生以來就一直被視爲「末流」、「小道」，一直難以升入正統文學的殿堂，因此，在詩歌散文等研究著作漫天飛舞的情況下，小說研究領域卻冷冷清清，少人過問。直至《中國小說史略》（以下簡稱《史略》）的問世，才打破了「中國之小說自來無史」的局面。清代傳奇小說是整個小說史中不可或缺的環節，對它的研究也始於魯迅。

在《史略》的第二十二篇《清之擬晉唐小說及其支流》中，魯迅集中筆力介紹了《聊齋志異》和與《聊齋》相「抗衡」的《閱微草堂筆記》，從編書體例到思想內容再到藝術成就，他以精闢的語言概括了獨到的見解，比如，在談到《聊齋志異》的編寫體例時，他認爲是書「描寫委曲，敍次井然，用傳奇法，而以志怪」[4]，「用傳奇法，而以志怪」成了以後論者論述《聊齋志異》的標誌性語言，至於《聊齋志異》的藝術形象「花妖狐魅，多具人情，和易可親，忘爲異類」更是各部文學史評論《聊齋志異》時效法的典範。

魯迅研究清代傳奇小說的另外一個特點是：將清代傳奇小說作爲一個整體，以點帶面進行全局性研究。與唐代文言小說的研究研究方法不同，魯迅沒有把清代傳奇小說按照朝代加以分期，而是把所有的傳奇小說當作一個整體，在峰巒疊嶂的整個清代傳奇小說中，兩座突顯的山峰是《聊齋志異》和《閱微草堂筆記》，其他傳奇小說則是「貌似」主峰的山脈和丘巒。其中，「純法《聊齋》」

---

[4]　魯迅著：《中國小說史略》（北京：人民文學出版社，1973），頁 179。

者有如下幾部：沈起鳳《諧鐸》、和邦額《夜譚隨錄》、長白浩歌子《螢窗異草》、管世灝《影談》；「比較接近於紀氏五書者」則有：許仲元《三異筆談》、俞鴻漸《印雪軒隨筆》、俞樾《右台仙館筆記》、《耳郵》等等。在浩如煙海的清代文言小說中，這種方法有助於我們把握概貌、理清脈絡，不至於頭緒紛亂、無從下手。

　　魯迅對清代傳奇小說的研究影響深遠，他奠定了清代傳奇小說的研究基礎，在此後通行的幾部文學史中，凡涉及到清代傳奇小說部分，都極力仿效《史略》，它們無論在作品評價上還是在體式研究方面都無法超越《史略》的藩籬，比如六十年代游國恩版《中國文學史》，在講到清代傳奇小說時，只將《聊齋志異》單辟專章介紹，其他小說則作為《聊齋》或《閱微》的影響和餘緒：「《聊齋志異》問世後，曾風行一時，類比的作品紛紛出現，乾隆年間有沈起鳳《諧鐸》、和邦額《夜譚隨錄》和長白浩歌子《螢窗異草》等。」「嘉慶以後到清末，陸續有文言筆記小說出現，……它們或模仿《聊齋志異》，或模仿《閱微草堂筆記》……」其他幾部文學史也是類似的表述。與文學史情況類似，這一時期的論文研究也都集中於《聊齋志異》，筆者據侯忠義的《中國文言小說參考資料》統計，1949－1983 年間，學人發表的明清文言小說論文共 182 篇，其中有關《聊齋志異》和蒲松齡的多達 169 篇，占這一時期論文總數的 93%，其他的傳奇小說卻罕有涉及。誠然，這與《聊齋志異》本身所取得的成就有直接關係，但是，毫無疑問，另一方面與魯迅的影響是分不開的，《史略》限於時間和篇幅，沒有對其他小說作具體而詳盡的描述，但這並不意味著其他小說就無價值可談。多數人都有這樣一種錯覺，好像除了《聊齋》和《閱微》以外，清代傳奇小說便無

可看者，其實那就大錯特錯了，清代傳奇小說中有一些作品實際上成就非常高，比如清初張潮摘選時文所匯而成的《虞初新志》、乾嘉商人沈復依據自身的經歷撰寫的自傳體文言小說《浮生六記》等等，儘管它們的價值當時還沒有被充分發掘，但是隨著文言小說領域研究的深入，這些作品早晚會放射出它們應有的光芒的。

　　以上情況表明：八十年代以前，除少數幾部作品外，清代傳奇小說還沒有引起人們足夠的重視，人們之所以不約而同的將目光投降《聊齋志異》，一方面固然是其自身的價值所決定，另一方面，也是由於《聊齋志異》自產生之日起，便成為世人矚目的焦點，關於它的評點、論跋處處皆是。常言道「大樹底下好乘涼」，每個人都有一種避難就易的心裏，「站在巨人的肩膀上」容易出成績，所以多數人喜歡在已熟知的領域翻新出奇，置荒蕪荊棘之地而不顧，造成了清代傳奇小說研究的一種一墾多荒的局面。

## 二、80 年代至今的清代傳奇小說研究

　　八十年代中期以後，隨著稀見清代傳奇小說資料的挖掘和整理，人們將視野漸漸放寬，除了繼續關注熱門話題《聊齋志異》以外，一些二流三流的傳奇小說也進入了研究者的視野，比如近幾年出現的歐陽健《〈聽雨軒筆記〉及其作者》[5]、蕭相愷《和邦額文言小說〈霽園雜記〉考論》[6]等等，儘管這些論著的數量不多，但

---

[5]　歐陽健著：〈《聽雨軒筆記》及其作者〉，《明清小說研究》第 1 期（1998 年），頁 54-67。

[6]　蕭相愷著：〈和邦額文言小說《霽園雜記》考論〉，《文學遺產》第 3 期（2004 年），頁 101-111。

是它們預示著清代傳奇小說研究新階段的到來，下面筆者就清代傳奇小說的文獻資料整理、作家作品研究等諸多方面取得的成就作一簡要梳理。

## （一）基礎性研究

　　對小說進行社會歷史的、審美的研究固然重要，但是清代文網嚴密，造成傳奇小說的大量流失和散佚，這種局面使得清代傳奇小說的基礎性研究工作顯得更爲重要。何謂「基礎研究」？李劍國在《文言小說的理論研究與基礎研究》[7]一文中指出：歷代文言小說問題很多，主要包括 1、作者問題 2、創作時代及年代問題 3、作品書（篇）名問題 4、作品存佚問題及版本問題 5、原書卷帙篇目問題及佚文問題 6、僞書僞作問題。基礎研究「指的正是對文言小說的這些問題進行比較確鑿的考證辨析，目的是搞清基本情況和基本事實——每一部作品的基本情況和每一代作品的基本底數。」

　　李劍國所指出的上述問題，在清代的文言小說中表現十分顯著，就拿作者問題來說，有的著作只見文本不知作者，有的著者只留字型大小不知其人，這就給進一步的研究工作帶來了很大的障礙，幸運的是，八十年代以來，很多學人孜孜不倦地從事基礎性研究工作，他們從史料典籍中爬梳整理出很多寶貴的資料，使得一些無從查考的問題變得稍有眉目，比如這一時期出現了很多考證性質的文章，較有代表性的如：黃建民《有關〈浮生六記〉的資料》[8]、

---

[7]　李劍國著：〈文言小說的理論研究與基礎研究〉，《文學遺產》第 2 期（1998年），頁 30-37。

[8]　黃建民著：〈有關《浮生六記》的資料〉，《明清小說研究》第 2 期（1996 年），頁 211-212。

蕭相愷《和邦額文言小說〈霽園雜記〉考論》[9]、陸林《清代文言小說家潘綸恩生卒定考》[10]、王枝忠《謝肇淛文言小說〈塵餘〉考論》[11]、吳波《〈花王閣剩稿〉對研究紀昀及〈閱微草堂筆記〉的文獻價值》[12]、李金堂《〈板橋雜記〉的刊本與流傳》[13]、李峰《也談〈螢窗異草〉之成書年代及作者》[14]等；辨偽性質的：張蕊青《〈浮生六記〉後兩記之真偽》[15]，這類考證辨偽性的文章論據確鑿、立論可靠，為清代文言小說的深入研究奠定了堅實的基礎。

　　與基礎研究緊密相關的另一項重要工作，是文言小說作品的整理和出版，其實這也是基礎研究的一部分。這類作品數量巨大，從八十年代開始，一些小說文本紛紛問世：《浮生六記》（人民文學出版社 1980）、《閱微草堂筆記》（上海古籍出版社 1980）、《淞隱漫錄》（人民文學出版社 1983）、《諧鐸》（人民文學出版社

---

[9] 蕭相愷著：〈和邦額文言小說《霽園雜記》考論〉，《文學遺產》第 3 期（2004年），頁 101-111。

[10] 陸林著：〈清代文言小說家潘綸恩生卒定考〉，《明清小說研究》第 4 期（2002年），頁 177-179。

[11] 王枝忠著：〈謝肇淛文言小說《塵餘》考論〉，《福州大學學報（哲社版）》第 4 期（2003 年），頁 38-41。

[12] 吳波著：〈《花王閣剩稿》對研究紀昀及《閱微草堂筆記》的文獻價值〉，《中國文學研究》第 2 期（2003 年），頁 59-66。

[13] 李金堂著：〈《板橋雜記》的刊本與流傳〉，《南京曉莊學院學報》第 3 期（1999年），頁 87-93。

[14] 李峰著：〈也談《螢窗異草》之成書年代及作者〉，《鹽城師範學院學報》第 3 期（2002 年），頁 40-42。

[15] 張蕊青著〈《浮生六記》後兩記之真偽〉，《明清小說研究》第 4 期（1994 年），頁 200-203。

1985）、《子不語》（嶽麓書社 1985）、《螢窗異草》（浙江古籍出版社 1986）、《夜譚隨錄》（嶽麓書社出版社 1986）、《虞初新志》（河北人民出版社 1985）、《耳食錄》（嶽麓書社 1986）、《淞濱瑣話》（齊魯書社 1986）、《板橋雜記》（江蘇文藝出版社 1987）。2004 年，以齊魯書社用力最勤，又校對、再版了清代文言小說的一套叢書，包括《螢窗異草》、《新齊諧》、《耳食錄》、《小豆棚》、《里乘》、《夜雨秋燈錄》《醉茶志怪》、《淞濱瑣話》、《右台仙館筆記》、《聊齋志異》。這類書籍的出版和再版，對清代傳奇小說讀物的普及起到了推動作用。

還有一些資料彙編、辭書工具書性質的書籍，也是清代傳奇小說基礎研究的重要組成部分。常見的主要有如下幾部：

1、《販書偶記》（1959 年中華書局版）。著錄者孫殿起（1894－1958），他是民國年間學齊書店的老闆，在苦心經營書店的數十年間，他獨具匠心地將所經手或目睹的書冊一一做下了翔實的記錄，卷十二是子部小說家類，孫氏將小說分爲四類，依次爲：雜事、異聞、瑣語、演義，前三類爲文言小說，後一種爲白話小說。其中，共錄文言小說 94 種（雜事 53 種、異聞 11 種、瑣語 30 種）。這些記載不光爲後人提供了寶貴的文獻資料，而且還使我們瞭解到了當時書籍的傳播流通情況。

2、《中國文言小說書目》（1981 年北京大學出版社袁行霈和侯忠義主編）。《中國文言小說書目》中共記載清代的文言小說 549 種，先列書名、卷數、存佚，再列時代、撰者、著錄情況、版本，並附以必要的考證說明。書目多采自《販書偶記》、《中國叢書綜錄》、《八千卷樓書目》和清朝各地方府志、藝文志。有鑒於

文言小說的界限難以確定，編纂者避而不談，繞道行之，他沒有像
《販書偶記》一樣將文言小說加以分類，而是按照時代的先後把所
有的文言小說依次排列。爲文言小說書目檢索大開方便之門。

　　3、《中國文言小說總目提要》（寧稼雨，1996 年齊魯書社）。
如果說前兩種書目還是粗具輪廓、大體勾勒式的整理，那麼《中國
文言小說總目提要》（以下簡稱《提要》）就是精雕細刻型的編纂
了。儘管《提要》存在一些疑缺或訛誤（見陸林《〈中國文言小說
總目提要〉初讀》一文）[16]，但畢竟瑕不掩瑜，它「界定清晰，體
例統一」、「有較高的學術性」（見卞孝萱、程國賦《評〈中國文
言小說總目提要〉》）[17]，是一部完整而翔實的書目提要。在第五
編「清代至民初」這一段中，共收錄文言小說 576 種，是迄今爲止
較爲全面的文言小數書目提要。

　　由上可知，這一階段清代文言小說的基礎研究成果還是相當喜
人的，「基礎研究是事實性的微觀基礎，是一切研究的根基。」[18]尤
其對於清代文言小說這塊大片荒蕪的領地來說，基礎研究有著極爲
特殊的意義。

## （二）清代傳奇小說的論著

　　隨著文言小說基礎性研究工作的展開和深入，清代傳奇小說的

---

[16] 陸林：〈《中國文言小說總目提要》初讀〉，《文學遺產》第 1 期（2001 年），
頁 13-25。

[17] 卞孝萱、程國賦：〈評《中國文言小說總目提要》〉，《中國典籍與文化》第
2 期（1998 年），頁 84-86。

[18] 李劍國：〈文言小說的理論研究與基礎研究〉，《文學遺產》第 2 期（1998 年），
頁 30-37。

論著也如雨後春筍般一湧而出,除了一些史著對清代傳奇小說作了全面而深入的介紹之外,一定數量的論文也昭示著這個階段所取得的成績。

如前所述,二十世紀八十年代之前,各部文學史對清代文言小說都只是作「梗概」式的介紹,除了《聊齋志異》和《閱微草堂筆記》之外,很多作品都是一筆帶過,更多的作品更是連名字都未曾謀面,九十年代以後,這一情況有了很大的改觀,越來越多的人認識到文言小說在中國小說史、中國文學史中的重要地位,他們紛紛把目光投向文言小說,此間出版了一大批專治文言小說的著作,較有代表性的如:《中國文言小說史稿》(侯忠義)、《中國文言小說史》(吳志達)、《中國筆記小說史》(陳文新)、《傳奇小說史》(薛洪)、《筆記小說史》(苗壯)、《文言小說審美發展史》(陳文新)等等,在每部專著的相關章節中,都有清代文言小說具體詳盡、細緻入微的介紹,比如有關清代文言小說的分類,有的分為志怪類、傳奇類、軼事類,有的分為藻繪派、尚質派;再如清代文言小說的分期,有的重視文學內部的發展規律,以小說《聊齋志異》為準,分為前後兩期,有的仍按照傳統的方法,以歷史朝代為分界限,分為清初、中葉、清末三階段。總之,從不同的角度、以不同的方法對同一物件進行研究,本身就說明了研究局面的繁榮態勢。以上專著的出現,標誌著清代文言小說的研究邁上了一個新的臺階。

這一時期,以武漢大學教授陳文新所取得的成就最大,從 1995年至今,他一共發表了有關文言小說的專著四部:《中國文言小說流派研究》(1993 年)、《中國傳奇小說史話》(1995 年)、《中

國筆記小說史》（1995 年）和《文言小說審美發展史》（2002 年）。
他對清代文言小說的看法散見於各部史著之中，比如，在談到清代
傳奇小說繁榮的原因時，他說：「明末清初傳奇體小說的繁榮，與
其歷史機遇是密不可分的。」[19]他所說的「歷史機遇」包括以下幾
點：明末士大夫對風流節操的崇尚，奠定了清初傳奇小說《虞初新
志》的風格基調；社會發生了強烈徹底的變化，知識分子階層的悲
劇亢奮狀態，奠定了傳奇小說的情感基調；再有，傳奇小說自身的
內在積累，是傳奇小說繁榮的又一不容忽視的客觀存在。在以往的
文學史中，談到《聊齋志異》所取得的偉大成就時，總不免和作者
蒲松齡的悲慘身世遭遇結合在一起，陳文新在分析了清初傳奇小說
繁榮的歷史原因之後，指出：「蒲松齡之成為這一時期傑出的傳奇
小說家，不是一個偶然現象。較早或同時的若干作家給他的啟示和
激發不能忽略。」他認為，《聊齋志異》的成功，是建立在明末清
初傳奇小說繁榮的基礎之上的，而這「較早」的作家，就是指《虞
初新志》的編輯者張潮。見解頗為新穎，立論亦很允當。

　　和專著的繁榮狀況相呼應，這一時期研究清代傳奇小說的論文
也取得了累累碩果，據統計，近十五年來研究清代傳奇小說的論文
共計 800 餘篇，是 1949 年－1983 年 30 多年論文總量的八倍，以
下是九十年代以後清代傳奇小說研究論文的量化統計：

---

[19] 陳文新：〈論清代傳奇體小說發展的歷史機遇〉，《社會科學研究》第 1 期（1994
　　年），頁 124-128。

| 作品名稱 | 論文數量 |
|---|---|
| 《聊齋志異》 | 705 篇 |
| 《閱微草堂筆記》 | 51 篇 |
| 《浮生六記》 | 50 篇 |
| 《子不語》 | 11 篇 |
| 《諧鐸》 | 6 篇 |
| 《板橋雜記》 | 4 篇 |
| 《螢窗異草》 | 3 篇 |
| 《夜譚隨錄》 | 3 篇 |
| 《虞初新志》 | 3 篇 |
| 《後聊齋志異》 | 3 篇 |
| 《塵餘》 | 2 篇 |
| 《燕山外史》 | 1 篇 |
| 《耳食錄》 | 1 篇 |
| 《夜雨秋燈錄》 | 1 篇 |
| 《女世說》 | 1 篇 |
| 《揚州畫舫錄》 | 1 篇 |
| 《霽園雜記》 | 1 篇 |
| 《蟫史》 | 1 篇 |

　　從以上表格可以看出，《聊齋》研究仍然保持著以往的熱度，在八百多篇文章中，有關《聊齋》的占總量的絕大多數，其他小說像《閱微草堂筆記》、《子不語》·《浮生六記》、《諧鐸》也逐

漸成爲人們關注的焦點，就是以往文學史中只見名字不見介紹的《耳食錄》、《女世說》、《夜雨秋燈錄》等小說的研究也漸漸成了氣候。這種情況表明，隨著思想的解放和閱讀視野的擴大，人們已經不再拘泥於固有的苑囿，很多人開始熱衷於開闢新的領地，這對於傳奇小說的研究來說，無疑是種良好的預兆。縱觀這一階段所有的論文，我們不難發覺，不光學人的研究視野有所擴大，而且研究方法和研究力度也都較前一階段有很大的深入和突破，不少學者嘗試從新的視角切入清代傳奇小說，下面，筆者從研究方法和研究角度出發，對以上論文的研究現狀作一簡要清理。

1、新角度、新切入點。以《聊齋志異》爲例，八十年代之前，受時代和政治因素的影響，人們傾向於用社會分析的方法，對《聊齋》進行思想內容和藝術成就的評價，近年來的論文基本避開了這一濫熟的領域，如孫玉明《〈聊齋志異〉夢釋》，探討《聊齋》對夢境的巧妙利用；段庸生在《〈聊齋志異〉未能入〈四庫全書〉的文學原因》一文中指出了紀昀爲什麼沒有將《聊齋》選入《四庫全是》的原因；還有討論《聊齋》中的生活哲理、用典的若干特徵、題材來源的民間性等，這些都體現了研究《聊齋》的新角度。再如《浮生六記》的研究，這一階段，學人甚爲關注的是《浮生六記》的性質評價和藝術美。張蕊青在《〈浮生六記〉：得風氣之先的自傳體小說》中指出：這是一部「用自傳形式寫現實人生」的小說，它「預示著近代思想解放和文學革新思潮的出現」；在她的另一篇文章《〈浮生六記〉的創造性》中，又從三個方面論證了《浮生六記》鮮明的創造性：樹立了一種文體楷模、細膩地描述婚後的愛情生活、爲小康之家幸福和美創立了標準，指標了途徑。《浮生六記》

文筆優美,具有一種天然無雕飾的藝術風格,劉麗珈從「色彩美」、
「情愛美」的角度描述了它的藝術風格,視角較爲新穎。再如陳文
新從西方的解構評論(deconstruction)著手,分析《閱微草堂筆記》
中的「解構閱讀」[20];詹頌從創作主體的主觀性出發,研究乾嘉時
期作者的社會活動和閱讀視野對小說創作的影響;張蕊青以性靈派
及袁枚在當時的影響爲參照,認爲《燕山外史》在形式上注重創新,
在思想上表現出的尊重性情等進步性,這些都與性靈文學思潮密切
相關。

　　2、文學比較方法。九十年代以後,隨著比較文學的發展,學
人逐漸側重於比較方法的運用,他們將清代傳奇小說與其他小說或
某種文化形態相比較,得出更爲直觀、更爲深刻的結論。文學比較
的方法滲透在各部文言小說的研究當中,比如《〈聊齋志異〉與〈閱
微草堂筆記〉的幾點比較》、《〈聊齋志異〉與唐傳奇中女性形象
的比較》、《讀〈諧鐸〉管窺〈聊齋志異〉的影響》、《魏晉志怪
與〈聊齋志異〉不同的鬼神觀念及其對創作的影響》、《論〈影梅
庵憶語〉和〈浮生六記〉》、《清代小說〈諧鐸〉與佛教》、《〈浮
生六記〉與〈紅樓夢〉思想性研究》等等。

　　總之,「橫看成嶺側成峰,遠近高低各不同」清代傳奇小說大
有潛力可挖,隨著時間的推移和研究的深入,清代傳奇小說早晚會
露出「廬山真面目」的。

---

20　陳文新〈《閱微草堂筆記》解構閱讀三則〉,《明清小說研究》第 3 期(2000
　　年),頁 124-128。

## 三、清代傳奇小説研究現狀的局限和不足

八十年代以後，清代傳奇小說的研究可以說取得了不小的成績，但與小說領域的其他階段相比，依然存在著許多缺點和不足。

先從縱向比較，漢魏六朝是文言小說的發軔期，這一階段的小說很早就引起了人們的關注，魯迅的《古小說鈎沉》、范寧的《博物志校證》、成柏泉的《古代文言短篇小說選注》都是很早的漢魏六朝小說的基礎性研究資料，在理論研究領域，光以《漢魏六朝小說史》命名的專著就兩部；唐代是文言小說的集大成時期，研究唐代文言小說的論著更是不勝枚舉：《唐前志怪小說史》（李劍國）、《唐五代志怪傳奇敘錄》（李劍國）、《唐人筆記小說考索》（周勳初）、《隋唐五代小說史》（侯忠義）、《全唐小說》（王汝濤）、《唐代小說選》（徐士年）等等，而在清代文言小說的研究中，還沒有一部類似《清代文言小說史》或《清代傳奇小說史》的專著出現，除了《聊齋志異》以外，大多數都不爲世人所知，這對卷帙浩瀚的清代文言小說來說是極不公平的，清代文言小說總數不下五百部，是唐宋兩朝小說數量的總和，與唐宋文言小說研究狀況相比，清代文言小說研究工作做的遠遠不夠。

再從橫向比較，清代小說領域中，多數學者都從事白話小說的研究，研究角度從宏觀到微觀，從整體到局部層出不窮，應有盡有，關於白話小說《儒林外史》、《紅樓夢》的專著更是鋪天蓋地、俯拾即是，而清代文言小說的研究則冷冷清清，門可羅雀，一些相關的論述只是散見於各種通史、斷代史、體別史之中，尚未形成獨立的體系。與清代的詩詞研究相較，清代文言小說更是無法匹及。另

外需要說明的是，清代文言小說的採集範圍不夠寬廣，大多數人都只從類書、小說集、筆記叢書中選摘，而對於散見於文集、別集以及野史中的作品注意不夠，這方面也有不少工作需要去做。

　　所以清代文言小說的研究儘管也取得了一些成績，但相對於前代和同代相關領域來說，差距還是相當顯著的。縮短差距，對清代文言小說進行全面而系統的研究，這是我們今後應該努力的方向。

# 上編　鼎革易代之際的悲歌

　　文學分期不同於史學分期，之所以將明、清兩代的銜接處——明末清初作爲獨立的整體加以討論，原因在於此際的文學創作與清代以後的文學創作帶有不可分割的連續性，研究清代的小說尤其是傳奇小說，捨棄或者逃避這一段的勾勒都是不對的。如果沒有明末清初的文學創作，那麼長達 260 年的清代文學便成了無源之水、無首之龍。

　　具體而言，明末清初指的是明萬曆末年到雍正十三年這一歷史時期。一方面，許多傳奇小說的作者生於明代末年，而進行小說創作是在清初，比如大部分的遺民作家都屬於這一種；另一方面，清初與明末本來就是不能截然分開的，二者在時代風尚上具有不可抹殺的一致性，《四庫全書總目提要》別集存目七趙宧光《牒草》條：「有明中葉以後，山人墨客，標榜成風。稍能書畫詩文者，下則廁食客之班，上則飾隱君之號，借士大夫以爲利，士大夫亦藉以爲名。」這類山人墨客在清初的上流社會中依然備受褒獎，比如李漁，光緒間《蘭溪縣誌》卷五《文學門・李漁傳》介紹：「傾動一時，所交多名流才望，即婦孺皆知有李笠翁。」當然，清史學家們的「清初」只包括順康兩朝，在本文的研究中，我把雍正時期也加進來，因爲雍正期間沒有出現什麼特別的傳奇小說創作能把它與順康時期區

分開來,所以,我認為,只有加入這一段才能保持文學分期的完整性。

　　十七世紀,中國文學已從宋代的謹小慎微發展成為明代的開朗任誕。明人要比宋人開放自由得多,尤其是明末,文人士大夫們為情申辯,為情謳歌。言情,無疑是明代士人的一大追求,從思想領域到文學領域,無不顯示出明人對真情、對個性的崇尚與張揚。泰州學派的創始人王艮提出「百姓日用即道」的命題,成為主情論者抗「理」的鮮明旗幟;李贄對「百姓日用」作了較為詳盡的闡釋:「如好貨,如好色,如勤學,如進取,如多積金寶,如多買田宅為子孫謀」等等;萬曆名士吳從先說:「情也者,文之司命也」(《小窗豔記序》);徐渭認為:「人生墮地,便為情使」,「摹情彌真,則動人彌易,傳世亦彌遠」(《選古今南北劇序》);湯顯祖《牡丹亭記題詞》中「情不知所起,一往而情深,生者可以死,死可以生;生而不可與死,死而不可復生者,皆非情之至也」更是成了言情者的千古絕唱……然而,如果沒有滿洲貴族的入主中原,如果沒有天崩地解的改朝換代,中國人的思想或許會一直沿著明末的個性解放思潮發展下去,文學史上或許會出現更多像李贄、徐渭這樣的「狂人」,那麼,歷史將要改寫。可是歷史總是超意志之外地發展著,明人在紙醉金迷的奢華中最終走向了自我毀滅,一度如火如荼的「自由」、「解放」的狂想被滿洲人的金戈鐵馬踐踏得支離破碎,在經歷了由元到明的短暫勝利後,漢民族再一次面臨著民族失敗的恥辱,就這樣,民族情節代替了人文思潮,故國之思取締了聲色犬馬。

　　文學是時代的反映,不管周邊環境如何惡劣,那些有良知的文

人總會千方百計地抒胸臆於筆端，寄情思於紙墨，明末清初的傳奇小說亦是時代中的產物，因而與生俱來地帶有屬於那個時代的烙印。明清易代，在漢族知識分子看來，並不是一般的改朝換代，而是異族入主神州，這片他們曾經熱戀的熱土，再也不是精神寄託的家園。「海水有門分上下，江山無地限華夷。」（陳恭尹《厓門謁忠祠》）「望斷關河非漢幟，吹殘日月是胡笳。」（錢謙益《後秋興十三（其二）》）「浩蕩君恩何處報？艱難世事幾時降？」（黃公輔《甲申元日早起示兒孫》）濃重悲涼的感傷情緒力透紙背，復明無望的悲愴交織著亡國喪家的屈辱，激烈動盪的國變大潮將他們推向了人生的十字路口，民族存亡與個人發展的矛盾同在，舊朝追思與新政不滿的情結並存，何去何從，數以萬計的漢族知識分子用生命探索著，走近明清之際的傳奇小說，就走近了那個悲愁苦悶的特殊時代。

　　據統計，明末清初的文言小說集共 32 種 93 卷，另有虞初、選抄類 6 種 73 卷[1]，其中屬於傳奇小說（集）的有如下幾部：《女才子書》十二卷（刊於順治十六年）；《過墟志》[2]上下兩卷（康熙十五年）；《十美詞紀》一卷（康熙二十年）；《虞初新志》，（最初編於康熙二十二年，後又屢次增訂）；《觚剩》十二卷（正編八

---

[1]　占驍勇著：《清代志怪傳奇小說集研究》（武漢：華中科技大學出版社，2003），頁 27。

[2]　《過墟志》上下二卷，題署西逸叟撰。作者姓名不詳。有康熙丙辰（1676）序，收入《紀載彙編》。有《申報館叢書》等本。孟森曾加以考證，謂多與史實不合。毛祥麟《墨餘錄》卷五收錄此篇，有所刪改，題作《嬌妹殊遇》。《香豔叢書》本改題《過墟志感》。

卷刊於康熙三十九年，續編四卷刊於康熙四十一年）；《思庵閒筆》（又名《豔囮》）一卷（康熙四十九年）；《滇黔土司婚禮記》（不知刊年）。這段時期的傳奇小說，除了一部分繼承沿襲有明以來「主情」、「言情」的路線之外，大部分都是以讚揚氣節、感傷懷舊爲基調的描寫「遺民」的文學。作爲時代的主旋律，我們有必要首先討論一下這部分作品。

# 第一章　「我本淮王舊雞犬，
# 不隨仙去落人間」
## ——明末清初傳奇小說中的遺民眾生相

　　歷史上沒有哪個朝代的遺民比明遺民多，「可以說，遺民是因有宋遺、明遺，才成其爲『史』、足以構成某種史的規模的。而以『規模』論，明清之際又遠過於宋元之際，這也是明遺民及治明遺民史者爲之驕傲者。」[1]明末清初的遺民在整個遺民史上佔有舉足輕重的地位，那麼，何爲遺民？歸莊在爲朱子素《歷代遺民錄》作序時這樣寫到：「孔子表逸民，首伯夷、叔齊，《遺民錄》亦始於兩人，而其用意則異。凡懷道抱德不用於世者，皆謂之逸民；而遺民則惟在廢興之際，以爲此前朝之所遺也。」「故遺民之稱，視其一時之去就，而不繫乎終身之顯晦，……」（《歸莊集》卷三第170頁）如果說歸莊從史學的角度給「遺民」下的這個定義較爲抽象的話，那麼明末清初傳奇小說中的「遺民」形象則更爲生動鮮活一些。

---

[1]　趙園著：《明清之際士大夫研究》（北京：北京大學出版社，1999），頁273。

張潮所輯《虞初新志》集中體現了遺民眾生相，鈕琇的《觚賸》亦有大量有關遺民的生動描寫。

# 第一節　奇人奇技抒奇懷

明末清初，文言小說中的一支沿著史傳文學方向發展，多為奇人立傳，成功地將史傳文學與傳奇小說結合起來，出現了傳奇的變體──小說化的傳記，或者稱之為傳記性文言小說。更值鼎革易代的動盪背景，無論寫佳人、豪俠、隱逸，都頗具「傳奇風韻」，此期的人物形象，在我國小說史的人物畫廊中飄逸不群，獨樹一幟。

嗜酒如命，長歌當哭的狷介之士：中國文人與酒從來都有著一種不解之緣，林語堂的《中國人》中寫到：「（中國人尤其是文人）從此開始了對消極避世的崇拜，和對酒、女人、詩、道家神秘主義的狂熱追求。」酒是士人孤寂心靈的一種寄託，也是麻醉精神的一劑有效妙藥。魏晉時期處於覆亡前夕的士人們就將自己的苦悶彷徨寄託於酒中：

> 王光祿云：「酒正使人人自遠。」
> 王衛軍云：「酒正自引人著勝地。」
> 王佛大歎言：「三日不飲酒，覺形神不復相親。」
> 周伯仁風德雅重，深達危亂。過江積年，恒大飲酒，嘗經三日不醒。時人謂之「三日僕射。」
> 畢茂世云：「一手持螃蟹，一手持酒杯，拍浮酒池中，便足了一生。」

劉伶病酒，渴甚，從婦求酒。婦捐酒毀器，涕泣諫曰：「君飲太過，非攝生之道，必宜斷之！」伶曰：「甚善。我不能自禁，唯當祝鬼神自誓斷之耳。便可具酒肉。」婦曰：「敬聞命。」供酒肉於神前，請伶祝誓。伶跪而祝曰：「天生劉伶，以酒為名，一飲一斛，五斗解酲。婦人之言，慎不可聽！」便引酒進肉，隗然已醉矣。[2]

酒的作用如此之大，使這個面臨著死亡的階層在找不到出路的時候能夠尋求到暫時的安慰。嗜酒如命、歌哭無常是中國士人處於苦悶之中的普遍行為，即使到了一千年以後的明末清初，這個傳統依然絲毫未變。與三國、魏晉時期相似，明清之際的士人再一次面臨了社會激變、時局黑暗的動盪時代，他們放誕自任，出入無時，好酒色，善歌哭：

此公益不復事事，產益落，……佗傺無聊，多飲酒，與婦人近。……好為詩，酒後鳴鳴吟不已。[3]

幼好音律，聞歌聲輒哭。已學歌，歌罷又哭。其母問曰：「兒何悲？」應曾曰：「兒無所悲也，心自淒動耳。」[4]

---

[2] 以上皆出自劉義慶著、徐震堮點校：《世說新語校箋・任誕篇》（北京：中華書局，1984）。
[3] 張潮輯：《虞初新志》（石家莊：河北人民出版社，1985），頁12。
[4] 《虞初新志》，頁16。

嗜酒，日唯謀醉……披髮佯狂，垢形穢語，日歌哭行市中，夜逐犬豕與處。[5]

性嗜酒，善畫龍，敝衣蓬跣，擔筇竹杖，掛一瓢，游鄂渚間，行歌漫罵，學百鳥語，弄群兒聚詬以為樂。[6]

為人磊落不羈，傷心善哭，類古之唐衢、謝翱，而才情過之。[7]

顛喜酒，酒鼻飲。群兒願觀顛鼻飲，多就家索酒酒顛也。夜倒懸橋樑或城女牆臥，鼾鼾焉。[8]

身長七尺，長髯而修下，雙瞳子炯炯如流電光。人問其字，不答。性嗜酒，有餉，則大笑盡飲，去亦不謝。[9]

嗜飲，市人爭醉以酒。婦人持酒與，則傾潑不飲。[10]

劉酒，汴人，無名字，自呼曰「酒」，人稱曰劉酒云。畫人

---

5  《虞初新志》，頁 30。
6  《虞初新志》，頁 56。
7  《虞初新志》，頁 74。
8  《虞初新志》，頁 89。
9  《虞初新志》，頁 139。
10 《虞初新志》，頁 184。

物，有清勁之致，酒後運筆，尤覺神來。……凡作畫，皆書一「酒」字款。[11]

經歷了鼎革易代的前明遺老們，以一種異於常人的畸行行世，然而，佯狂的外表掩飾不住他們所經受的肉體與心靈的雙重折磨，鈕琇的《觚賸》中，也不乏諸如此類的如瘋如狂者：《憤僧投池》[12]中的孫啇聲，自先師遭變後，便覺知己難尋，人孤性冷，落落寡歡，嘗謂：「斯文既喪，世無可交者。乃與此齷齪輩同其食息，不如無生。」後被蘇州承天寺僧看中，用厚資聘其講學，因為看不慣寺僧的嗜酒好色，啇聲「大怒，亟欲辭，又不能即出。適見書齋前池水甚清，奮投而死。」常言到士為知己者死，孫啇聲苦於沒有知己而亡，亦可謂世間一癡情者。《史癡》中的史癡，也是一大怪人，娶婦甚美，卻遣之別嫁，「佯狂行乞於市，……蓬首，髮亂如絲。沍寒時身衣草衫，以破絮纏兩足，日至河中濯之，曳冰而走，錚琮有聲，以為樂。乞錢沽酒，飲輒醉。」《醉隱記》中的醉隱公，一生無所嗜好，而單單寄情於酒，常常酩酊大醉，世間一切皆置之度外，「凡家之有無，親戚之往來慶弔，世之理亂否泰，身之窮通榮辱，一切弗問也。」

綜上所述，明清士人近乎砥礪自虐式的行為讓人砰然心動，我們感受到的不只是他們的怪異，還有他們歷經磨難後的堅忍。透過「嗜酒」、「常醉」的面紗，我們深刻地感受到了他們的清醒，這

---

11　《虞初新志》，頁 302。
12　鈕琇著：《觚賸》（上海：上海古籍出版社，1986），頁 24-25。

些嗜酒如命的士人們，本來就是正統的知識分子，與生俱來地賦有歷史使命感，以修身、齊家、治國、平天下爲己任，而大廈將傾的局面又使他們措手不及，將原本準備大展鴻圖的意志擊得支離破碎，一些有良知的文人士子爲了逃避做「貳臣」的屈辱與尷尬，只能寄情於酒，借酒精來麻醉悲苦落寞的心靈，他們的這種「苦節」，甚至與節烈婦女如出一轍，女子以不事二夫爲貞節，士子應以「臨難一死報君王」爲最高境界。所以，文人筆下的傳奇小說中，忠孝節義的道德準則再一次被發揚光大，我們不止一次地看到的爲「義犬」、「義猴」作的傳記[13]，便是這種精神追求的產物。事實上，他們所固守的「忠」、「義」，我們不能簡單地視之爲狹隘的民族主義，歸根結底，他們堅守的是一種文化、一種文明。顧炎武在《日知錄》「正始」條中說：「有亡國，有亡天下。亡國與亡天下奚辨？曰：易姓改號，謂之亡國。仁義充塞，而至於率獸食人，人將相食，謂之亡天下」。這種文化他們苦心經營了千年之久，也忠誠地信仰了千年之久，如今，深入骨髓的精神支柱被滿人的皮鞭打垮，他們又怎能不借酒澆愁，痛哭流涕呢？

技高藝絕、遁翳市井的隱逸之士：哀莫大於心死，歷經風雲變幻、天崩地坼的改朝換代後，像波濤洶湧後的大海一樣，士人們歸於了暫時的平靜。然而，動蕩不安、朝不保夕的政治環境依然使他們心有餘悸，儘管滿清統治者也實施了一些措施來籠絡漢族知識分子，但是，那些堅持守節的士人始終拒而不受，對於他們來說，施

---

13　如宋曹《義猴傳》、徐芳《義犬記》、陳鼎《孝犬傳》、陳鼎《義牛傳》、王晫《孝丐傳》。見《虞初新志》，頁23、頁131、頁231、頁211、頁275。

展抱負、兼濟天下的大門已經轟然關閉了，他們只能另闢蹊徑，退而求其次，將目光投入世俗生活，以一種特殊的方式來獨善其身，那便是隱於市井。沒有政事的煩心，排除了世俗的干擾，隱逸之士們將全部精力轉移到修煉技藝上，通過他們爐火純青的精湛技藝，我們不能不驚歎於士人們這種獨特的抉擇。

其中，有善彈琵琶的湯應曾：「聞于王，王召見，賜以碧鏤牙嵌琵琶，令著宮錦衣，殿上彈《胡笳十八拍》，哀楚動人。王深賞，歲給米萬斛，以養其母。」（《湯琵琶傳》）有精於遊藝雜技的武恬：「滇多產細竹，堅實可為箸。武生以火繪其上，作禽魚花鳥、山水人物、城門樓閣，精奪鬼工。」（《武風子傳》）有善畫龍的一瓢道人：「一瓢子骨相既奇，如蛟人龍子，更卸衣衫，裸而起舞，顧謂座客：『為我高歌《入塞》《出塞》之曲。』又令小兒跳呼，四面交攻。已，信手塗潑，煙霧迷空，座中凜凜生寒氣，飛潛見狀，隨勢而成。」[14]有善畫荷花的八大山人：「嘗寫菡萏一枝，半開池中，敗葉離披，橫斜水面，生意勃然；張堂中，如清風徐來，香氣滿室。」[15]有善制蕭管的車龍文：「其蕭表裏濯治，得議制之妙；無瑕聲，無累氣；飾以行草秀句，山水漁釣，宮觀煙樹，人物花鳥蟲豸雜工，寫描入神。」[16]有善吹蕭的汪京：「豁然長嘯，山鳴谷應，林木震動，禽鳥驚飛，虎豹駭走。」[17]有善作小物的黃履莊「猶記其解雙輪小車一輛，長三尺許，約可坐一人，不煩推挽能自行。

---

[14] 《虞初新志》，頁 56。
[15] 《虞初新志》，頁 197。
[16] 《虞初新志》，頁 109。
[17] 《虞初新志》，頁 202。

行住，以手挽軸旁曲拐，則復行如初。……作木狗，置門側，卷臥如常，……作木鳥，置竹籠中，能自跳舞飛鳴……作水器，以水置器中，水從下上射如線，高五六尺，移時不斷。」[18]有善刻棘鏤塵的金老：「用桃核一枚，雕爲東坡遊肪。……細測其體，大不過兩指甲耳。」[19]他們的奇思妙想讓人歎爲觀止，原本恃才傲物的士人們選擇了從前不屑一顧的雕蟲小技，在精雕細琢的自娛自樂中尋找樂趣。在他們心中，當此亂世，只有遠避禍害、清淨無爲才能消解胸中塊壘，於是，老莊、陶淵明的處世哲學備受推崇，像奇人們如此精湛的技藝，如果沒有一種清心淡如、高蹈世外的境界是無論如何也做不來的，正如張山來所說：「氣靜而神完，非深於《莊子》者不能道。」翻天覆地的變化讓他們深感自己的無能爲力，對於心比金堅但又手無縛雞之力的知識分子來說，除了置身方外、求仙訪道之外還能做什麼呢？黃宗羲即自比陶潛，他在爲張煌言所做的墓誌銘中說：「余屈身養母，戔戔自附於晉之處士，未知後之人其許我否也？」[20]在《憲副鄭平子先生七十壽序》中，又把鄭氏比於陶潛：「淵明元嘉，晉亡已九年，朱子猶書晉處士，是典午一星之火，寄之淵明之一身也。」[21]難怪，當時竟有「陶淵明一夕滿人間」之說。一些奇人還用道教、佛教或隱士稱呼給自己取別號，委婉曲折地表達隱逸的心跡，比如，像「一瓢道人」、「花隱道人」、「愛

---

[18] 《虞初新志》，頁 113。

[19] 《虞初新志》，頁 326。

[20] 黃宗羲著、沈善洪主編：《黃宗羲全集》（杭州：浙江古籍出版社，2005），第十冊，頁 286。

[21] 《黃宗羲全集》，頁 671。

鐵道人」、「狗皮道士」、「逍遙居士」、「八大山人」、「桑山
人」等等,這些富有深意的名字隨處可見,它們是士人個性的自我
闡釋。

《觚剩》中有一篇名為《碧血》[22]的故事,講黃陶庵先生晚年
始達,但國事日非,身遭國亂,便隱退避匿,「不肯出就官」,後
乙酉城破,陶庵先生「投筆慷慨,扼吭而死。」可見他是一位堅持
操守、可歌可泣的剛烈志士。不但如此,他的門人準備出應博學鴻
儒召試,「試時,忽有風掣其卷,恍惚間先生入夢,大書『碧血』
二字示之。」作者用神異的手法描寫了遺民堅守氣節、感天地動鬼
神的高尚情操。像黃陶庵這樣的形象在明清之際的傳奇小說中屢見
不鮮:比如,陳鼎的《彭望祖傳》,講彭望祖得丹書三卷,讀熟之
後則成飛仙。明亡後棄舉子業,往遊江南,山川險阻,相去千里,
望祖乘龍而去,半夜而返,地道的成仙得道之人。再如《薜衣道人
傳》,祝巢夫自明亡後棄藝從醫,得仙傳瘍醫,手到病除,有妙手
回春之力。「後入終南山修道,不知所終。」我們知道,文學是現
實生活的反映,小說家們用神奇怪異的手法創作出的以上人物,實
際上都有真實的生活原型,他們是現實生活中遺民的真實寫照,史
載,毛奇齡「明亡,哭于學宮三日。山賊其,竄身城南山,築土室,
讀書其中。」[23];朱耷「崇禎甲申後,號八大山人,嘗為僧。其書
畫題款『八大』二字每聯綴,『山人』二字亦然,類『哭』類『笑』

---

22 《觚剩》,頁 76。

23 趙爾巽撰:《清史稿·儒林二·毛奇齡傳》(北京:中華書局,1977),卷四
八一。

意蓋有在。」[24]；陳洪綬「鼎革後，混跡浮屠間，初號老蓮，至是
自號悔遲。」[25]；黃宗羲「明亡隱居著述，屢拒清廷徵召。」[26]；
王夫之「明亡，益自韜晦。歸衡陽之船山，築土室曰觀生居，晨夕
杜門，學者稱船山先生。」其兄介之，「國變，隱不出。先夫之卒。」
[27]悲劇時代的悲劇人生，事實上，他們並不是像看起來那樣曠達，
歸莊《送筇在禪師之余姚序》曰：「二十餘年來，天下奇偉磊落之
才，節義感慨之士，往往托於空門；亦有居家而緇者，豈真樂從異
教哉，不得已也！」[28]自古文人都是以「達則兼濟天下，窮則獨善
其身」為出處準則，試想，如果沒有復國無望後的茫然失措，沒有
歷經滄桑後的心灰意冷，哪一個士人甘心隱匿山林而終身默默無聞
呢？一句話，他們的隱逸逃避是一種不得以而為之的無聲抵抗。

　　武藝高超、亦俠亦隱的豪俠之士：如果說隱逸逃避還只是士人
的無聲抵抗，那麼呼喚豪俠、渴望正義則是他們內心深處的真實企
盼。滿洲人用皮鞭和鐵蹄敲開了中原的大門，華夏一時有滅頂之
虞。先有「揚州十日」，後有「嘉定三屠」，士人再一次經歷了血
雨腥風的洗禮，小說《過墟志》中有一段真實的描寫：「李總戎成
棟者，于宏光時降新朝，所過城邑，輒為殘破，掠婦女十餘艘過嘉

---

[24] 趙爾巽撰：《清史稿・藝術三・朱耷傳》（北京：中華書局，1977），卷五零
　　四。

[25] 同上。

[26] 汪茂和編著：《中華人物傳庫・清卷》（北京：華夏出版社，1996）頁889。

[27] 趙爾巽撰：《清史稿・儒林一・王夫之傳》（北京：中華書局，1977），卷四
　　八零。

[28] 歸莊著：《歸莊集》（上海：上海古籍出版社，1984），頁240。

定。鄉民焚其艘，婦女死者半。及羅店鎮，誓必掠取吳中美姝以償。繼破松江，擇大宅，多蓄姬妾于其中而居之。」[29]周亮工的《書戚三郎事》這樣寫到：「江陰城陷，微戮抗命著。……城陷，被兵執，舉戚足帶糾其臂，數被創，擁至通衢。見妻爲他兵拽去，戚呼號救之，復被創。前後凡十三創，首亦被刃。」戚三郎身上已有十三處重創，還要被砍頭，這個場面讀來真是鮮血淋淋，讓人心驚肉跳，可見，滿清統治者是何等的殘暴！世道衰微，前途黯淡，士人們救世無路，報國無門，在這樣的情況下，凝聚著無數人理想的豪士俠客又開始登上文學的舞臺，演出了一幕幕「雖不軌于正義」，卻大快於人心的人生活劇。正如馬克思所說：「弱者總是靠相信奇跡求得解放，以爲只要在自己的想像中驅逐敵人就算打敗敵人。」[30]

俠客，自司馬遷創作《遊俠列傳》以來，便在人們的心目中定格爲鋤強扶弱、見義勇爲的神武形象，李白《俠客行》詩中這樣描述：「十步殺一人，千里不留行。事了拂衣去，深藏身與名。」王維的「相逢意氣爲君飲，繫馬高樓垂柳邊。」「偏坐金鞍調白羽，紛紛射殺五單于。」讓人讀之，頓生「雖不能至，心嚮往之」的浩歎。明末清初傳奇小說中的俠客形象與此前稍有不同，他們不但劍術傲世、武藝高強，而且遠離塵世的喧囂與繁雜，隱身世外、飄然遠遁，表現出一種亦隱亦俠的特點。實際上，這與此際士人將憂鬱苦悶寄託於酒、將萬丈豪情藏匿於胸的隱逸思想是息息相通的。從對俠客的描述中，我們可以看出作者對「清淨無爲」思想的贊同。

---

[29] 程毅中編著：《古體小說鈔・清代卷》（北京：中華書局，2001），頁8。

[30] 馬克思：《路易・波拿巴的霧月十八日》（北京：人民出版社，1974），頁334。

如魏禧《大鐵椎傳》中的大鐵椎，因善使大鐵椎而得名，他力大無窮，寡言罕語，頃刻間敵賊「應聲落馬，人馬盡裂。」一人勇敵三十許人，大戰完畢，在一聲「吾去矣」之後，飄然而逝，「但見地塵起，黑煙滾滾，東向馳去。」[31]可謂神龍見首不見尾。再如徐瑤的《髯參軍傳》，更富有代表意義：公子某持三千金夜宿旅社，不料，被一狀貌猙獰的道僧所覬覦，公子「始心動，倉皇失措。」這時，髯參軍路見不平，拔刀相助，救公子於危厄之中，公子感激不盡，欲向當朝相國舉薦髯參軍：「今天下盜賊蜂起，朝廷亟用兵，以參軍威武，殺賊中原，如拉朽耳。今首相某，吾師也，吾馳一紙書，且夕且掛大將軍印，烏用隸人麾下爲？」千里馬恰逢伯樂，英雄將有用武之地，對習武之人來說，能夠掛將軍帥印、馳騁疆場是多麼夢寐以求的事！誰料，髯參軍「仰天大笑，徐謂公子曰：『君顧某相國門下士耶？吾行矣！』」[32]可見，輕視功名、淡泊名利是明末清初豪俠劍客的一致追求，這些人始終表現出一種來去自如、亦俠亦隱的樣子，顯然，他們是現實中人們自我安慰的精神產物，亡國喪家的無奈使士人們只能期待奇蹟的出現，希望有仗劍行俠的志士來鋤暴安良，匡扶時政，這恰恰從一個側面反映了生逢亂世的人們渴望太平的願望。

---

[31] 《虞初新志》，頁 5。
[32] 《虞初新志》，頁 281。

# 第二節　事多近代，文多時賢

在《虞初新志》的自敍中，張潮寫出了編選小說集的幾個標準：
「其事多近代也，其文多時賢也，事奇而核，文雋而工」，《虞初
新志》所收的作品中，有姓名的作者約八十人，題爲「佚名」的約
有五人，他們大多爲清初人士，親身經歷過改朝換代，對國破家亡
有切膚之痛，之所以會把明末遺民的形象刻畫得如此生動，除了作
者自身的文學修養之外，我想，主要原因在於，他們之中有一部分
作者本身就是遺民，深刻地瞭解當時士人的各種心態，能夠準確地
把握住他們的心理特徵，在這一點上，有史爲證，孫靜庵所著的《明
遺民錄》中，有關於部分傳奇小說家的記載，茲舉例如下：魏禧，
《虞初新志》選其小說四篇，分別是《姜貞毅先生傳》、《大鐵椎
傳》、《賣酒者傳》、《吳孝子傳》。《明遺民錄》中說：「（魏
禧）甲申之變，號慟，日哭臨縣庭，憤吒不欲生。……康熙戊子，
詔舉學鴻儒，禧被征，以病辭。有司督催就道，不得已，疾至南昌
就醫。」[33] 王猷定，《虞初新志》中選其小說三篇，《湯琵琶傳》、
《李一足傳》、《孝貺傳》。《明遺民錄》中說：「猷定工詩古文。
爲人倜儻自豪，少時馳騁伎狗馬陸博神仙迂怪之事，無所不好，
故產爲之傾。國變後，流寓浙中西湖僧舍。爲文多鬱勃，如殷雷未
奮，又如奔崖壓樹，枒槎盤礴，旁枝得隙，突然干霄。」[34] 朱一是，
《虞初新志》中選其小說三篇，《魯顛傳》、《花隱道人傳》、《姚

---

[33] 孫靜庵著：《明遺民錄》（杭州：浙江古籍出版社，1985），卷三十七，頁 278。
[34] 《明遺民錄》，頁 195。

江神燈記》。《明遺民錄》中說：「明朱一是，字近修，崇禎壬午
舉人。兵後，披緇衣授徒，主文社。著《爲可堂集》。」[35]黃周星，
《虞初新志》中選其小說《補張靈崔瑩合傳》。《明遺民錄》中說：
「明黃周星，字九煙，上元人。崇禎庚辰進士，除戶部主事。明亡，
變始名曰黃人，字略似，號半非，又號圃庵，又曰汰沃主人，又曰
笑蒼道人，布衣素冠，寒暑不易，生平正直忠厚，好濟人利物，而
真率少文，剛腸疾惡。自鏡一印，文曰『性剛骨傲，腸熱心慈』。
自詡與正人君子鬼神仙佛相知，而與小人多不合。嘗賦詩云：『高
山流水詩千軸，明月清風酒一船。借問阿誰堪作伴，美人才子與神
仙。』」[36]小說《觚剩》中有一篇名爲《樵隱》的故事，也是關於
黃周星的記載：「黃九煙名周星，性極簡傲，或以詩文就見者，非
面加姍侮，則哂而置之。其寓武水也，遇隱士崔金友于市，甡甡然
肩負擔而口吟哦。黃遽揖之入室，並索觀所著。……黃不覺驚賞曰：
『此真鏗金霏玉之音也！我向所厭薄者，大率皆蛙鳴狗吠耳。』」
[37]此篇與《明遺民錄》可爲互證。毛先舒，《虞初新志》中選其小
說《戴文進傳》。《明遺民錄》中說：「明毛先舒，字稚黃，仁和
人。明亡，棄諸生，不求聞達。年十八，著《白榆堂詩》，陳子尤
見而咨賞，因師之。又嘗從劉宗周講性命之學，其詩音節瀏亮，有
七子餘風。家貧甚，嘗欲賣田所著書，意未決，友人諸匡鼎曰：『產
去則免役，紙貴可操贏，有兩得無兩失也。』先舒然之。」[38]彭士

---

[35] 《明遺民錄》，頁 194。

[36] 《明遺民錄》，頁 307。

[37] 鈕琇撰：《觚剩》（上海：上海古籍出版社，1986），頁 26。

[38] 《明遺民錄》，頁 298。

望，《虞初新志》中選其小說《九牛壩觀觝戲記》。《明遺民錄》
中記載：「明彭士望，字躬庵，一字樹廬，南昌人。性慷慨，尙氣
節，少有雋才，究心經濟學，喜結客，立義聲公卿間。……及寧都
破，鯤自縊死，孤爲兵所掠，士望傾囊贖之，爲娶婦。篤風義，至
老不衰。」[39]這樣，我們便不難理解《虞初新志》中爲什麼有諸多
行爲怪誕、出處無端的奇人了，他們是作者苦悶心靈的外化，小說
中每一個形象都飽含著作者的血與淚，就像《湯琵琶傳》中的湯琵
琶，身懷絕技卻「世鮮知音」，唯有老猿所化的孀婦能參透哀曲的
含義，但也因思念成疾而命喪黃泉，待湯歸來，只能「彈琵琶於其
墓祭之」，王猷定在文末歎到：「嗚呼！世之淪落不偶而歎息于知
音者，獨君也乎哉！」如果沒有與湯琵琶相似的遭遇，王猷定又如
何能唱出如此哀婉淒絕的悲歌呢？

　　以上所舉皆是名在史冊的遺民，實際上還有很多作者雖未名列
史籍，但依然懷有濃重的民族情節，例如陳鼎，《虞初新志》共選
其傳奇小說十三篇，達選文數量之最，他是一個對張潮影響頗大的
作家，張潮對其人品和作品都很傾慕，在《留溪外傳序》中說：「獨
是定九以著作不才，獲與國史諸公同操筆削之任，而猥於遨遊逆
旅，握管雌黃以寄形表章善善之微權，俾若而入者，咸伸其忠孝節
義于私史之中，則在定九並不可謂之幸，而在諸子則幸，有定九其
人直可之千秋知己也矣。」（張潮《留溪外傳序》）除了《虞初新
志》所選的十幾篇小說外，陳鼎還有一篇中篇傳奇小說流傳，名爲
《滇黔土司婚禮記》，見《昭代叢書》。此文是按時間順序寫下來

---

[39] 《明遺民錄》，頁 209。

的，沒有貫穿全文的情節線索，帶有散記性，此文在當時並沒什麼
影響，至清代後期，方流傳開來。小說末尾有一段卒章顯志的文字：
「意此真三代之禮也，不意中原絕響，乃在邊徼。古語云：失禮而
求諸野，今野不可求，乃在苗蠻之中，亦可慨矣。……嗟乎，苗蠻
之有禮，不如諸夏之亡也。嗟乎，龍氏富貴，自漢迄今矣……所恃
者世有其德耳。今中國之士大夫，妄希富貴久遠，不于孝友是求，
反從事於無倫之浮屠氏，以誦經、佈施、飯僧、塑象為行善，悲夫！」
聯繫到清初的時政，不難想到這段話乃借古諷今、有感而發，平步
青在《霞外捃屑》中有考證說，《滇黔土司婚禮記》實為寓言，並
非事實。所謂一妻八媵等，皆屬子虛烏有之類，陳鼎雖生於清初，
但有濃重的遺民情懷，他的著述多遭清廷禁毀，所以，借小說來懷
念舊朝，可謂感人至深、用心良苦。

　　時代的特殊性孕育了小說創作的特殊性，明末清初的傳奇小說
除了作者是「遺民」的身份外，小說的主人公（傳主）也有部分是
載入史冊的「遺民」。比如陳洪綬，毛奇齡作《陳老蓮別傳》，《明
遺民錄》中亦有《陳洪綬》篇：「清破浙東，將軍固山某，從圍城
中搜得洪綬，大喜。令畫，不畫，刃迫之，不畫；以酒與婦人誘之，
畫。久之，請匯所畫署名，乃大飲，夜抱畫寢，伺之則已遁矣。既
乃混跡浮屠間，自稱老遲，亦稱悔遲，亦稱老蓮，縱酒狎妓則如故。
醉後，語及國家淪喪，身世顛連，輒慟哭不已。」[40]毛奇齡的另一
篇作品《桑山人傳》，在《明遺民錄》中也有記載：「姓許氏，名
澄，汴人也，少為諸生。崇禎中，嘗獻剿賊三策于督師楊嗣昌，不

---

[40]　《明遺民錄》，頁172。

用，鬱鬱歸。甲申後，淮上入劉澤清幕，既而語不合，拂衣去。有
怨家發其隱事于清帥之鎮汴者，走匿桑下，因自號桑山人。」[41]再
如《虞初新志》的開篇之作《姜貞毅先生傳》，《明遺民錄》中有
《姜垺》一篇：「甲申正月，謫戍宣州衛。乙酉，南都亡，與弟垓
避兵天臺。……寓居蘇州。嘗奉母歸萊陽，清撫某將軍薦諸朝，乃
佯墜馬折股，乘間復馳至蘇州。自號宣州老兵……」還有一些姓名
字型大小較爲怪異的傳主「活死人」、「狗皮道人」等，在《明遺
民錄》中也有記錄：「活死人者，本蜀中素封子，姓江氏，名本實。
國亡後，散家財，棄妻孥，入終南山，得練形術，因自號活死人焉。」
[42]「狗皮道人者，黃冠朱履，身被狗皮，口作狗吠，乞食城都，城
中狗從而和之。市人與之錢粟，道人則畫然作虎嘯，狗皆避易。」
[43]由此可見，《虞初新志》中的主人公，一半出於作者的想像虛構，
一半來源於對真人真事的詳實記錄，張潮在《虞初新志自序》裏提
出「事奇而核」，其中的「核」即真實的意思，是指按照事物實際
存在的本來面目予以反映，他的這種編選標準，擴大了「小說」概
念的外延，《虞初新志》刊行之後，影響深遠，很快成爲暢銷書，
並且遠播到日本等國，於是黃承增又編了《廣虞初新志》四十卷，
鄭醒愚編了《虞初續志》十二卷，到民國又有人編了《虞初近志》，
這些被學者稱爲「虞初」體的小說，都是按照張潮「事奇而核」的
標準編選的。當然，他的這種選材準則亦遭到後人的質疑，畢竟，

---

[41] 《明遺民錄》，頁 336。

[42] 《明遺民錄》，頁 337。

[43] 《明遺民錄》，頁 335。

將史傳與文學融爲一爐，造成「文史不分」是有失妥當的，正如《中國古代小說百科全書》所說：「但此集一出，小說的範圍愈加寬泛，把史傳視同傳奇小說，這與編輯者張潮的文學觀點密切相關。在他看來，古人之小說，就是『採訪天下異聞』，因此，凡『任誕矜奇，率皆實事』都可視爲小說……」「史書傳記與稗官家言不分，黃葦白茅，不辨體例。」[44]那麼，張潮爲什麼會把記錄人物的史傳雜記選入自己的小說集呢？筆者認爲，他這樣做是事出有因的，一方面固然與他對「小說」的概念混淆不清有關，另一方面，以時人時政入小說，亦是當時的一種創作潮流。熟悉白話小說的人都知道，明清之際有一種以時局政事爲題材的「時事小說」，這類小說將社會上關注的焦點敷衍成長篇小說，以最快的速度見諸於世，以期對時局產生某種積極的影響。「時事」一詞出現的年代很早，歐陽健先生對其有較爲詳實的考證：

> 細分起來，在某些場合，「時事」多指「彼時之事」。如《左傳》襄公二十八年：「邾悼公來朝，時事也。」荀悅《漢紀》第一：「臣悅職監秘書，……謹約撰舊書，通而敘之，總爲帝紀，列其年月，比其時事，提要舉凡。」在另一些場合，又指「此時之事」。如《後漢書・班彪傳》：「武帝時，司馬遷著《史記》，自太初以後，闕而不錄。後好事者頗或綴集時事，然多鄙俗，不足以踵其書。彪乃繼采前史遺事，傍

---

[44] 劉世德主編：《中國古代小說百科全書（修訂版）》（北京：中國大百科全書出版社，1998），頁711。

貫異聞，作《後傳》數十篇，因斟酌前史而譏正得失。」太
初（前104-前101）為漢武帝年號，《史記》之記事止于太
初之前，則太初以後的歷史，對當代人來說就是「時事」，
故有「好事者」出來「綴集時事」，想要繼踵前書。又《魏
書·高祖紀下》：「（高祖）常從容謂史官曰：『直書時事，
無譁國惡。人君威福自己，史復不書，將何所懼？』」《魏
書·韓麒麟傳》：「（韓）顯宗對曰：『……臣竊謂陛下貴
古而賤今。臣學微才短，誠不敢仰希古人；然遭聖明之世，
睹惟新之禮，染翰勒素，實錄時事，亦未慚于後人。昔揚雄
著《太玄經》，當時不免覆瓿之談，二百年外，則越諸子。』」
《魏書·崔光傳》：「光撰《魏史》，徒有卷目，初末考正，
闕略尤多。每云：『此史會非我世所成，但須記錄時事，以
待後人。』」《晉書·司馬彪傳》：「（彪）作《九州春秋》，
以為：『先王立史官以書時事，載善惡以為沮勸，撮教世之
要也。是以《春秋》不修，則仲尼理之；《關睢》既亂，則
師摯修之。前哲豈好煩哉？蓋不得已故也。漢氏中興，訖于
建安，忠臣義士，亦以昭著，而時無良史，記述煩雜，譙周
雖已刪除，然猶未盡，安順以下，亡缺者多。』」[45]

　　要而言之，「時事小說」之謂「時事」，取的是「此時之事」
這層含義。當時較為令人矚目的白話小說如魏閹小說：《警世陰陽
夢》、《魏忠賢小說斥奸書》、《檮杌閑評》；剿闖小說：《剿闖

---

[45]　歐陽健著：《歷史小說史》（杭州：浙江古籍出版社，2003），頁277。

小說》、《樵史演義》、《鐵冠圖》；遼事小說：《平虜傳》、《遼海丹忠錄》、《鎮海春秋》等。白話小說的創作風氣無疑影響到了文言小說領域，文言小說家魏禧、周亮工等取時人姜垓、盛于斯入文，即是時尚使然，而張潮將這類描寫時人的傳記、散文輯入《虞初新志》，亦是追隨時代風氣的表現，其實，張潮本人也懷有濃重的故國情節，他對能堅守民族氣節的人欽佩不已，「蓋以竹本固，君子觀其本，則思樹德之先沃其根；竹心虛，君子觀其心，則思應用之勢務宏其量。至夫體直而節貞，則立身砥行之。」寓情於竹，以竹喻人，無不寄託著作者自己高風亮節的情操。甲申之變，給舊朝文人留下了噩夢般的回憶，礙於清初文網的森嚴，不同的文人用不同的方式表達著對往昔的眷戀，就像孟元老創作《東京夢華錄》，表面上是在記述昔時的繁華，實際上字裏行間滲透著作者對舊朝深切的思戀。鈕琇在《觚剩自序》中寫到：「屈子《離騷》，能無仰東皇而欲問乎？況夫鬼盈暌載，《易》留語怪之文；神降莘言，史發興妖之論。杏壇書垂筆削，辨六鶂之書飛；龍門事著興亡，志一蛇之夜哭。是知虞初小說，非盡出於荒唐，郭氏遺經，固無傷於典則也。余也生雖已晚，世不逮夫娜環，思則靡涯，心常傾夫薈蕞。幼而就傅，延吳剡于楓江；長且服官，謁徐陵于柏樹。初垂縞帶，便學長吟。繼傍玉台，每聆《新語》。入燕都而懷故國，記覽《夢華》；登梁苑而晤名賢，書攜行秘。」張潮、鈕琇用文言小說的形式寄託對亡明的懷念，還有許多文人用詩歌、散文、戲曲等形式抒發自己的故國憂思，華滅夷興，舉國皆哀，一時間文壇彌漫著一股淒涼的懷古之風。陳恭尹的《擬古》詩說：「射虎射石頭，始知箭鋒利。居世逢亂離，始辨英雄士。我生良不辰，京路風塵起。生死

白刃間，壯心猶未已。猛士不帶劍，威武豈得申？丈夫不報國，終
爲愚賤人。中夜召僕夫，將適趙與秦。方建金石名，安用血肉身？
抗手謝儔侶，明日西問津。」[46]杭世駿《題獨漉先生遺像》說：「南
村晉處士，汐社宋遺民。湖海歸來客，乾坤定後身。草堂吟暮雨，
山鬼哭簫晨。莫向厓門去，霜風正迫人。」[47]陳子升的《金陵》：
「往日南京事，閒時共爾論。江來千萬派，樓啓十三門。劍佩留勳
府，戎衣在寢園。興亡看六代，何必遠傷魂？」《厓山吊古》：「南
渡何因斷好音，兩厓松柏晝陰陰。魚鱗屋裏君臣會，羊角風前社稷
心。重澤海遙天上下，九州金散鼎浮沉。中原倉卒移龍戰，淚血玄
黃恨至今。」[48]廖衷赤《悲今昔》云：「……江山雖如故，周京已
禾黍！主人播西東，關山行路阻。側耳聞杜鵑，終霄啼逆旅。故園
不可巢，新巢豈終古？何來驟風雨，飄搖肆其侮。……我向故園行，
草蔓荒煙聚。安得猿臂弓，射石沒其羽？白水起真人，箕尾竄良輔。
女織與男耕，鼓腹復含哺。我懷日以長，我思日以苦。試作今昔歌，
悲吟江之滸。」[49]這些詩歌均借古寓今，哀明室之滅亡，感胸中之
怨憤。即如周顗所說：「風景不殊，舉目有山河之異」。哀時憤世，
動人心腑，然而，「古調雖自愛，今人多不彈」，茫茫未知路，又
哪能不令人感傷！當時，哀今調古，將哀傷化爲文字，較爲著名的
還有余懷，余懷以散文雜記的形式寄託了對舊朝的黍離之思。他的

---

46 黃海章著：《明末廣東抗清詩人評傳》（廣州：廣東人民出版社，1987），頁
   25。

47 《明末廣東抗清詩人評傳》，頁 26。

48 《明末廣東抗清詩人評傳》，頁 140。

49 《明末廣東抗清詩人評傳》，頁 183。

《板橋雜記》、《三吳遊覽志》都是「以高士隱於聲色間」的代表，其中《板橋雜記》被張潮收入《虞初新志》。《板橋雜記》中，「曰雪衣，曰眉樓，曰董宛，曰馬嬌著名色，」其實都是意有所托，醉翁之意不在酒，「大抵行役大夫之彼黍彼稷耳」。（卷六《板橋雜記序》）南京舊院何等繁華，而逢易代，昔日的文酒詩會、粉黛春心，一代之盛早付諸煙雲！文人來此憑弔，怎能不觸物傷情，慨歎滄桑之變化、造化之弄人！《三吳遊覽志》以日記的形式記錄了余懷的華亭之遊，在痛飲狂歌、酒色聲妓中傾訴其眷戀前明的情思，他把亡國的悲痛、飄零的憂怨，統統寄託於江南山水的漫遊之中，描寫細膩，感情真摯，充分展示了易代文人國破家亡、無所歸止的尷尬與彷徨。

由此可見，在白話小說領域、詩歌領域、散文雜記諸多文學領域中，明末清初的文人用各種各樣的形式祭奠著故國，即使像張岱的《陶庵夢憶》、《西湖夢尋》這樣的不著一字關涉家國者，也飽含著《黍離》之悲《麥秀》之情。文學的各個領域都是相通的，散文、戲曲等形式對文言小說起到了積極的影響，文人之間的來往交遊對文言小說的創作也有不可忽視的推動作用。據說，張潮與余懷可謂世交，《尺牘友聲集二集》己集中《余懷致張潮信》云：「去歲此時正在揚郡，獲如知己盤桓，樂而忘旅，獨恨衰翁多病，忽復思家，匆匆回家，未能久住，雷塘、煙樹、營苑、風花，至今猶所魂夢也。」年已八十的余懷視張潮為知己，回憶起與張潮在一起的點點滴滴仍然念念不忘，張潮能較為準確地把握遺民心態，與余懷對他的影響是分不開的。張潮與孔尚任也有交往，孔尚任的《桃花扇》通過侯方域、李香君的愛情故事，「借離合之愁，寫興亡之感」，

將前明遺老對舊朝的眷戀委婉曲折地表達出來，也因此而罹罪。張潮結識孔尚任是在他「奉使淮、揚時」，當時孔尚任作詩《仲冬如皋冒辟疆、青若、泰州黃仙裳、交三、鄧孝威、合肥何蜀山、吳江吳聞瑋、徐丙文、諸城邱柯村、松江倪永清、新安方寶宦、張山來、諧石、姚綸如、祈門李若谷、吳縣錢錦樹，集文陵邸宅聽雨分韻》。此後，二人常有書信往來，交往甚密。可以說，張潮所輯《虞初新志》是時代的玉成，《虞初新志》所展示的異彩紛呈的世界是時代造就的。這樣，傳奇小說中濃重的遺民情節便溯之有源了，傳奇小說是寄託亡國之痛的一種表現形式，在五花八門的文學樣式中，它以自己獨特的魅力征服了數以萬計的讀者，即使今天讀來，我們仍然能體會到它所承載的厚重的歷史文化感，以及經久不衰的生命力。

# 第二章　「情之一字，所以維持一世界」
## ——明末清初傳奇小說中的「言情」之作

　　抒發人的內心情感是文學的中心內容之一，也是文學區別於史學、哲學和其他學科的重要標誌。《詩經》的寫作實踐就已開闢了我國文學主情的航向，《毛詩序》將「情」、「志」並舉，「詩者，志之所之也，在心爲志，發言爲詩。情動于中而形於言」。晉代的陸機在文學創作專論《文賦》中明確提出了「詩緣情而綺靡」的觀點，「緣情」即抒情的意思。此後，劉勰的《文心雕龍》又發展了陸機的「緣情」說，提出「應物思感」的觀點：「人稟七情，應物思感，感物吟志，莫非自然。」（《明詩》）「情以物遷，辭以情發。」（《物色》）到了唐代，韓愈則進一步發展了劉勰的「應物思感」說，他在《送孟東野序》中說：「大凡物不得其平則鳴……人之於言也亦然。」而至明，隨著對傳統道德的排斥與抨擊，以及晚明士人對個性和自我價值的體認，「言情」的呼聲更是發展到了前所未有的熱烈程度。晚明士人放棄了對傳統道德的理性追求，回歸到了個性生活和情感世界中來，他們注重生活，崇尚真情，追求

縱情享樂，在聲色之美和個人生活的意趣中體悟自己的情感價值。可以說，任情放誕、怡情自足是明末士人普遍追求的人生理念，雖然歷經改朝換代的鼎革之變，這股綿延千古的主情思潮還是默默無聲地浸潤到了明末清初的傳奇小說領域。

　　明末清初傳奇小說中的「言情」之作，按照篇幅長短可分爲短篇傳奇小說和中篇傳奇小說，按照文本形式可分爲單篇行世的傳奇小說和文言小說集中的傳奇小說。根據甯稼雨《文言小說總目提要・傳奇類》的歸納，具體而祥的劃分如下：屬於短篇言情小說的有：《小青傳》、《冒姬董小宛傳》、《陳小憐傳》、《柳夫人小傳》、《王翠翹傳》、《圓圓傳》、《補張靈、崔瑩合傳》、《李姬傳》、《太恨生傳》、《會仙記》、《姍姍傳》、《蛟橋幻遇》、《眛娘》、《畺楚蘭》、《小鸞》、《宛在》、《張麗人》、《延平女子》、《再世婚》、《圓圓》、《姜郎》、《粟兒》、《雙雙》、《於家琵琶》、《紅娘子》（以上屬於文言小說集中的傳奇小說）；屬於中篇言情小說的有：《思庵閒筆》、《影梅庵憶語》、《喬復生王再來二姬合傳》、《絳雲樓俊遇》、《十美詞紀》（這五篇是單篇行世的傳奇小說）；還有一部甯氏沒有提到但是經考據證明爲清初作品的是煙水散人的《女才子書》，它是一部用文言寫成的小說集，共寫了十七個女才子的故事。在這三十餘種小說中，根據所「言」之「情」的類型，我把它們分爲才子佳人的知己之情、名士名姬的互娛之情和夫良姬賢的恩愛之情。

# 第一節 「娛情莫如紅袖」
## ──才子佳人的知己之情

自古佳人配才子，英雄愛美人。才子佳人間的愛情悲喜劇從來都是文人墨客謳歌的主題。明清之際，在白話小說領域，還出現了「才子佳人」小說，「所謂才子佳人小說是指才子和佳人的遇合和婚姻故事，它以情節結構上的（1）男女一見鍾情；（2）小人撥亂離散；（3）才子及第團圓這樣三個主要組成部分爲特徵的。也有人把作品中的人物身份和情節結構混合在一起，分爲五條：（1）男女雙方的家庭，都是官僚或富家；（2）男女雙方都是年輕美且有才；（3）男女個人以某種機緣相接觸，往往以詩詞唱和爲媒介；（4）小人撥亂其間，男女離散；（5）男方及第，圓滿成功，富貴壽考。無論三條或五條都說明了才子佳人小說的一般特徵。」[1]在兩種體系中，「大團圓」的美滿結局都是這類小說的顯著標誌。而此際，文言小說中的才子佳人卻遠沒有那麼幸運，他們也都經過相思的痛苦和苦戀的折磨，但是，要麼由於作者的有意安排，要麼是因爲在那樣的年代，「有情人終成眷屬」本來就是個虛無縹緲的童話，文言傳奇小說裏的男女戀情最終都沒有修成正果，除少數作品之外，大部分都以悲劇告終，這使人在感受美的同時也體驗到了美被毀滅的淒涼與滄桑。

張潮曾說：「世界原從情字生出」，「多情者不以生死易心」，一個「情」字演繹了人間多少悲歡離合！《小青傳》作於萬曆四十

---

[1] 林辰著：《明末清初小說述錄》（瀋陽：春風文藝出版社，1988），頁60。

（1612）年，見《虞初新志》、《情史類略》等書。作者爲戔戔居士，但戔戔居士究竟爲何人，有譚生和支小白兩種說法，關於小青，有實有其人和出於虛構兩種意見。小青的丈夫，或坐實爲馮雲將。持譚生作及小青爲虛構最有力的，是錢謙益。他的《列朝詩集小傳》羽素蘭傳附小青傳，略云：「小青者，本無其人。邑子譚生造傳及詩。與朋儕爲戲曰：『小青者，離情字，正書『心』旁似『小』字也。或言姓鐘，合之成『鍾情』字也』……以事出虞山（常熟），故附著於此。」持小青實有其人觀點的是周亮工，他的《書影》卷四認爲小青實有其人，《小青傳》可能出於支小白之手。據施閏章《蠖齋詩話》，馮生（1575-1661 後），字雲將，前南京國子監祭酒馮夢禎（1554-1630）的次子。西湖別墅指的是馮家快雪堂。[2]陳寅恪《柳如是別傳》第四章《河東君過訪牛野塘及其前後之關係》詳加考證，結論是：《小青傳》之「虎林某生」即馮雲將，錢謙益與雲將「交誼甚篤」，「因諱其娶同姓爲妾」云云。

　　《小青傳》情節大略如下：小青原爲虎林某生姬，年十六歸生。生大婦奇妒無比，對小青百般折磨，又將她囚禁在西湖別墅。唯一可以與小青談心的，是大婦的親戚某夫人，某夫人力勸小青逃出幽籠，但小青已看破紅塵，自人命薄。終因幽憤感疾，年僅十八便命喪黃泉。小青夙蕙聰穎，人美如玉卻命薄於雲，一個美麗溫婉、多情脫俗的年輕女子，就如瓊蕊曇花一樣，在人間一現便轉瞬即逝，造化如此弄人，怎能不讓讀者扼婉歎息、黯然傷神！作者感歎：「欲

---

[2]　根據南京師範大學中文系 1991 年陳欣的碩士論文《馮小青故事源流與時代的折光》。

求如杜麗娘牡丹亭畔重生，安可得哉！」（《虞初新志·小青傳》）
張山來曰：「紅顏薄命，千古傷心。讀至送鳩、焚詩處，恨不粉妒
婦之骨以飼狗也！」（《虞初新志·小青傳》）

　　小青的人生悲劇是兩個原因造成的，一方面源於一夫多妻的社
會制度，另一方面來自她聽天由命的軟弱性格。小青是某生的妾，
東漢劉熙《釋名》對「妾」的解釋是：「妾，接也，以賤見接幸也。」
東漢許慎《說文解字》說：「女子有罪者為人妾。」被奉為治世經
典的儒家「三禮」有明確規定，男性可以一妻多妾：「天子之妃曰
後，諸侯曰夫人，有世婦，有嬪，有妻，有妾。」「公侯有夫人，
有世婦，有妻，有妾。」（《禮記·曲禮下》）《易經·序卦傳》
中說：「有天地然後有萬物，有萬物然後有男女，有男女然後有夫
婦，有夫婦然後有父子，有父子然後有君臣，有君臣然後有上下，
有上下然後禮儀有所錯」。就婚姻關係來說，妻子只能有一個，妾
則可以根據男子的不同等級而有多有少，夫妻如同日與月，眾妾則
如同捧月的群星。妻妾權利、地位懸殊有別：「住。妻居正寢，……
妾只能居於側室。食。飲食之時，妻子陪丈夫坐于正席，妾只能坐
于側席。衣。如果夫有官職或功名，妻子理應用與丈夫身份相應的
『禮服』，妾則不能。行。在家門內，妻妾相遇，妾要讓路侍立；
一起走路，妾要隨侍。外出用車、馬、轎，妻可使用與丈夫身份相
應的代步工具，妾所用代步工具的規格要低於妻。……」[3]多女共
事一夫、一妻多妾的婚姻制度是一切家庭罪惡的淵藪，妻妾相妒、
妻妾爭寵是多妻制的必然產物，據《史書占畢》記載，《搜神記》

---

[3]　王紹璽著：《小妾史》（上海：上海文藝出版社，1995），頁 27-28。

作者干寶的母親妒甚，夫有寵婢，至夫亡，「生推婢於墓中」。唐中宗的宰相裴談，貪色多妾，夫人奇妒無比，經常大鬧家門，同僚嘲笑他是個懼內的宰相，他作詩回答道：「回波爾時栲栳，怕婦也是大好。外邊只有裴談，內裏無過李老。」妾的身份低微，而且常受妻的虐待，導致了許多年輕美貌的女子遍嘗人間辛酸，甚至過早夭折，喪失年輕的生命。明清之際，這種悲劇愈演愈烈，陳鼎《邵飛飛傳》中的邵飛飛，嫁與幕員羅密爲妾，羅密之婦「悍妒且虐不能容，遂以飛飛配閽人。」（《香豔叢書・邵飛飛傳》）徐瑤《太恨生傳》中的某女，爲大婦不容，「女受困百端，無生理。」杜濬的《陳小憐傳》，也塑造了一個受大妻相逼、紅顏薄命的女子形象：「陳小憐，剡城女子也。……有貴公子昵之，購以千金，貯之別室，作小妻。相好者彌年，大婦知之，恚甚，磨礪白刃，欲得而甘心焉。」（《虞初新志・陳小憐傳》）可陳小憐比小青要幸運一些，在大婦沒有找到她之前，就被公子「召媒議譴」了。小青的悲劇，根源來自社會制度。

　　《小青傳》繼承了唐人傳奇委婉曲折的創作手法，文筆清麗，情調哀婉，如同一首纏綿悱惻的長詩。小青的夭亡，就像一縷愁雲，給每個人心中都帶來一抹哀傷。《小青傳》的作者，在行文的同時抑制不住內心的悲憤之情，「焚詩」一段，他傷感地寫到：「悲夫！楚焰誠烈，何不以紀信誑之？則罪不在婦，又在生耳！」而實際上，小青的早逝固然罪在某生，他的置之不顧給大妻虐待小青以可乘之機，但是，小青本人的自甘毀滅和聽之任之的人生態度，亦是她抑鬱早亡的又一原因。當某夫人暗示可以救她跳出火坑時，小青說道：「夫人休矣！妾幼夢手折一花，隨風片片著水，命止此矣！」

身處險境而又逆來順受，從這個意義上說，小青的毀滅又是一個性格悲劇。

嚴格而講，《小青傳》不能算作一個完整的才子佳人的愛情故事，因爲通篇只見「佳人」未見「才子」，唯一的一個男性是小青的丈夫某生，「生，豪公子也，性嘈嗻憨跳不韻。」他生性憨佻，不解風情，又不懂得憐香惜玉，並不是傳統傳奇小說中的風流才子形象。那麼，爲什麼要把它列在這一節討論呢？原因有二，其一，《小青傳》雖然沒有直接寫到才子佳人的愛情故事，但是它的來源可以追溯到描寫才子佳人的集大成之作《牡丹亭》。如果仔細對照，就會發現小青身上其實有杜麗娘的影子，《牡丹亭》第十四出《寫真》，講杜麗娘因夢感疾，自覺時日不多，準備自題小像：「[雁過聲]（照鏡歎介）：輕綃，把鏡兒擘掠。筆尖淡掃輕描。影兒呵，和你細評度：你腮斗兒恁喜謔，則待注櫻桃，染柳條，渲雲鬢煙靄飄蕭；眉梢青未了，箇中人全在秋波妙，可哥的淡春山鈿翠小。」[4]《小青傳》中的小青，昏臥數日之後，「語老嫗曰：『可傳語冤業郎，覓一良畫師來。』」畫完第一幅，覺形似而神未似，於是又畫第二幅，對於這一幅，小青認爲神似也，但風態未流動，又畫了第三幅，爲了讓畫師更準確地把握她形神兼備的特點，小青強支病體，做出各種各樣的動作讓畫師觀察：「自與嫗指顧語笑，或扇茶鐺，簡圖書，或代調丹碧諸色，縱其想會。」這樣，才畫出了較爲滿意的第三幅。杜麗娘和小青「畫像」的用意有相同之處：即都渴望把韶華春光留住。她們都是具備千嬌百媚之態、柔情萬種之容的

---

[4] 湯顯祖著：《牡丹亭》（北京：人民文學出版社，1982），頁64。

天姿國色，但是又都被冷酷無情的現實囚禁在暗無天日的狹小環境裏，杜麗娘感歎：「原來姹紫嫣紅開遍，似這般都付與斷井頹垣。良辰美景奈何天，賞心樂事誰家院！」小青與某夫人書曰：「玉腕朱顏，行就塵土，興思及此，慟何如！」這不僅僅是對春光之美無人賞識的歎息，更重要的是對自身之美無人憐愛的感喟。既然青春難再、姣容易逝，不如將這短暫的輝煌付諸紙墨，把人生就定格在最美麗燦爛的那一刻。其二，《小青傳》對後來的以才子佳人為題材的各種創作產生了巨大的影響。她冰清玉潔、孤傲自戀，經常對著自己的影子說話，「姬好與影語，或斜陽花際，煙空水清，輒臨池自照，對影絮絮問答。婢輩窺之，則不復爾。但微見眉痕慘烈，似有泣意。」小青這種「影戀」的行為，實際上是內心強烈的孤獨感造成的，孤山別業中與世隔絕的幽閨生活，不僅隔斷了小青與某生，而且隔斷了她和屬於青春的一切，在別的女伴們指點譎躍、倏東倏西的同時，她平靜自如，「淡然凝坐而已」。對於她來說，生活就像一張白紙，了無機趣，除了自己的影子之外，知音安在？「瘦影自臨秋水照，卿須憐我我憐卿。」「單單別別清涼界。原不是鴛鴦一派，休算作相思一概。自思自解自商量，心可在？魂可在？」當時，寫「影戀」的不止此篇，李漁話本小說《十二樓》中的《合影樓》寫的是屠珍生、管玉娟二人的「影戀」，此後，樂鈞《耳食錄》中的《鄧無影》、俞國麟《蕉軒摭錄》中的《啗影》寫的也都是同類題材，但比較起來，《小青傳》的「影戀」來得更為真實自然一些，也更容易激起讀者的同情心與共鳴。《小青傳》問世之後，在各個領域都產生了巨大的影響，首先是文言小說領域，朱京藩的《小青傳》、《女才子書》中的《小青》篇、《螢窗異草》中的《狐

嫁妾》、《小豆棚》中的《小青》、《澆愁集》中的《愛愛》、《遁
窟讕言》中的《鴛紅》，其中有的是改作，有的則是翻案文章；其
次是白話小說領域，《西湖佳話》中的《梅嶼恨跡》、《孤山雨夢》
也都是《小青傳》的仿作。《紅樓夢》中的林黛玉，身上也有小青
的影子，黛玉的「焚稿斷情」、「嚌卿絕粒」與小青的「水粒俱絕」、
「焚餘」何其相似！而黛玉的「瘦影自臨清水照，卿須憐我我憐卿」
詩句就是「瘦影自臨秋水照，卿須憐我我憐卿」的仿句，二者只有
一字之差；再次是戲曲領域，徐士俊的《春波影》、朱京藩的《風
流院》、吳炳的《療妒羹》都是據《小青傳》改編的；還有詩文領
域，陳文述所輯《蘭因集》就是專收有關小青的詩文作品；另外，
學術研究方面，民國間潘光旦的《小青之分析》，用佛洛德學說分
析小青的心理特徵，他又翻譯了藹理士的名著《性心理學》，書中
多次引用《小青傳》做注例。由此可見，一部優秀的作品影響力是
多麼的大！[5]鑒於它的影響多是在以才子佳人為題材的小說（戲曲）
領域，所以，筆者認為，將其放在這一部分討論是恰如其分的。

　　黃周星的《補張靈、崔瑩合傳》是另外一篇描寫才子佳人的優
秀作品。文章後半段指出，唐寅感張、崔二人事蹟，曾寫《張靈、
崔瑩合傳》，可惜未見傳世。張靈是唐寅、祝允明的同時代人，與
唐、祝交情頗深。朱乘爵《存餘堂詩話》、俞弁《逸老堂詩話》卷
上、王士貞《藝苑卮言》卷六、錢謙益《列朝詩集小傳》丙集等對
其人其詩均有所記載，《補張靈、崔瑩合傳》即據以敷衍，並參考

---

[5]　關於《小青傳》的影響見何滿子、李時人主編：《明清小說鑒賞詞典》（杭州：
　　浙江古籍出版社，1992），頁 1186。

了民間稗乘《十美圖》。《補張靈、崔瑩合傳》對話本《十美圖》有所增刪，比如六如探問張靈才子佳人觀一段，《十美圖》是這樣寫的：「張靈道：『唐兄，你且把『佳人秀子』這四字講一講明白，不要認錯了。如今世人這些紅顏皓齒，妖冶風流的，這叫做美女，不是佳人。古來惟有崔鶯鶯可當『佳人』二字。……才子亦不是這些戴頂頭巾，爛熟三場的就可做得。這些只可叫做文人，不是才子。古來惟有李太白可當『才子』二字。然到底無佳人配合，只騎得在鯨魚背上，一霎時的光景。可見佳人才子配合甚難，不是輕易說得的。我張靈雖不是偌大的才子，然除了李太白，在古人中也不多讓。只怕崔家鶯鶯，廝趕著鄭郎做一塊，不曉得我張君瑞哩！』」而《補張靈、崔瑩合傳》對這段話進行了壓縮：「求之數千年中，可當才子佳人者，唯李太白與崔鶯鶯耳！」這樣，造成了讀者對唯有李太白與崔鶯鶯可當才子佳人的原因不甚了了，從而產生困惑，筆者在此指出。

小說敘述明正德間，吳縣才子張靈，放浪形骸，風流任誕，與乘舟路過此地的崔素瓊一見鍾情，別後日夜思念，憂鬱而死。崔得知此事後，專程前來弔唁，自縊以殉。唐寅將二人合葬，題：「明才子張夢晉佳人崔素瓊合葬之墓」。一張一崔，與《西廂記》裏的張生、崔鶯鶯相對應，但是相比較而言，前兩者的感情比後兩者的更爲深厚，凝重。張靈、崔瑩只見過一面，始終未交一言，便雙雙爲情而死，「張以情死，崔以情殉，初非有一詞半縷之成約，而慷慨從容，等泰山於鴻毛，徒以才色相憐之故。」這種真情可謂千載難逢、震撼千古！唐寅歎息道：「大難大難！我唐寅今日得見奇人奇事矣！」唐寅之所謂「奇」，是指二人置性命與不顧，可爲情生，

可為情亡，正如湯顯祖在《牡丹亭·題詞》中說：「情不知所起，一往而深。生者可以死，死可以生。生而不可與死，死而不可復生者，皆非情之至也。」[6]看來杜麗娘、柳夢梅的生死之戀是有生活原型的。張生、崔鶯鶯的愛情故事從唐代就開始流傳，自它產生以來，文人墨客就不斷地對它加工、改版，在婚姻還是依靠「父母之命、媒妁之言」的大環境裏，崔、張的自由戀愛的確是一股清新空氣，讓人耳目一新，儘管結果失敗了，但是，這種突破傳統、敢嘗先人所未嘗的勇氣，還是給人以極大的精神鼓勵，從《鶯鶯傳》的廣泛流傳，便可以看出世人對這枚青澀的愛情之果的喜愛。到了元代，文人社會地位低下，他們容易放下清高孤傲的架子，願意與佳人有更多、更親密的接觸，例如關漢卿和朱簾秀、王元鼎和順時秀的交往就成為文學史上的佳話，「有情人終成眷屬」的理想還是有可能實現的，因此《西廂記》賦予崔、張愛情以大團圓的結局。至明尤其是明末，人文思潮更加高漲，李贄、徐渭、馮夢龍、湯顯祖高舉「至情」理論大旗，世人對自由、自我的追逐達到前所未有的狂熱程度，可實際情況怎樣呢？李贄追求個性獨立、追求無拘無束的人生境界，終為朝官們所不容，以不合禮法、有礙傳統的罪名被捕入獄，最後割喉自盡；徐渭天賦奇高、才華橫溢，無論是在作為正統文學的詩文、作為通俗文學的戲曲方面，還是在書法、繪畫等藝術領域方面，都有高深而獨到的造詣，可惜天妒英才，徐渭多災多難的一生，由於負載了太多的苦難，心靈發生了畸變，最終死於精神分裂。李贄、徐渭等反禮教先鋒的慘死，至少說明了這樣一個

---

[6] 湯顯祖著：《牡丹亭》（北京：人民文學出版社，1982）。

問題：人們從唐代就開始有意識地追求自由戀愛、婚姻自主，可是直到晚明，這種願望還只是停留在幻想中，只是一種不切實際的奢望。那些思想睿智的有識之士，始終保持著清醒的頭腦，他們能更準確地理解現實、洞察世事。反映到文學作品中，正如我們今天所見，無論是小青的自憐自戀之情，還是張靈、崔瑩的互賞互娛之情，最終都以悲劇結局，讀者在震撼於「奇人」「奇情」的同時，難免心生一絲淒涼。然而，這是時代的局限，是時勢的必然，湯顯祖深知這種必然，在杜麗娘感夢而亡後，又加進了起死回生的虛構情節，圓了人們千古難圓的美夢；黃周星也深知這種必然，在唐寅合葬張、崔二人之後，又描寫了二人攜手拜謝的夢境。這就更加真切地告訴人們，追求「真情」、自由戀愛只能在虛構、幻想中存在，現實社會中是根本不可能的。的確，直到《紅樓夢》時代，文人們的美好理想也最終沒能實現，寶、黛愛情經歷了纏綿悱惻後，還是走向了毀滅。

此際傳奇小說中屬於「才子佳人」式的優秀作品，除了上述兩篇之外，還有《太恨生傳》、《陳小憐傳》、《姍姍傳》、《十美詞紀》等等，它們雖然描寫的戀愛方式不同、背景不同，但是無一例外地共有一個相同之處，即都以悲劇結局，以失敗告終。《太恨生傳》寫了太恨生與某女「發乎情，止乎禮義」的知己之情，某女性殊靈警，而嚴於舉止；情極肫惻，而簡於言笑，最終卻被豪右某家搶奪而去，不知所終，太恨生自與女訣別後，心搖意亂，精神失常，「積久遂成心疾」；《陳小憐傳》中的陳小憐，篤摯豪爽，對酷似故夫的范性華癡迷不已，終因思念成疾，憔悴而逝；還有《姍姍傳》中的姍姍、《十美詞紀》中的梁昭、李蓮、《觚賸·張麗人》

中的張麗人，她們都是天生麗質、溫婉可人的紅顏佳麗，可惜都年
歲不永，年紀輕輕就魂斷紅塵，過早地離開了人世。前已提到，明
末清初在白話小說領域，出現了大批以「大團圓」結局爲特徵的「才
子佳人」小說，那麼，爲什麼同一時期的文言小說領域中，「才子
佳人」式的戀情就這麼脆弱經不起風雨，紛紛在成長中夭折？我
想，這首先與白話小說和文言小說的創作目的不同有關，其次與二
者的消費群體不同有關。魯迅先生說：「俗文之興，當由二端，一
爲娛樂，一爲勸善，而尤以勸善爲大宗。」[7]因爲白話小說源自說
話，作爲說話人的謀生手段，當然要以娛樂群衆爲目的。而文言小
說則完全不同，它的創作目的多半是有所寄託。所謂寄託，就是指
作者借小說抒發自己對世界、對人生的看法，宋洪邁寫《夷堅志》
說：「……天下之怪怪奇奇盡萃於是矣。……皆不能無寓言於其間。」
[8]（《夷堅乙志序》）就強調了文言小說不能只簡簡單單地記錄一
些怪怪奇奇的事，而是要把自己的思想和情感寄託於其中。崔、張
愛情故事的改編即說明了上述道理，當元稹創作《鶯鶯傳》的時候，
故事以悲劇結局，文末表達了作者對此事的「補過」之情，而王實
甫將它改編爲戲曲時，故事則成了大團圓結局，一掃原作的悲劇氣
息。其次，文言小說和白話小說的閱讀群體不同，也是導致傳奇小
說中「才子佳人」悲劇結局的又一原因。毫無疑問，傳奇小說的閱
讀群體主要以士人爲主，甯宗一指出：「士之所以爲士，是因爲士
在社會環境、政治環境中從事精神生產的知識層、思考層，是一個

---

[7]　魯迅著：《中國小說史略》（北京：人民文學出版社，1973），頁87。
[8]　洪邁著、何卓點校：《夷堅志》（北京：中華書局，2006）。

智慧的階層，有很大的智慧潛在力。他們在整個社會精神生活中扮演著主角。……一方面是，我國的知識分子皆有與生俱來的憂患意識，甚至從一定意義上看，一部知識分子史，就是一部知識分子憂患意識史；另一方面，如果從中國文人心態的深層結構來觀照，文人多偏愛悲劇，或曰偏愛悲劇是文人的一大『審美特徵』。借用尼采的一句話：悲劇乃是人生的最高藝術。不妨這樣說，文人在肯定生命，連同從包含在生命中的痛苦與毀滅中生出的悲劇性，也作為一種『審美快感』給予認同。有人甚至說，愛好悲劇，幾乎是古代文人的天性所至。」[9]士人階層的審美取向直接影響到傳奇小說的構思、情節甚至結局。同樣，白話小說的消費群體也在無形中影響和決定著白話小說的創作，這部分群體多半是文化層次不高的市民，他們更傾向於接受喜劇，因此，在以白話小說和戲曲為代表的俗文學中，「大團圓」式的喜劇結局更常見。

# 第二節 「但願老死花酒間」
## ——名士名姬的互娛之情

文人和妓女的故事歷來都是人們所津津樂道的話題，唐蔣防的《霍小玉傳》、白行簡的《李娃傳》可謂是這類作品的濫觴之作。明朝末年，隨著江南妓院的興盛和文人士大夫的流連光顧，名士與名妓之間上演了一幕幕惆悵婉轉、悲歡離合的愛情劇，這與彼時的

---

9　甯宗一：〈關注古代作家的心態研究〉，《文學遺產》第 1 期（1997 年），頁4-9。

社會環境有著不可分割的聯繫。明末朝綱廢弛，「士大夫騰空言而少實用」，民風奢靡，「遊士豪客，競千斤裘馬之風，而六院之油檀裙屐，浸淫染于閭閻，膏唇耀首，仿而效之。」（《客座贅語》卷一「風俗」）自弘光定都南京以後，不但不想重振國威，光復大業，而且耽於聲色犬馬，以陶情花柳為矜詡。上有所行，下必效之，江南自古就是繁華之地，加上名士縉紳們的競相狹游，一時文酒笙歌，竹肉丹青，盡態極妍。余懷《板橋雜記》描寫了金陵的畸形繁華：「金陵為帝王建都之地，公侯戚畹，甲第連雲，宗室王孫，翩翩裘馬。以及烏衣子弟，湖海賓遊，靡不挾彈吹簫，經過趙李。每開筵宴，則呼傳樂籍，羅綺芬芳，行酒糾觴，留髡送客，酒闌棋罷，墮珥遺簪。真欲界之仙都，升平之樂國也。」[10]最具誘惑力的又數秦淮燈舫，竟陵派的名宿鍾伯敬《秦淮燈船賦》，序云：「小舫可四五十只，周以雕檻，覆以翠帷，每舫載二十許人，人習鼓吹，皆少年場中人也。懸羊角燈於兩旁，略加舫中人數，流蘇綴之。用繩聯舟，令其銜尾，有若一舫，火舉伎作如燭龍焉。已散之，又如鳧雁蹣跚波間，望之皆出於火。直得一賦耳。」其賦云：「集眾舫而為小兮，乃秦淮之所觀。借萬炬以為舟兮，縱水嬉之更端。波內外之化為火兮，水欲熱而火欲寒。聯則虬龍之蠢動兮，首尾腹之無故而交攢。散則鷫鵝之作陳兮，羌左右上下於其間。觀其蜿蜒與喋嗟兮，載萬光而往還。俄簫鼓怒生於鱗羽之內兮，樓臺沸而魚蟲歡。彼舟中人之惘悅而不知兮，乃居高者之悉其回環。嗟景光之流而不居兮，群動去而一水自安。」張岱《陶庵夢憶》記載：「畫船簫鼓，

去去來來，周折其間。……女客團扇輕紈，緩鬢傾髻，軟媚著人。」
[11]《板橋雜記》中說：「秦淮燈船之盛，天下所無。兩岸河房，雕
欄畫檻，綺窗絲障，十里珠簾。客稱『既醉』，主曰『未歸』。遊
楫往來，指目曰：『某名姬在某河房』，以得魁者爲勝。薄暮須臾，
燈船畢集，火龍蜿蜒，光耀天地，揚槌擊鼓，蹋頓波心。自聚寶門
水關至通濟門水關，喧闐達旦。桃葉渡口，爭渡者喧聲不絕。余作
《秦淮燈船曲》，中有云：『遙指鐘山樹色開，六朝芳草向瓊台。
一園燈火從天降，萬片珊瑚駕海來。』又云：『夢裏春紅十丈長，
隔簾偷襲海南香。西霞飛出銅龍館，幾隊蛾眉一樣妝。』又云：『神
弦仙管玻璃杯，火龍蜿蜒波崔嵬。雲連金闕天門迴，鶴舞銀城雪窖
開。』皆實錄也。」[12]

我國寫妓女的作品是文學殿堂中的別一番景觀，如果沒有這一
批創作，中國的文學將失去了許多嫵媚色彩。明末燈紅酒綠、名妓
輩出的社會風氣，爲江南文人就地取材地進行小說創作大開方便之
門。他們或身臨其境，或耳濡目染，寫出了不少膾炙人口的傳奇作
品。這類小說上承《霍小玉傳》、《李娃傳》的創作風格，多以妓
女的名字來命名，讀者一目了然，主要有：侯方域的《李姬傳》、
陸次雲的《圓圓傳》、徐芳的《柳夫人小傳》、張明弼的《冒姬董
小宛傳》、黃永的《姍姍傳》、鈕琇的《圓圓》、《雙雙》、《姜
楚蘭》、《小鸞》、《宛在》、《張麗人》等不下十餘篇。前代描
寫妓女的作品並不少見，文學方面的如《李娃傳》、《楊娼傳》、

---

[11] 張岱著、馬興榮點校：《陶庵夢憶》（北京：中華書局，2007）。
[12] 《虞初新志》，頁411。

《李師師外傳》、《趙盼兒》、《謝天香》，史料筆記如唐代崔令欽的《教坊記》、孫棨的《北里志》、元代黃雪簑的《青樓集》、明中葉梅鼎祚纂集的《青泥蓮花記》，從這些文字材料的記載中，我們可以詳細地瞭解到青樓女子的才貌色藝和日用起居。明末是一個風雨飄搖的動盪時代，表面的畸形繁華掩蓋不住帝國難保、大廈將傾的危險局勢，此際的青樓文學，表現出與往日不同的時代特點，即具有濃厚的政治色彩，這種政治色彩一半源於青樓豔姬自身，另一半源於文人的寄託附會。

江南風物宜人，鐘靈毓秀，很多妓女天生麗質、容色殊麗：「梁昭，吳門妓也，姿色絕麗，酒微酣，兩頰紅暈，望之如桃花士女。」「陳圓者，女優也，少聰慧，色娟秀，女子梳倭墜髻，纖柔婉轉。」[13]她們不但色藝出眾，而且擁有盡乎完美的人格修養和內在氣質。這一點，從她們名字中就可以管窺一斑：柳如是，原名楊影憐，後見辛棄疾的詞「我見青山多嫵媚，料青山見我應如是」，遂將名字改爲柳如是，又稱「河東君」、「靡蕪君」，豪爽俊秀，氣宇不凡；再如董小宛，名白，字小宛，又字青蓮，別號青蓮女史，毋庸置疑，董氏之字型大小皆因仰慕唐代大詩人李白而起，孤高優雅，名如其人。她們都有較高的文化素養，稟賦奇高，精通詩詞書畫，例如名妓馬湘蘭秉性靈秀，能詩善畫，因擅畫蘭竹顧有「湘蘭」之稱，所居之處「池館清疏，花石幽潔，曲廊便房，迷不可出。」而且還有詩集《湘蘭子集》和傳奇劇本《三生傳》傳世。再如絕豔董小宛，

---

[13] 鄒樞撰：《十美詞記》，載蟲天子輯：《香豔叢書》（北京：人民文學出版社，1994）第一集，頁53。

她才思敏捷，精琴工畫，書法小字有類鐘繇，自幼愛屈原《離騷》、杜少陵、李義山詩句及花蕊夫人的詞，性好幽靜：「遇幽林遠澗，石片孤雲，則戀戀不忍去，至男女雜坐，歌吹宣闐，心厭色沮，意弗屑也。慕吳門山水，徙居半塘，小築河濱，竹籬茅舍，經其戶者，則時聞詠詩聲或鼓琴聲」。喜閑樂靜，出處淡雅，說明了此輩女子出污泥而不染、超凡脫俗的內在品質。

秦淮妓女中，最為世人所關注的是秦淮八豔[14]，即所謂的秦淮名妓，她們是所有妓女中的幸運兒，不但與名士成就了一段良好佳緣，而且名垂青史，流芳百世。秦淮八豔中，又脫穎而出、引起後人極大興趣的是李香、柳如是二君，二者與侯方域、錢謙益喜結連理、夫唱婦隨的感情經歷成為歷史和文學史上的佳話，不過，最為後人所稱道的還是二君巾幗不讓鬚眉的高尚情操，她們關心國事、明辨是非、秉節不撓，戲曲《桃花扇》、顧苓的《河東君小傳》、徐芳的《柳夫人小傳》塑造了李香、柳如是的光輝形象，她們不只聰慧貌美、文才俊秀，更重要的是洞識大體、敢作敢為、具有可貴的政治抱負和民族氣節。以往的研究者也多將注意力集中在秦淮名妓深明大義、寧死不屈的高尚節操上，對秦淮名妓這一形象的成因罕有論及，仿佛她們與生俱來地具備高風亮節的素質，天生就具有

---

[14] 秦淮八豔（又稱金陵八豔），指明末清初在南京秦淮河畔留下淒婉愛情故事的八位才藝名妓，明末在秦淮一帶的八個名妓，有兩個版本，一是顧橫波、馬湘蘭、李香君、柳如是、董小宛、卞玉京、寇湄、鄭妥娘；另一個是李香君、李貞麗、王月、寇湄、陳圓圓、楊宛、王微、柳如是。秦淮八豔的事蹟，最早見於余懷的《板橋雜記》，分別寫了顧橫波、董小宛、卞玉京、李香君、寇白門、馬湘蘭等六人。後人又加入柳如是、陳圓圓而稱為八豔。

高瞻遠矚的政治頭腦，我認爲事不盡然。她們之所以被塑造成氣壓鬚眉的高大形象，原因有二，一方面這批高素質、高品位的藝妓長期與東林黨人交往酬唱，漸漸地受進步思想的薰陶，對政治難免有所感悟；另一方面，文學形象出自文學家之手，他們會根據自己的需要任意創作，易中天在《品三國》中說：「實際上，許多歷史事件和歷史人物都有三種面目，三種形象。一種是正史上記載的面目，我們稱之爲『歷史形象』。這是史學家主張的樣子。……第二種是文藝作品包括小說和戲劇中的面目，我們稱之爲『文學形象』。這是文學家藝術家主張的樣子，……」[15]秦淮名妓品貌與道德兼備的文學形象，出於文學家的有意創造。

　　青樓女子多半出身微賤，從小就落入紅塵，在強顏歡笑中任人攀折，備受摧殘，但是，惡劣的生存環境並沒有使她們喪失生活的鬥志，苦難的遭遇歷練了她們既堅韌又剛毅的性格。追求幸福、渴望跳出火坑是每個妓女夢寐以求的願望，那麼，擺在她們面前的只有一個選擇，就是趁紅顏未逝、年輕貌美的時候給自己找個好的歸宿，這樣，才不至於在人老珠黃之後，像琵琶女一樣，落得個「門前冷落車馬稀」的悲慘境地。如何才能「飛上枝頭做鳳凰」呢？在當時的環境中，結交文人、依附名士[16]（本文中名士是指萬曆中葉

---

15　易中天著：《品三國》（上海：上海文藝出版社，2006）。

16　所謂名士，是指界於「仕」與「隱」之間的一批知識分子。由於他們特殊的社會地位和心理狀態，構成了獨具特色的傳統文化景觀，因而受到人們的關注。名士的大量出現，跟魏晉時代名教的興起有很大的關係，因此，名士也可以解釋成「名教之士」，但是，名教（其實質性內核仍為儒學）除給名士們注入入世的情結和道德人格之外，在禮法制度大壞的魏晉時期，名士們更多的是吸取

以後，活躍於無錫一帶的東林黨人）無疑是一條充滿誘惑力的可行之徑。他們是一些具有進步思想、敢於諷議朝政、彪炳氣節、意氣舒張的有識之士，他們的出現，聳動了朝廷上下，「帝廿年不視朝，國是每求諸野，故東林講堂，奔走天下。……入則名高，出則影媳。」（《花村談往》卷一「拆毀東林」）與單單只是腰纏萬貫的富豪顯貴們不同，名士雖然沒有萬貫家財，但是他們飽讀詩書，風流儒雅，多情善感，懂得憐香惜玉，對於女性來說，他們具有無比的吸引力，吳偉業《梅村文集》卷三十六《冒辟疆五十壽序》云：「陽羨陳定生、歸德侯朝宗與冒辟疆爲三人，皆貴公子。定生、朝宗儀觀偉岸，雄懷顧盼，辟疆舉止蘊藉，吐納風流，視之雖若不同，其好名節持議論一也。」名姝如果能夠找到此類男子作爲終生依靠，可謂珠聯璧合、嫁得其所。《質直耳談》卷七載柳如是軼事有這樣一段文字：有徐某者，「以三十金與鴇母求一見，徐蠢人也，一見即致語云『久

---

了玄學中的玄遠之思和高尚節操，即主體個性上的獨立和自由。在倫理宗法社會裏，名士尊重個性的價值觀往往跟禮法發生衝突，這就決定了名士既不像篤儒之士那麼熱衷於仕進，又不像高隱們那樣放棄人間的生活。早期名士文化受隱逸文化的影響，總體趨勢上表現出遠世高志的一面，但是，名士跟隱士不同，隱士為了追求個性的自由，自願放棄世俗的生活，尋求出世之樂，以葆性情之真。名士雖也視個性自由為人生第一要義，但他們仍心存「兼濟」之志，其價值觀顯然跟隱士不同。為了實現其濟世的理想，名士可以在保持人格尊嚴的前提下，跟「正真」的官僚接觸，並存在著以此打通仕途的幻想。隨著封建社會內部矛盾的不斷顯露，私家講學之風的不斷盛行，以及俠文化中氣節豪情內涵的不斷滲入，名士文化從重「無為」之「隱」發生了向「有為」立身的轉變。名節之士，以布衣之身，從宋元以前的置身山林或行走江湖，一變而為設館授徒、主持講壇、批評朝政、裁量人物，其干政的手段從當初的親身入仕到旁觀清議，雖然其「仕」之情結未改，但對「仕」和「仕途」的認識卻更為全面了。

慕芳姿，幸得一見』，如之不覺失笑。又云『一笑傾城』。如之乃大笑。又云『再笑傾國』。如之怒而入，呼鴇母，問『得金多少？乃令奇俗人見我？』」又有名徐三公子者，爲名相徐階之後，「揮金如之，求與往來，如之得金，即以供三君子（陳子龍、宋轅文、李存我）游賞之費。」這段記載表明了秦淮名姝擇偶的價值取向：情投意合高於金錢利益。由於名姝「非閨房之閉處，無禮法之拘牽」，思想上較藏於閨閣的普通女子更爲開放，她們敢於主動追求真愛、主動選擇理想中的人生伴侶：史載柳如是素來景仰陳子龍，曾女扮男裝至松江拜訪陳氏，清末學者王國維在她的詩集《湖上草》的題詩曰：「幅巾道服自權奇，兄北相呼竟不遺。莫怪女兒太唐突，薊門朝士幾鬚眉？」即指此事。再如董小宛，第一次與冒襄見面便有意委身於他，冒氏第二日亟欲歸襄陽，小宛不顧病體，「憑樓凝睇，見余舟登岸，便疾趨登舟。」一路相從。可見，爲了自己的終生幸福，在對待婚姻歸宿的問題上，秦淮佳麗採取了大膽主動、勇於追求的積極態度。

另外，名士需要名姬的陪伴，以炫耀自己的名士風流。如果再能抱得美人歸，那是令人十分豔羨的事，張明弼的《冒姬董小宛傳》寫到：冒辟疆與董小宛攜手共渡江南諸地時，「姬著西洋布退紅輕衫，薄如蟬紗，潔比雪豔，與辟疆觀競渡于江山最勝處。千萬人爭步擁之，謂江妃攜偶踏波而上征也。」[17]場面何其宏觀！佚名的《絳雲樓俊遇》載：柳如是替錢謙益出面應酬會客，「時或貂冠錦靴，

---

[17] 《虞初新志》，頁 48。

時或羽衣霞帔,清辨泉流,雄談蜂起,客座爲之傾倒。」[18]想必錢
氏也賺足了面子。明中葉以來的社會習氣和晚明的人文思潮,使得
文人名士能夠接受在青樓這種開放場所中孕育的、較爲自由的戀愛
方式。文人娛聲妓,名士悅傾城。色藝俱佳的名姝佳麗,和家中奉
父母之命、媒妁之言而明媒正娶的妻子比較起來,可謂涇渭分明、
相差有別。名妓的聰慧靈秀與名士的儒雅風流相輔相成,他們之間
更容易摩擦出愛的火花,產生超越肌膚之親的真摯感情,兩者的結
合正如錦上添花一般,能夠情投意合、相得益彰。事實也證明了這
一點,董小宛與冒辟疆九年恩愛,許譽卿與王微的互相扶持,柳如
是與錢謙益的彼此知重,均已堪稱佳話,再如顧媚之嫁龔鼎孳,馬
嬌之歸楊文驄,卞敏之從申紹芳,拋開名士的氣節因素,單就個人
的婚姻而言,可以說都具有一定的愛情基礎,因而也都獲得了一定
的幸福。不過,這並不意味著名士名姬的婚姻自由等同於現代意義
上的婚姻自由,他們之間是建立在不平等的基礎之上的,包括夫與
妾的不平等、妾與妻的不平等,這是時代造成的。

前文已述,秦淮名姬與以往青樓女子的最大區別在於她們的政
治色彩,至此我們不難理解,與東林名流的親密交往甚至歸附,是
讓風塵佳麗感染政治的直接根源。她們認同和接納了士人階層的價
值理念,在關乎大節的緊要時刻,能夠做出臨難不苟的驚人之舉,
比如葛嫩的以死守節。另外一個原因,則在於後人的有意塑造和比
興附會,換而言之,文學家用對比的手法,將風塵女子有意刻劃成

---

18 佚名:《絳雲樓俊遇》,載蟲天子輯:《香豔叢書》(北京:人民文學出版社,1994),第二集卷二,頁340。

堅貞不屈、崇尙名節的形象，這樣就使得降清的士人們更加無地自容。東林勝流本是敢於指陳時弊、諷議朝政的進步人士，他們肩擔國運，爲眾望所歸，不但聳動朝廷上下，而且贏得了市民階層的敬重。「雖黃童白叟、婦人女子皆知東林爲賢。販夫豎子或相詬讓，輒曰：『汝東林賢者耶？何其清白如是耶？』」[19]可是，當國難當頭，內則義軍蜂起、逐鹿中原；外則後金窺關、兵臨城下的攸關時刻，那些所謂的名士勝流都做了什麼呢？《蘼蕪紀聞》引《掃軌閒談》云：「乙酉王師東下，南都旋亡。柳如是勸宗伯死，宗伯佯應之。於是載酒尙湖，徧語親知，謂將效屈子沉淵之高節。及日暮，旁皇凝睇西山風景，探手水中曰：『冷極奈何，遂不死。』」又《蘼蕪紀聞》上引馮見《龍紳志略》云：「龔以兵科給事中降闖賊，受僞直指使。每謂人曰『我原欲死，奈小妾不肯何？』小妾者，即顧媚也。」龔氏本來就無意抵抗，還把原因歸罪於小妾，其行可鄙，面目可憎！從這則記載我們也看出名士的虛僞與脆弱。當南明之亡，確有不少仁人志士，黨社名流抗節不辱，從容就義，如陳子龍、夏允彝、史可法、吳應箕，孫臨、楊文驄、瞿式耜等，即如王應奎《柳南隨筆》卷四所謂：「居長厚自奉，園林、音樂、詩酒，今日且極意娛樂，明日亦怡然就戮」[20]者。然而，一時勝流中，晚節不保、屈膝仕清者亦大有人在，江左三大家的吳偉業、錢謙益、龔鼎孳皆其類，等而下之者更不勝枚舉。雖然，實際情況是，即使他們

---

[19]　陳鼎著：《東林列傳》，康熙五十年（1711）刻本，卷二。

[20]　王應奎著：《柳南隨筆》，載歷代學人撰：《筆記小說大觀》（臺北：新興書局，1986）。

做了鬥爭，也無法挽狂瀾於既倒，無法阻止歷史前進的車輪，但那將另當別論。此前，人們對黨社名流寄予厚望，將之視爲中流砥柱，以圖振興大業，可事實證明，東林諸多名流卻是如此脆弱，如此不堪一擊，不但沒有團結抵抗，而且力量分散、各司其事。名士的所作所爲有悖衆望，讓人們產生了巨大的心裏落差，落實到文學家的筆端，就形成了這樣一組對比：一面是青樓名姬的堅貞隱忍，另一面是江左名流的萎靡懦弱，越是名妓的高風亮節，就越顯出名士的人格萎縮，孰是孰非，讀者一目了然。李香君在余懷的《板橋雜記》中是這樣的形象：「李香身軀短小，肌理玉色，慧俊婉轉，調笑無雙，人名之爲『香扇墜』。」[21]而到了孔尙任的《桃花扇》中，她明辨是非、鍾情篤義、威武不屈、富貴不淫、斥奸罵讒，幾乎集中了所有的美德令節，專寫李香君高風亮節的場次即有五齣——卻奩、拒媒、守樓、寄扇、罵筵，而男主角侯生，與李香君比較起來則多有遜色，時有損抑。生於清順治年間的孔尙任雖然不能算作遺民，但是，由於作者在構思命筆期間曾與前朝遺民有過廣泛接觸，所以其作品也就無法避免地染上了遺民情緒。透過文字表面，我們可以想見，在前朝遺老們的心中，那些享譽朝野的名流士大夫還不如區區女流之輩！李香君是一個理想化了的形象，與其說在她身上寄託了理想，不如說在南明士大夫身上感到了絕望。明清之際的傳奇小說中，還出現了大量爲「孝犬」、「義猴」作傳的情況，其命意與此相同，作者在文末往往感歎「又甚羨客之有是犬也而勝人

---

[21] 《虞初新志》，頁 420。

也。」[22]人不如犬，犬性勝人，犬類尚知在危難之際救主人於水火，何況人乎？

　　因此，換句話說，以往的青樓文學之所以沒有被感染政治色彩，一是缺少青樓女子與政治團體發生廣泛而深入接觸的外部條件，二是沒有令世人產生心靈大動盪、大激變的社會環境。當大勢已去，人們歸於平靜以後，目光會客觀、公正許多，就拿柳敬亭來說，許多文壇巨匠爲他作過傳文，像張岱的《柳敬亭說書》、吳偉業的《柳敬亭贊》、錢謙益的《爲柳敬亭募葬引》，這些都是有口皆碑的人物傳記，在他們的筆下，柳敬亭說書技藝高妙、如情入理，他們從柳敬亭的表演之中感受到了往昔之情和故國之念，而同是一個柳敬亭，在王士禛的筆下又是另一個形象：「敬亭善說評話，流寓江南，……余曾識于金陵，試其技與市井之輩無異。」（王士禛《分甘餘話》）王士禛是康熙年間執學術牛耳者，康熙時期天下大亂已平，四海統一，明代遺老此時大部分已經離世，昔日的故國情懷已隨著時光漸漸淡去，因此，身爲國朝新貴的王士禛自然體會不到柳敬亭身上所寄寓的感傷之情。

# 第三節　「只羨鴛鴦不羨仙」
## ——夫良姬賢的恩愛之情

　　無論是才子佳人之情還是名士名姬之情，都只停留在婚姻以前的戀愛狀態，明末清初的「言情」傳奇小說中，冒辟疆的《影梅庵

---

22　《虞初新志》，頁132。

憶語》和李漁的《喬復生王再來二姬合傳》（以下簡稱《喬王二姬合傳》）是描寫婚後生活的經典之作。冒、李二人皆是文壇高手，他們以真摯的感情、細膩的筆觸描寫了與亡妾生前的恩愛生活，字裏行間透出對往昔點點滴滴的追憶與眷戀。「引起記憶的物件和景物把我們的注意力引向不復存在的完整的情景，兩者程度無別，處在同一水準上。一件紀念品，譬如一束頭髮，不能代替往事；它把現在同過去連結起來，把我們引向已經消逝的完整的情景。……記憶的文字是追溯既往的文字，它目不轉睛地凝視往事，盡力要擴展自身，填補圍繞在殘存碎片四周的空白。」[23]由於《影梅庵憶語》和《喬王二姬合傳》是愛情主體和死亡主體的雙重疊加，所以數百年來，一直以其特有的魅力牽動讀者的心弦。

　　冒襄，（1611－1693），江蘇如皋人。字辟疆，號巢民，又號樸巢，生於世宦之家，其父冒起宗爲明崇禎朝大臣，官至僉都御史。冒襄年輕時代生活優越，錦衣玉食，爲人豪爽仗義，爲「明末四公子」之一。與東林後裔來往密切，弘光立，受阮大鋮之忌，顯遭迫害。入清後不仕，拒受博學鴻詞薦，以朋友、文酒爲樂，所居水繪園，是當時名園。冒襄是一位工詩善文的才子，著有《巢民詩集·文集》、《水繪園詩文集》。與冒襄相比，李漁的出身、生活條件均差許多。李漁，（1611－1680），祖籍浙江蘭溪。初名仙侶，字笠翁、謫凡，號天徒、湖上笠翁、隨庵主人、笠道人、覺道人、覺世稗官。李漁出生於世代布衣的家庭，其前輩中唯其伯父是冠帶醫

---

[23] [美]宇文所安著、鄭學勤譯：《追憶——中國古典文學中的往事再現》（北京：三聯書店，2004），頁3。

生，即低級醫官，李漁的父輩從蘭溪流寓到江蘇如皋，經營醫藥，李漁即出生在此。如果說冒襄一生的活動與政治有關，那麼李漁一生的活動則與經濟有關，他爲了一家三、四十口的衣食住行，不得不勞碌奔波，除了創作小說、戲曲、詩文、雜著以換取衣食外，還想方設法擴大財路，自己刻印書籍、經營書鋪、代造園林、自辦戲班等等，其首要目的都是爲了養家糊口。儘管冒、李二人的身世、生活道路大不相同，但他們的思想中卻有相同的東西，即對真情的肯定與珍重。他們都生活在同一時代裏，甚至在同一年出生，外加二人的資質、稟賦奇高，對外界事物具有天然的敏感和極強的接受能力，因此，肯定人性、關注自我的人文思潮在他們身上都產生了巨大的影響。冒氏的《影梅庵憶語》、李氏的《喬王二姬合傳》就是這種影響的集中體現。

　　《影梅庵憶語》作於順治八年（1651 年，冒襄 41 歲），董小宛新亡不久，文章以真摯的感情、深婉的筆觸描寫了二人相識訂盟、患難相扶的九載情緣。董小宛機智仁愛、忍辱負重，在冒家的短短九年中，不光贏得了全家大小的敬重與愛戴，而且幫助冒襄評選唐詩、稽查抄寫，既是冒氏的知心愛人、紅粉知己，又是他的得力助手、左膀右臂。《喬王二姬合傳》作於康熙十二年（1673 年，李漁 63 歲），王姬病故以後。喬、王二姬是李漁在外地受東道主所贈得來的婢女，二人本無名字，她們死後，李漁給她們起名爲「喬復生」、「王再來」，是希望她們復生再來之意。從名字的寓意當中，深見李漁對二姬的惋惜和眷戀之情。董小宛與喬王二姬，雖然歸宿不同，一個嫁給望族名士冒襄，另兩個嫁給貧窮才子李漁，但是同是爲人姬妾，三人在品格性情、侍夫之道上卻有諸多相似之

處。茲做一簡單比較：

（1）出身低微，經歷坎坷。

董白，字小宛，一字青蓮。從小便被買進青樓，身入樂籍。雖然未見董小宛在青樓含辛茹苦的文字記載，但是教坊豈是舒暢之地？唐代名妓徐月英在《敘懷》中寫到：「爲失三從泣淚頻，此身何用處人倫。雖然日逐笙歌樂，長羨荊釵與布裙。」想必小宛也是經受了常人無法想像的非人待遇，終因容貌出眾、天姿巧慧而脫穎而出，成爲名甲一方的「秦淮八豔」之一。與董小宛相比，喬王二姬則更慘一些，小宛好歹有名有字，喬王則「生前無名」，喬爲晉人，即名「晉姊」，王爲蘭州人，即名「蘭姊」。喬姬是山西平陽太守程質夫出資購買來送李漁的，而王姬係蘭州當道「先購其人以待者」。明末清初乃社會大動盪的時代，爲時 15 年之久的農民起義和滿清貴族的揮鞭南下，造成百姓生計艱難，貧困難以自給。李漁的《避兵行》描寫了當時真實的境況：「我思穴處避入地，陵穀變遷難定計。海作桑田瞬息間，袁閎土室先崩替」[24]。一個人任何事情都可以選擇，除了出身之外，董白和喬王二姬則是不幸中的尤其不幸者，《喬王二姬合傳》中說：「有喬姓女子，年甫十三，父母求售者素矣。」[25]足見其家境況悲涼、貧困難支的淒慘景象。但是，出身貧賤並不等於資質平庸，往往越是平凡人家的小兒女，越是天姿聰穎、異於常人，這一點在三位女子身上有充分的體現。余

---

24　李漁著：《笠翁詩集》，上海會文堂書局石印本，卷一。

25　李漁撰：《喬王二姬合傳》，載蟲天子輯：《香豔叢書》（北京：人民文學出版社，1994）第九集卷一，頁 2339。

懷《板橋雜記》載：「董白，字小宛，一字青蓮。天姿巧慧，容貌
娟妍。」[26]張明弼《冒姬董小宛傳》：「（小宛）秦淮樂籍中奇女
也。七、八歲，母陳氏教以書翰，輒了了。年十一、二，神姿豔發，
窈窕嬋娟，無出其右；至針神曲聖、食譜茶經，莫不精曉。」[27]尤
擅戲曲，張岱《陶庵夢憶》稱，小宛十五歲在金陵「以戲名」。周
士章詩「綠綺韻殘閑律呂，青衫濕透碎琵琶」，吳梅村詩「郎按新
詞妾按歌」，王士祿詩「滿酌黃縢細按歌」都是盛讚小宛的曲藝特
長。如果說小宛的戲曲才藝是在青樓舞樂升平的環境中後天形成
的，那麼，喬王二姬的戲曲天賦則是與生俱來、無師自通的。喬姬
出自貧家，結識李漁之前，不解聲律爲何物，在聽了李漁的新度之
曲《鳳求凰》之後，不但聽懂了詞中之情事，而且品味出曲中之韻
律，她說：「有是音，有是容，二者不可偏廢。容過目即逝矣，曲
之餘響，至今猶在耳中。」[28]這實際上是講詞與曲的關係，與李漁
在《閒情偶寄》中的某些理論不謀而合。李漁一直用側面烘托的手
法來寫喬王二姬的音樂天賦，先是喬姬之師奇喬，「師大駭，謂余
曰『此天上人也。』」王姬更是曲中之翹楚，「復生之奇再來，猶
師之奇復生。」只可惜天妒英才，董小宛亡時二十八歲，喬王亡時
只有十九歲。

（2）蘭心蕙質，隱忍賢良。

董小宛「好靜」，余懷《板橋雜記》稱「性愛閒靜，遇幽林遠

---

26 《虞初新志》，頁 416。

27 《虞初新志》，頁 46。

28 李漁撰：《喬王二姬合傳》，載蟲天子輯：《香豔叢書》（北京：人民文學出
版社，1994）第九集卷一，頁 2340-2341。

潤、片石孤雲,則戀戀不忍舍去。至男女雜坐,歌吹喧闐,心厭色
沮,意弗屑也。」[29]她不愛浮華,天性儒雅,琴棋書畫,莫不精曉。
《影梅庵憶語》寫「姬午夜衾枕間猶擁數十家唐詩而臥」[30],她的
詩作《奩豔》在《國朝閨秀正始集》、《清詩匯》中均見收錄,題
名《秋閨詞十一首》的小楷扇頁,今被收於《中國美術全集·清代
書法》,贊曰「行筆峻快清勁,鋒穎秀拔,備盡楷則,可稱書法精
品」。當然,這與她從小就身入樂籍,受過專業訓練有關。但是,
更為難能可貴的是,她嫁進冒家之後,能夠洗盡鉛華,任勞任怨,
在為人姬妾這樣尷尬的位置上,謙恭溫謹,忍辱負重,取得了一家
老小的信任和敬重。和同是為人姬妾的「秦淮八豔」其他姐妹比較
起來,董小宛可謂嚴守婦道、謹尊婦德,她立身處事皆本《列女傳》
「既嫁則以夫為天」與《禮記·郊特性》「一與之齊,終身不改」
之旨,行事一切以冒襄為中心,急夫之急,緩夫之緩。在冒氏舉家
遇盜的危難時刻,冒襄一手扶老母,一手曳荊人,小宛則「顛連趑
趄,僕行里許」[31],還安慰冒氏說:「當大難時,首急老母,次急
荊人、兒子、幼弟為是,彼即顛連不及,死深箐中無憾也。」可謂
深明大義、捨己為人。喬王二姬也是李漁的「賢內助」,在跟隨李
漁輾轉南北的七年之中,「未嘗一日去身」,伺候李漁的饑飽寒懊,
不使須臾失調者,「則二人之力居多」。李漁對二人感情至深、無

[29] 《虞初新志》,頁 416。

[30] 冒襄撰:《影梅庵憶語》,載蟲天子輯:《香豔叢書》(北京:人民文學出版
社,1994)第三集卷一,頁 588。

[31] 冒襄撰:《影梅庵憶語》,載蟲天子輯:《香豔叢書》(北京:人民文學出版
社,1994)第三集卷一,頁 598。

法忘懷的原因還有另外一點，即喬王是李漁家庭戲班的「臺柱子」，二人一個扮生，一個扮旦，如同天生一對，珠聯璧合。家班中有演技一流的喬王，又有李漁的擅度曲詞和靜心指導，所以李漁的家庭戲班一時間名遐邇，各地顯貴富豪紛紛發出邀請，既盈利又風光，「履跡幾遍天下，四海歷其三，三江五湖則俱未嘗遺一」[32]。所以說，無論是董小宛還是喬王二姬，她們能贏得冒襄和李漁的真誠憐愛，不是只在於姣好的容貌，而是在於隱忍善良、賢淑寬厚、散發著母性光輝的人格魅力，常言道「以柔克剛」，試想若得如此佳偶作為陪伴，世間哪個男子不會疼惜眷戀、視若珍寶呢？難怪冒襄在痛失小宛後慨歎「余一生清福，九年占盡，九年折盡矣。」

（3）忠於愛情，至死不渝。

古代姬妾的來源主要有兩種，一者，她們中的一部分即來自平康北里，二是其中不少人即為主人家中的奴婢或者歌姬。她們沒有像正妻那樣的名份，相對來說，也缺少主宰自身命運的能力。在以男權為中心的古代社會裏，女性本來就是弱者，而為人姬妾的女子更是弱者中的弱者，她們往往更容易視愛情為唯一的精神寄託，將全部的注意力集中在男性的身上。比如董小宛和喬王二姬，她們對所靠之「夫」體現出了一種近乎崇拜的依戀，心甘情願地為其付出青春甚至生命，這樣至死不渝的真摯情感在今天看來尚且為之動容：小宛幫助夫人料理家務，事無巨細，「米鹽瑣細，以及內外出

---

[32] 李漁撰：《喬王二姬合傳》，載蟲天子輯：《香艷叢書》（北京：人民文學出版社，1994）第九集卷一，頁 2345。

入，無不各登手記，毫髮無疑。」[33]在兵臨城下、老母、夫人避難郭外的時候，只有小宛留下來侍奉冒襄；冒氏在鼎革之際，五年中大病三場，小宛則無論寒暑，朝夕守護，「凡病骨之所適，皆以身就之。鹿鹿永夜，無形無聲，皆存視聽。湯藥手口交進，下至糞穢，皆接以目鼻，細察色味，以為憂喜。」或許有人會說，小宛是冒家的侍妾，地位低下，像這種伺候料理之事理應由她來做，但是，如果沒有對冒襄的崇拜和深深依戀，沒有對真情堅守和奉獻的執著，小宛又何至於此！同樣，喬王二姬對李漁也是一種崇敬式的愛戀，她們之所以能對年長三十餘歲的李漁一往情深，主要原因在於，他是一個集戲曲、文學、建築、種植、飲饌等才華於一身的全才式人物，她們不嫌棄李漁年老，唯憐才而已。如前所述，喬王均是藝術天才，具有無師自通的天賦，但是假如沒有李漁，她們的藝術財富便無從發掘，璞玉無人雕琢，終將埋沒於世，是李漁慧眼識珠，將二人收歸名下，並對其悉心教誨，她們才能領略到戲曲的奧妙，因此，從某種程度上說，李漁對喬王有「伯樂相千里馬」的知遇之恩，喬姬在謝世前三日，焚香告天，「謂予得侍才人，死可無憾，但惜未能偕老，願以來生續之」[34]，王姬生前也稱「生臥李家床，死葬李家土，此頭可斷，此身不可去也。」可以說，李漁與喬王二姬之間更多的是一種「惺惺惜惺惺」的情感，李漁說王姬「不知者目為歌姬，實予之韻友也」，就是這個含義。不難想像，李漁雖然才高

---

[33] 冒襄撰：《影梅庵憶語》，載蟲天子輯：《香豔叢書》（北京：人民文學出版社，1994）第三集卷一，頁 589-601。

[34] 李漁撰：《喬王二姬合傳》，載蟲天子輯：《香豔叢書》（北京：人民文學出版社，1994）第九集卷一，頁 2344-2345。

八斗，博聞強識，但卻無人賞識，人生道路充滿了坎坷與不順，只能靠賣文獻藝以及打抽風來糊口度日，他擅作喜劇，聲稱「唯我填詞不賣愁，一夫不笑是吾憂」，在這個逢迎諂媚而又不得已而爲之的口號下，掩藏了李漁多少辛酸與不平！他的多數作品都以詼諧調侃著稱，唯有這篇《喬王二姬合傳》以及與此相關的《斷腸詩二十首哭亡姬喬氏》和悼念王姬的《後斷腸詩十首》充滿了悲劇色彩，從中我們不難體會到李漁用情之深。

死是生的對立面，是上至帝王宰相下至市井小民都無法躲避的歸宿，冒、李面對愛妾的死亡，痛發好景不常、歡樂不永的浩瀚。同是悲傷哀悼，二人在歎惋憫惜之餘尚有細微的區別之處：冒氏的追憶中帶著一絲歉意和愧疚，他懷著自責的心情幾次描寫危難之際欲舍小宛的往事[35]，以及小宛生死相隨、患難與共的表白，這些無不顯示出他內心的愧怍與懺悔，而李漁不同，他和喬王二姬之間是一種「同病相憐」的情誼，他的追憶中更多的是白居易對琵琶女的那種「同是天涯淪落人，相逢何必曾相識」的惜花悼己的味道。因此，兩篇題材相同的作品，能給讀者帶來不同的審美感受，這需要我們細細地用心去體會。

朱劍芒在《影梅庵憶語校讀後附記》中說：「古今不少悼亡文字，也許有情真意摯，寫得非常生動，但像《影梅庵憶語》所載，瑣瑣屑屑，和普通的小傳、家傳、事略、事述等截然不同，實在算

---

35 這一點也被許多研究者用來作為論述「冒、董婚姻關係之維持端賴董白的委曲求全」之佐證，見陶慕寧〈從《影梅庵憶語》看晚明江南文人的婚姻性愛觀〉，《南開學報》第 4 期（2000 年），頁 56-61。

得是悼亡文的創作。」[36]追憶之作，看似以「於不要緊之題，說不要緊之話（姚鼐語）」的敍述方式，加之帶著濃郁的哀愁和感傷的文字風格，總是使人把玩不盡。《影梅庵憶語》和《喬王二姬合傳》打破了既往悼念文字的傳統，它們不蹈前人窠臼，獨樹一幟，是文學史上最早描寫家庭生活的自傳體文言散記小說，具有開創性意義。姬妾首次作為哀悼的對象，當在思想較為開放的唐代，劉禹錫的《傷秦姝行》哀悼一位朋友的良姬夭折，可謂是肇始之作，此後，詩類如竇鞏的《悼妓東東》、崔涯的《悼妓》、韋莊的《悼亡妓》，詞類如高官國的《永遇樂・次韻弔青樓》、曹松山的《齊天樂・和翁時可悼故姬》、還有《紅樓夢》中寶玉弔晴雯的《芙蓉女兒誄》都是纏綿悱惻的悼姬之作，然而，由於文體的限制和文人崇尚內斂、中和的風格，詩（詞）中偏好用琴、松柏、暮雲殘照以及花花草草等意象，來委婉曲折地展示痛失佳人的悲愴，這種遮遮掩掩的表達方式，倒是符合了含蓄蘊藉的中庸之道，但是，難免給人一種霧裏看花、隔靴搔癢的不快之感，而冒、李二人，敢於揭去那層神秘的面紗，直接將筆觸深入到私人生活，用散體小說的形式、洋洋灑灑千餘字的篇幅，毫無遮攔地表達對亡妾的眷戀之情，他們的坦率與真誠，感動了有清一代直至民國。冒、李以後，不斷有人仿照此例，用追憶的文字傷悼亡者，以死者的悲涼烘托生者的失落，常為論者所提到的如《浮生六記》、《香畹樓憶語》、《秋燈瑣憶》、《小螺庵病榻憶語》、《眉珠庵憶語》、《倦雲憶語》、《咒紅憶

---

[36]　朱劍芒：《美化文學名著叢刊》（北京：國學整理社，1936）。

語》、《昭明憶語》、《偶然室憶語》等近十餘部。[37]

# 結　語

「情」的範圍十分廣泛，自古「性情」並用，主要指的是人的自然之「性」，是人生而有之的，即「孩提之童，一無所知。目不能辨美惡，耳不能判清濁，鼻不能別香臭。至若味之甘苦，則不第之知之，且能取之棄之。告子以甘食悅色爲性，殆指此類耳。」今天所謂的「情」是在「性」的基礎上衍化生成的，範圍有所縮小，包括親情、友情、愛情、情誼、緣分等等，本文的論述，只限制在男女之「情愛」的範圍內，範圍的限定並不意味著以偏蓋全或者顧此失彼，愛情是人類永恆的主題，在人的七情六欲中占不小的比重，《詩經》開篇就是在歌頌男女愛情，明末，隨著人文思潮的高漲和世人思想的日益解放，肯定情欲、讚美真情達到了前所未有的程度，李贄所謂「食、色，性也。」文學領域中的《牡丹亭》、《金瓶梅》、「三言」、「二拍」無不「言情」。但是，無法否認的是，社會的大變動對人文思潮無疑具有致命的衝擊，明亡清立後，滿清貴族的文化鉗制和文人士子的心灰意冷，致使這支脈絡差點中斷，除了上文論述的少量作品仍然繼續「言情」之外，其餘大部分創作都體現出了理性的回歸，與明人相比，清人嚴肅內斂，拘謹含蓄，直到清中葉，風流才子袁枚的出現，這股命懸一線的潮流才得以續接。

---

[37] 李匯群：〈論「憶語」散文寫情的突破〉，《蘇州大學學報》（哲學社會科學版）第 5 期（2004 年），頁 64-69。

# 中編　乾嘉傳奇之盛世繁響

　　乾嘉是清代文學的集大成時期。之前經過康熙大帝的勵精圖
志，基本上完成了國家的統一大業，康熙又採取了一系列發展社會
經濟的有力措施，爲長治久安打下了堅實的基礎。「社會安定，經
濟狀況良好，這對文化發展至少在兩個方面有積極作用。第一，促
進文化普及，壯大士人隊伍。人們過上溫飽安定的生活後，就會產
生文化方面的追求。第二，爲士人從事文化事業提供了有利條件。
士人從事文化事業，最起碼的條件，一是要解決生活問題，二是要
有必要的圖書設備。此二者都有賴於經濟力量。」[1]文學集大成的
基本表現是：一、有大量富有實力的人才儲備。二、有名垂千古、
流芳百世的作品問世。乾嘉時期，有一大批才華橫溢的文人學者，
他們在各自的領域做出了突出的貢獻，爲後人留下了極爲寶貴的精
神財富。比如人所共知的曹雪芹、吳敬梓、袁枚、戴震、趙翼、鄭
板橋、錢大昕等等，他們都生活在乾嘉時代，可以說，乾嘉時期在
文學史上的地位足可與盛唐相提並論。在這樣一個大的文化背景
下，乾嘉文言小說的異常繁榮也是順理成章的事，乾嘉兩朝共 85
年，誕生文言小說集 72 種 414 卷，另有虞初、選抄類 10 種 112 卷，

---

[1]　參見導師趙杏根博士論文：《乾嘉代表詩人研究》1994 年。

其數量之多是前所未有的，也是後朝所無法超越的。其中除了散失流逸之外，能為今人所見的有如下六十餘部（按照小說刊年的時間順序，如刊年不詳則以完成時間為準）：《東皋雜鈔》、《遁齋偶筆》、《豐暇筆談》、《鬼窟》、《晉人塵》、《聞見偶錄》、《尾蔗叢談》、《原李耳載》、《談虎》、《說蛇》、《排悶錄》、《雞談》、《秋燈叢話》、《陰晉異函》、《二十二史感應錄》、《鄂亭詩話》、《三台述異記》、《新齊諧》、《夜譚隨錄》、《閱微草堂筆記》、《諧鐸》、《秋坪新語》、《耳食錄》、《柳崖外編》、《廣新聞》、《閑窗偶筆》、《桂山錄異》、《瓜架夕談》、《瑣蛣雜記》、《無稽讕語》、《妄妄錄》、《少見錄》、《霱樓逸志》、《質直談耳》、《小豆棚》、《秋坪新語》、《異談可信錄》、《語新》、《吹影編》、《新搜神記》、《客窗偶筆》、《雲峰偶筆》、《春泉聞見錄》、《影談》、《夢廠雜著》、《鏡花水月》、《虞初續志》、《廣虞初新志》、《樗散軒叢談》、《息影偶錄》、《聽雨軒筆記》、《諸癡符》、《挑燈新錄》、《亦復如是》、《見聞近錄》、《夢花雜誌》、《蕉軒摭錄》、《禺山夜話》、《昔柳摭談》、《三蕉餘話》、《咫聞錄》、《說豉》、《遣睡雜言》、《墨餘書異》[2]。受《聊齋志異》「用傳奇法而以志怪」的創作風格影響，乾嘉文言小說中除了陳球的《燕山外史》和沈復的《浮生六記》之外，大多集志怪、傳奇於一身，體現了傳奇與志怪最大程度的融合，比如屠紳的長篇小說《蟫史》，主人公桑蠋生就是蟲類的化身，

[2] 參考占驍勇著：《清代志怪傳奇小說集研究》（武漢：華中科技大學出版社，2003），陸林主編：《清代筆記小說類編》（合肥：黃山書社，1994）。

其出處爲《詩經·豳風·東山》：「蜎蜎者蠋，蒸在桑野。」《毛傳》釋曰：「蜎蜎，蠋貌。蠋，桑蟲也。」這是單就一部小說內部而言，再如袁枚的文言小說集《子不語》，多數論者將其歸爲志怪類，但其中的《徐四葬女子》、《莊秀才》、《棺床》、《張光熊》、《染房椎》等少數篇目明顯屬於傳奇小說，因此，散佈在志怪小說集中的傳奇小說，也作爲本部分討論的內容之一。

# 第三章　乾嘉傳奇小說
# 與科舉制度

　　科舉制度是我國古代選拔人才的主要途徑，自隋唐開始實施，直到清末廢止，中間除了蒙元初期的幾十年曾經停止過之外，其他期間無論是四海統一的天下太平時期，還是社會動盪的朝代更迭時期，無論是漢人統治的帝國，還是少數民族建立的政權，科舉制度都沒有中止過。可以說，在中國歷史上，沒有哪一種制度比科舉更能影響中國人的民族性格和行為方式，歷時 1300 多年的科舉，不光滲透到了經濟、政治、文化和社會生活的各個方面，而且滲透到了每一個中國人的思想甚至靈魂中。

　　文人與科舉有著天生難解的情結，魯迅筆下的《孔乙己》已經窮困到了十分不堪的地步，還要向跑堂的小夥計講述茴香豆的「茴」有四種寫法，可見，科舉在文人心中有著多麼深刻的烙印。科舉是一種政治制度，在今天看來它已經成為歷史，按照現代學科的分類也將科舉歸於歷史學範疇，文學即是人學，更確切地說是文人學，文人與科舉的天然情結致使我們不得不把文學和史學聯繫在一起，從史學的角度勾勒文學的特點，用史學的知識詮釋文學現象，筆者從這一視角出發，以期從更廣的背景來認識文學。

　　科舉制度與乾嘉傳奇小說是一個全新的研究領域，迄今為止還是一塊無人問津的荒地，我之所以將目光鎖定在這塊領域上，主要原因在於當我爬梳整理《筆記小說大觀》中的小說時，發現任何一個文人的筆記（或隨錄），都會或多或少地涉及到當時的科舉，如果說唐傳奇是科舉士子的行卷之作[1]，那麼清傳奇則是落第文人的「抒憤」之作，常言道「科場不幸文場幸」、「文章憎命達」，這些真理在清代文言小說作者身上分毫不爽地應驗了（當然像紀昀、俞樾這樣的人畢竟是鳳毛麟角）。那麼，又為什麼將著眼點只放在「乾嘉」這一段呢？原因在於：一、乾嘉以前是天下初定，一切制度尚未走上正軌之際，文學領域仍然留有明代的「遺民」情緒，像清初最具影響力的《桃花扇》、《長生殿》，無一不是借題發揮，充滿了感傷色彩。除此之外，還有晚明「尚情」基調的餘緒，一些作品崇尚真情、回歸自我，比如大受歡迎的《虞初新志》，其中塑造了許多任情狂誕、我行我素的「畸人」形象。與後來的作品相比，乾嘉之前的文學創作還不能算是純粹意義上的清代文學，儘管史學上習慣於將康、乾並稱，但是在文學上，以《四庫全書》的修撰和乾嘉學派的輝煌為代表的乾嘉時代，才是真正意義上的清代文學盛世。二、科舉與文人的關係在兩部白話小說中體現的最為明顯，一是《儒林外史》，另一個是《紅樓夢》，而這兩部巨著都誕生在乾嘉時期，乾嘉以後，隨著帝國的衰落和封建制度的日薄西山，文學

---

[1]　自魯迅以南宋趙彥衛《雲麓漫鈔》卷 8 的史料為依據得出這個結論之後，幾乎所有研究者都以此為出發點，見魯迅《中國小說史略》、《且介亭雜文二集·六朝小說和唐代的傳奇文有怎樣的區別》、《中國小說的歷史變遷》。

領域再也沒有出現像吳敬梓和曹雪芹這樣的文壇巨匠，也沒有出現
超越《儒林外史》和《紅樓夢》的文學作品。基於上述兩個原因，
我把目光著眼於乾嘉傳奇小說和科舉制度。需要指出的是，《聊齋
志異》雖然創作於康熙年間，但是，以王士禎爲代表的評語並不能
說明該書在當時就已得到廣泛的承認，一個最明顯的理由就是，無
論是王評也好，還是康熙己未的高珩序、康熙壬戌的唐夢賚序也
好，都不能恰到好處地評價《聊齋志異》的超越之處，而且嚴格地
說，對《聊齋志異》魅力的發現是從趙起杲開始的，因爲在乾隆三
十一年以前，《聊齋志異》並沒有刊刻，只是在小範圍內通過抄本
流傳。這就充分說明，在遺民情緒和主情思潮彌漫的清初文壇，《聊
齋志異》只能算作一個另類，一股難以引領時代大潮的支流。然而，
是金子總是要發光的，精品終究難掩其穿越時空的魅力，隨著時間
的流逝和明代遺民的自然消亡，乾嘉之際，生於清長於清的人們開
始審視他們所處的社會，《聊齋志異》很快以其特有的光芒吸引住
了世人的目光，從而，一系列《聊齋》評本蜂擁而起，諸多模仿《聊
齋》的作品紛遝至來，可以說，《聊齋》引領了乾嘉時代甚至整個
清代文言小說的創作潮流，所以此處將《聊齋》放在乾嘉時期討論。
人們總是對其熟悉的生活感興趣，毫無疑問，《聊齋》中最能引起
文人共鳴的是與書生和科考相關的情節，諸多乾嘉小說無一例外地
涉及到了這一模式，這也是導致我將乾嘉傳奇小說與科舉制度聯繫
在一起的又一原因。當然，前輩有關《聊齋》的研究已經十分深入，
我自認爲無法超越前人的藩籬，因此更多地將重點放在《聊齋》之
外的傳奇小說上。

　　儘管迄今沒有見到乾嘉傳奇小說與科舉制度的專題研究問

世，但是，這也並不是說沒有可資借鑒的成果。白話小說《儒林外史》和《紅樓夢》的研究資料中，就散佈著許多文學與科舉關係的分題討論。科舉作爲一種政治制度，自產生以來就受到統治者的高度重視，唐代中後期史學家杜佑著《通典》，設《選舉》專章，歷述上起秦漢、中經魏晉南北朝、下至隋唐各代選拔人才的概況，最爲簡明扼要，南宋鄭樵的《通志》、元代馬端臨的《文獻通考》都有記載和論述。明清兩代都仿「三通」的體制，一續再續。《二十四史》中自《新唐書》立《選舉志》，以後的各史及《清史稿》，也都相當具體地記載了各代的「選舉」事宜。近年來，史學界陸續出版了類似《科舉史話》這樣的科普讀物，讓史學之外的學人對古代科舉有個初步的認識，常見的幾部如《科舉史話》（王道成著，中華書局 2004 年版）、《中國科舉史話》（林白、朱梅蘇著，江西人民出版社 2000 年版）、《中國科舉制度研究》（王炳照、徐勇主編，河北人民出版社 2002 年版）、《中國科舉史》（劉海峰、李兵著，中國出版集團東方出版中心 2004 年版）、《中國科舉史話》（李樹著，齊魯書社 2004 年版）、《中國歷代科舉生活掠影》（李世愉著，瀋陽出版社 2005 年版）等等，這些史著中，都有涉及清代科舉的相關章節。專門研究清代科舉的資料有：《明清進士題名碑錄》以及乾隆十一年（1746 年）所刊的《國朝曆科題名碑錄初集》、上千卷的《大清會典》及《會典事例》，還有清代實錄中關於禮部貢舉、職官銓選、學校措施等分門別類的檔案記錄。在研究科舉與文學的關係方面，以唐代文學和科舉的關係最爲學者關注，其中程千帆的《唐代進士行卷與文學》（上海古籍出版社 1980年版）是真正將唐代行卷作專門的探討，並且把行卷的風氣與文學

的發展聯繫起來加以研究的，《唐代進士行卷與文學》是近些年來
唐代文學研究和唐代科舉史研究的極有科學價值的著作，傅璇琮的
《唐代科舉與文學》是又一部探討科舉與文學關係的力著。另外，
上海師範大學 2004 年俞鋼的博士畢業論文《唐代文言小說與科舉
制度》「原創性地梳理了唐代文言小說的初興、繁榮與衰落，與唐
代科舉制度的確立、盛行和敗壞之間的對應關係。」[2]在唐代文學
與科舉關係備受矚目的同時，宋代文學與科舉的關係也引起了學人
的注意，日本學者高津孝的《科舉與詩藝》（上海古籍出版社 2005
年版）一書中共收集論文十二篇，這些論文集中論述了科舉制度對
宋代文學的影響，其視角是獨特多方位的。上述的科研成果爲我們
的進一步研究奠定了深厚的基礎，站在巨人的肩膀上，嘗試前進，
是我研究乾嘉傳奇與科舉制度關係的最初理想。

# 第一節　模式之一：科場失意　發憤著書

　　清代是我國歷史上繼元代後第二個少數民族政權，有清一代，
除了滿、蒙、漢軍子弟，其他人士均需通過科舉考試走上仕途，據
《明清進士題名碑錄索引》統計，乾隆朝 60 年，27 科，共錄取進
士 5385 人，年均 90 人；嘉慶朝 25 年，12 科，共錄取進士 2825
人，年均 112 人。結合兩個時期的全國人口數（約 3 億左右）來看，
考取進士的人數簡直就是鳳毛麟角，這就導致科舉失敗成爲多數文

---

2　紀昌和：〈跨文史兩學科研究的一項新成果——簡評俞鋼的《唐代文言小說與
　　科舉制度》〉，《上海師範大學學報（哲社版）》第 4 期（2005 年），頁 26。

人的必然命運，其中滿腹經綸但舉業蹭蹬之士大有人在。對於大多數文人來說，如果不能一舉中第、實現兼濟天下的抱負，那麼閉門著書、借文字以澆胸中壘塊則成爲他們共同的追求，《亦復如是》的作者青城子，「六試鄉闈不遇，不得已就九品職赴粵東」[3]，而這個從九品還是捐來的，後來遭吏議去官後，「於絕無消遣中重理舊業，就其平日所聞所見者，匯而記之，凡得若干卷。」[4]試想一個奔走於官場，整日忙於運作應酬的人，怎麼會靜下心來抒寫心得，以文字作爲消遣呢？所以科壇不幸文壇幸，許多文言小說出自落第文人之手，如果沒有他們，我國古典文學寶庫將會失去許多機趣，從這個意義上來講，科舉制度對文言小說創作起到了推動與促進的作用。

　　乾嘉時期，除了少數文言小說的作者如紀昀、李調元、屠紳等人之外，大多數作者都是半生淪落於科場的鬱鬱不得志之士，他們

---

3　青城子著《亦復如是·序》，光緒間擷華書局鉛印本。合肥于志斌根據家藏清嘉慶十六年刊本考證：1984年廣陵古籍刻印社出版的《筆記小說大觀》，中有青城子所著《志異續編》四卷，考其內容實即《亦復如是》中的二、四、六、八卷，由此推斷，一、三、五、七卷也曾被書商以《志異初編》刊印，但已失傳，所以《筆記小說大觀》編者在《志異續編·提要》中說：「既不詳其（青城子）姓氏，而書又顏曰『續編』，其『初編』安在，莫能考也。」因查《中國文言小說書目》（袁行霈、侯忠義編，北大版）等，錄有《志異續編》，但沒有提及《亦復如是》。于根據其外祖父跋語中所記，得出青城子就是宋永岳的結論：我外祖父跋語中所記，均得之於宋永岳族孫所述，比較翔實可信，雖小有舛失，我們可以從《亦復如是》中為之校正。持青城子就是宋永岳觀點的還有陸林，見〈清代文言小說家宋永岳事蹟繫年〉（載《明清小說研究》第4期（1998年），頁183-194。

4　同上。

皓首窮經但卻屢試不第，對於他們來說，科舉就像一枝長滿了利刺的玫瑰，嫵媚動人而又難於得手，企圖放棄卻又欲罷不能，熟諳科場的蒲松齡在《王子安》篇中較爲真實地刻劃了落第者的情態：「初失志，心灰意敗，大罵司衡無目，筆墨無靈，勢必舉案頭物而盡炬之；炬之不已，而碎踏之；踏之不已，而投之濁流。從此披髮入山，面向石壁，再有以且夫、嘗謂之文進我者，定當操戈逐之。無何，日漸遠，氣漸平，技又漸癢；遂似破卵之鳩，只得銜木營巢，從新另抱矣。」[5]不管怎樣，現實是殘酷的，那些功底欠缺或者時數不濟的人總要承受失敗的痛苦，世間像吳敬梓那樣真正將科舉看透的又能有幾個？於是，多數文人將半生的心血訴諸文字，在文字中表達對仕途、對人生的喜怒哀樂。清人比較喜歡用文言小說的形式表達思想、抒情寫志，因爲和其他文學體裁比較起來，文言小說具有無法比擬的優勢，和詩歌、散文相比，它可長可短，隨心所欲，非常自由靈活，而且雅俗相宜，文字、藝術要求不必太高，不必拘泥於事實，詩歌、散文則不然；與白話小說相比，文言小說保持了傳統文學的高雅和潔淨。從創作時間上說，文言小說既不像詩歌那樣寫於此情此景，也不需要像白話小說那樣必須保證大幅度地前後照應和風格統一。而且，小說本來就有虛構假設的特點，在文網森嚴、動輒得咎的年代，用小說來表明心跡無疑是最聰明最隱蔽的安全方式。

　　相對於今人來講，古人的文學素養要高的多，爲了應付科舉考試，他們自幼就習文制藝，練習書法。據紀昀回憶，他從四歲起便

---

5　蒲松齡著、張友鶴輯校：《聊齋志異（會校會注會評本）》（上海：上海古籍出版社，1962），頁 1238。

開始受書，「自是時始，無一日離筆硯。」[6]很多文人才高八斗，
能書善畫，仕途失利後，他們將剩餘的精力投放在創作小說或者寫
字賣畫上，這樣做一方面是爲了養家糊口，另一方面也是學有所
用，我們今天所見到的文言小說，大多數都是舉業之餘的副產品。
《聊齋志異》自不必說，它孕育於蒲松齡準備科考和科考落第的交
替進程中，曾衍東的《小豆棚》，也是一部與《聊齋》同調的發憤
之作。曾衍東，字青瞻，號七如，又號鐵鞋道士，七如道人，七道
士。清代山東嘉祥人。嘉祥《曾氏族譜》[7]載其爲曾子六十七代孫。
他性格豪放，多才多藝，「工詩及書畫，筆墨狂放，大至以奇怪取
勝。鐫圖章，摩古出奇」[8]。其書畫「得之者無不拱璧珍之」。現
代著名文人周作人謂其詩書畫爲「鄭板橋一派」[9]，給予極高的評
價。但是，曾衍東的一生可謂經歷坎坷、境遇悲慘，晚景尤爲淒涼。
大約十七歲時考中秀才，壯年「以筆墨遨遊齊魯間」[10]，爲人做記
室。四十二歲中舉，五十歲以舉人獲挑楚北知縣，後因強項迕上官
獲譴，終至被誣以先吞後吐的貪污罪革職，流戍溫州羈管，靠賣畫
鬻字爲生，後兼爲人西席，嘗至「穿也無衫，食也無餐」的地步。
嘉慶二十五年，道光帝即位改元，大赦天下，衍東遇赦，欲攜價還

---

[6]　紀昀著：《閱微草堂筆記·槐西雜誌一》，嘉慶五年（1800）序北平盛時彥重
　　刻本卷十一。

[7]　該譜今藏山東嘉祥縣縣誌辦公室。

[8]　彭佐海撰：《曾衍東傳》，載蕭相愷主編：《中國文言小說家評傳》（鄭州：
　　中州古籍出版社，2004），頁 727。

[9]　周作人著：《知堂書話》（長沙：嶽麓書社，1986），頁 628。

[10]　曾衍東著：《小豆棚》，光緒六年（1880）石印本。

鄉，但旅資缺乏，約十年後，卒於溫州。他的一生「爲秀才，忙舉業；爲窮漢、爲幕、爲客忙衣食」，如果沒有誤入仕途，依靠自己的天份和才能，他或許能夠過著衣食無憂的生活，然而，科舉不但沒有使他改變命運，反而將他推向更爲糟糕的境地。晚年的曾衍東，在回憶起自己的人生經歷時，大爲後悔，恨歎不已，《小豆棚》中有一則名爲《賣茱李老》的故事，可謂是他晚年心境的真實寫照。李老本來依靠賣茱爲生，過著悠遊自得、貧而似仙的生活，後來爲富室某持握籌算，日子雖然富裕了，但是整日的奔波勞累致使他身心疲憊，最終以勞猝死。文末曾衍東有感而發：「余作秀才時，不肯教書，嘗以筆墨遨遊齊魯間，久之爲當道諸公爲記室。歲得束脩百餘金，臘底言歸，一家八口，從無卒歲之虞。鄉薦後，心羨仕途，遂爾一行作吏，簿書鞅掌，僕僕塵埃。回憶囊昔襟期，不諦天壤。……良可恨歎！」[11]沉溺於舉業、仕途，貽害不可謂不深矣！

　　自蒲松齡始，人們就越來越清楚地認識到，舉業與才學實際上是兩碼事。《諧鐸》的作者沈起鳳，生於吳門仕宦之家，自幼受到良好的傳統教育，博學、工文章。然而科舉之路頗爲困躓，九歲起應童子試，十四歲因「首藝中用《離騷》僻句，取而復棄」，「遲遲不能掇一芹」。後李因培督學江蘇，遂蒙識拔，方得入學。乾隆三十三年入鄉闈，典試王際華、王國柱二人，原擬沈經魁，「因吏治策中語激烈，王公恐礙磨勘，國公力爭，抑置三十一名中式」[12]，其年沈起鳳二十八歲。嗣後「應禮部試，五薦不售，年未四十，絕

---

11　同上。
12　沈起鳳著：《諧鐸》，乾隆五十六年（1791）藤花榭初刊本，卷一二。

意仕進，以著書自娛」[13]小說《諧鐸》使沈起鳳頗有名氣，署祁門知縣的韓藻、乾隆五十三年至五十八年任祁門縣學教諭的殷傑為之作《序》，二《序》對《諧鐸》大加揄揚，自《諧鐸》問世後，一直受到很高的評價，嘉慶二十年，韓廷輝為俞國麟《蕉軒摭錄》作《序》云：「蒲松齡之《聊齋》，多談狐鬼；沈起鳳之《諧鐸》，巧寓諷刺；袁子才之《子不語》，侈言福異，俱抒所見，而自成一家言。」[14]邱煒萲《客雲廬小說話》說，《諧鐸》「能自存面目，未嘗有意依傍《聊齋》，拾其一顰一笑」[15]，「靈心四照，妙語雙關，其書亦誠諧矣」[16]，認為它在清人小說中僅次於《聊齋志異》和《閱微草堂筆記》，應名列第三；《青燈軒快譚》則云：「《諧鐸》一書，《聊齋》以外，罕有匹者。」《諧鐸》贏得了各家的好評，足見一世與科第無緣的沈起鳳所取得的成就。再如《耳食錄》的作者樂鈞，可以稱做是一位少年天才，他生而警敏，甫成童，詩古文詞就已累然成集，弱冠補博士弟子。乾隆五十四年，學使翁方綱奇其才，拔取北京國子監貢生。中舉之前的樂鈞可謂一帆風順，少年得志，可是自嘉慶六年中舉以後，便遭遇坎坷，累試不第，嘉慶十二年之後，樂鈞寄寓蘇州楊仁山別業，取名「貸園」。終生不得志，抑鬱而終。對於讀書人來說，最大的痛苦莫過於懷才不遇，世間千里馬常有，而伯樂不常有，蒲松齡在《司文郎》中罵道：「簾

---

[13] 沈起鳳著：《諧鐸》，乾隆五十六年（1791）藤花榭初刊本，沈清瑞《跋》。

[14] 俞國麟著：《蕉軒摭錄》，道光十九年（1839）雙桂樓刻本，韓廷輝序。

[15] 蕭相愷主編：《中國文言小說家評傳》（鄭州：中州古籍出版社，2004），頁718。

[16] 同上。

中人並鼻盲矣。」可謂是落第文人悲憤而又無助的呼聲！

　　文人以著書立說為大業，曹丕在《典論・論文》中說：「文章乃經國之大業，不朽之盛事」，既然才華在舉業中得不到認同，那麼轉而為小說，在小說中展示才能便成了一些文人的發洩之道。清中葉，受乾嘉學派的影響，我國文學史上產生了四部大型的以「炫才」為主要目的的小說：《蟫史》、《燕山外史》、《鏡花緣》、《野叟曝言》。其中，後兩部屬於白話通俗小說，不在本文的研究範疇，在此，我只想討論一下前兩部。《燕山外史》是一部「欲於小說見其才藻之美者」的傳奇小說，魯迅在《中國小說史略》中將其歸為「清之以小說見才學者」，實不為過。我國的古代小說以散體式創作居多，其間雖不乏雜有駢辭儷句者，但通篇純以駢文書寫的中篇則極為罕見。《燕山外史》共三萬一千餘言，是陳球根據明馮夢禎的《竇生傳》改編而來，因其典故繁複、屬對精工而深受文人喜愛，常作為撰文作詩的範本。和《燕山外史》幾乎誕生於同一時期而略早的《蟫史》，也是一部「以小說見才學」的文言小說，研究者往往將兩者相提並論。比較兩部作品，除了都是用文言寫成、炫才耀學的共同點之外，還有什麼不同之處呢？仔細閱讀不難發現，《燕山外史》比《蟫史》多了一份作者的人生感慨。《燕山外史》作者陳球，嘉慶間人，乃浙江嘉興秀水諸生，《清史稿》中無傳，確切的生卒年亦不詳，可見其生前乃默默無聞之輩。僅據《嘉興府志・卷八二・經籍志・子部・小說家》載：「陳球，字蘊齋，諸生。家貧以賣畫自給。工駢儷，喜傳奇。嘗取馮祭酒夢禎敘竇生事，演成《燕山外史》。事屬野稗，才華淹博。《墨香居畫識》稱其善山水。」葉蔚在《燕山外史・題詞》中云「（陳球）少作經生

老畫師，中年落魄著新詞」[17]，由此可知，陳球少年時亦不能免俗地追逐科場功名，但天未能遂人願，在經歷了科場磨難以後，萬念俱灰，只好創作《燕山外史》以寄託人生感慨，為什麼這樣說呢？原因有兩點，第一，改編別人的小說，可依據的藍本很多，但陳球為何偏偏鍾情於馮夢禎的《竇生傳》？除了《凡例》所云的因緣際會、視聽所及之外，最合理的解釋就是馮夢禎為陳球的同鄉先賢，陳球對他有一種自然的同鄉情誼，更為重要的是，馮夢禎官編修，歷任祭酒，對有才華的諸生呵護備至，這一點足令自視甚高但卻無人提拔的陳球景仰不已，另外，馮的《竇生傳》雖然篇幅不長，但其內容頗為複雜多變，集因緣巧合、相互鍾情、嚴父反對、小人撥亂等情節於一身，改編起來易於敷衍鋪陳，極盡誇張渲染之能事，也易於借題發揮，寄託人生感慨。第二，《燕山外史》乃抒憤之作，這在小說中有明確的文字表述：「球十年作賦，傷舊業之荒蕪；三徑論交，悵同儕之寥弱。學詩學劍，百事蹉跎；呼馬呼牛，半生潦倒。兼之路企羊腸，雄心久耗；年加馬齒，壯志都灰。骨至消餘，見蠅飛而神悚；膽從破後，聞蟻鬥而魂驚。嗟乎！桓溫已逝，孰許倡狂；嚴武未逢，誰容傲岸？誰知囊內金俱全，任教鄧禹笑人；還喜樽中酒亦空，免使灌夫罵客。」[18]由此可以想見，陳球耗盡了半生精力追逐功名利祿，年齒日長，膽氣漸喪，如今已人到中年，昔日的壯志雄心已經化為灰燼，然而，功未成，名未就，滿腹躊躇又

---

[17] 陳球著：《燕山外史》，光緒五年（1879）廣益書局傅聲穀最早注釋石印八卷本，葉蔚題詞。

[18] 同上。

有誰人欣賞呢？正如胡文銓贈陳球的《題詞》所云：「三萬言難遣，十千酒屢沽。情多終自累，才大有誰俱？」只有將一腔才華揮灑在小說中，用詞采豐贍的文字向世人證明，陳球半生潦倒，並非凡懦平庸、碌碌無爲所致，而是時運不濟，無人賞識，「非戰之罪也」，故吳展成在《燕山外史·序》中說：「殆有得之興、觀、群、怨之旨歟！」孰是孰非，自留後人去評說。與陳球相比，《蟫史》的作者屠紳要幸運得多，他十九歲中鄉舉，二十歲中進士，可謂少年得志、一帆風順。實際上，《蟫史》才是一部地地道道的「炫才」之作，小說卷首云：「在昔吳儂，官於粵嶺，行年大衍有奇，海隅之行，若有所得，輒就見聞傳聞之異辭，匯爲一編云。」[19]又說：「望洋知道岸雲遙，觀海覺文瀾甚闊。蕭閑歲月，非著書何以發微？浩淼煙雲，豈坐井而能語大？」[20]可見，地遠政簡，爲了打發無聊的歲月，便將「見聞傳聞之異辭」匯爲一編，（這）是屠紳創作《蟫史》的主要動機。爲了炫耀才學，作者煞費苦心，不光刻意採用詰屈古奧的文言文創作，而且大量使用生典，扭曲文氣，讀起來不能明白曉暢。這在屠紳的短篇小說集《六合內外瑣言》中，亦可見一斑。因此，較之《燕山外史》，《蟫史》少了一份真誠和厚重，多了一絲矯揉與艱澀，也難怪，終生爲官、生活悠游的屠紳怎能體會到懷才不遇、衣食無著的下層文士之苦呢？這大概也是《蟫史》歷來得不到很高評價的原因吧。

　　科舉的失敗，導致文人的憂憤，文人在憂憤情緒的支配下創作

---

19　屠紳著：《蟫史》，申報館叢書本。
20　同上。

出寓有弦外之音的文言小說，這是科舉對小說創作起推進作用的第
一點表現。其次，我們注意到，許多文人科場失意後，爲了生計起
見，不得不坐館或者爲人做幕，例如蒲松齡，自 33 歲起就在畢際
友家坐館，在畢家生活了長達 30 年之久，《聊齋志異》也是創作
在坐館期間。再如，俞蛟的《夢廠雜著》有一篇《葉子春傳》：「葉
子春，宛平諸生也，貧乏不能自存。同里有溫姓者，財雄於鄉，生
子八歲，延師未就。子春踵門請曰：『某非好爲人師，慕台甍高誼，
願廁門下，脩脯之豐儉惟命，不敢較。』」[21]可知，坐館雖寄人籬
下，但畢竟還可以解決溫飽，不致餓死街頭。除坐館之外，爲人做
幕無疑也是文人可以選擇的又一條出路，幕即幕府，通俗的說法就
是當「師爺」，《浮生六記》的作者沈復一生即以做幕爲主，經商
是很次要的，他在《浮生六記》中不止一次地提到：「余遊幕以
來……」。我們說，無論是坐館還是做幕，對於讀書人來說最起碼
有一點好處，即兩種行業主要都是從事文字工作，儘管社會地位不
高，但是不需花費太多的時間和精力，他們還可以用剩餘的時間來
準備科考，既解決了吃飯問題，又不致於喪失學業，可謂一舉兩得。
而且，更爲重要的是，對於小說創作來說，坐館或者遊幕可以增長
作者的見識，擴大小說的創作題材。尤其是做官府的幕客，必須別
離家鄉，隨官赴任，奔走各地，浪跡天涯，常見「遊幕」「幕遊」
「浪遊」並稱，所用「遊」字，即概括了做幕客的重要職業特徵。
比如《秋燈叢話》的作者王椷，他出身於當地名門望族、官宦之家，

---

[21] 俞蛟著：《夢廠雜著》，載晚園客編：《清說七種》（上海：上海文藝出版社，
1992），頁 9。

乾隆皇帝曾對王椷的四兄王檢說：「女父子三人俱爲翰林，一門多顯官，皆能辦事，可謂世臣矣。」[22]但是，與父兄相比，王椷的一生卻很微不足道，他科第不順，直至乾隆三十五年五十多歲時，才以舉人筮仕直隸臨城。他自幼隨父兄奔波在外，南征北轉，《秋燈叢話》卷三第三十四篇曰：「余生長海濱，少隨父兄賓士宦轍……」[23]從中舉到出仕間的三十五年中，他主要是依附檢、杲二兄幕下，因此也遊歷了許多地方。正是由於王椷一生的奔波浪跡，才成就了其《秋燈叢話》一書。全書共十八卷，大凡足跡所至，東起閩浙，西極川黔，南至兩粵，北入陝甘，皆爲筆墨所及。內容龐雜博收，光怪陸離，正如蕭劼《跋》中所言：「古今事蹟，合雅俗以雜陳；人物情形，統正變而燦列。搜奇探異，累牘連篇，如入五都之市；百貨雲集，巨細妍媸，無不備具，令人目不暇給。」[24]再比如《聽雨軒筆記》的作者徐承烈，浙江德清人。他出生在一個日漸衰落但仍不失舊有文化傳統的家庭中。乾隆十三年十九歲時，已獲得秀才身份，後因貧廢學，訓童蒙於鄉曲。乾隆十九年，與業師沈益川結伴遠遊粵西，尋求出路。徐承烈首次出遊，在桂林依知府商思敬爲幕僚，客居粵地五年左右，乾隆二十四年束裝歸里，此後的幾年中，客於紹興、嘉興一帶，仍以訓蒙爲計。乾隆三十一年夏，再次結伴作遊粵地，這次寓居了長達十年之久，直到四十六歲時才自嶺南回到家鄉。因此，從小說角度看，《聽雨軒筆記》中紀遊之作堪稱書

---

22　王陵基修，于宗潼纂：《中國方志叢書・華北地方第 55 號・福山縣誌稿・卷七之二・王檢傳》，成文出版社影印。

23　王椷：《秋燈叢話》，積翠山房藏版、道光戊子補刊本，卷三第三十四篇。

24　《秋燈叢話》，蕭劼《跋》。

中最有神采的部分，《筆記小說大觀》提要云：「而記游諸篇，可補名山記中所未逮，讀之尤令人悠然神往。」[25]可謂的評。《夢廠雜著》亦是一部輾轉隨幕中的創作，作者俞蛟「奔走四方，其間之豫之楚之西粵，至於燕趙齊魯之鄉，則往來尤數焉。」[26]書中既有描寫嶺南民情的《紀械鬥》，又有記述江浙風俗的《鬧房斃命記》，既有記載中原奇事的《齊東妄言》，又有詳述粵西青樓的《潮嘉風月》，內容廣博，令人目不暇接，而這一優點的取得，顯然得益於俞蛟遍遊各地所獲得的廣泛見識。誠如《夢廠雜著·小引》中所言：「著者山陰俞蛟，志趣高潔，文品雋奇而瑰茂；且其曾輾轉隨幕，誠所謂行遍萬里程，讀破萬卷書之名士也。」[27]沈起鳳亦是如此，他幼時就曾隨宦淮甸多年，成年後又客鄭州，入都中，乾隆五十三年至五十八年，出任安徽祁門縣學訓導，後丁憂去，服滿後，於嘉慶四年調任全椒縣學教諭，可見沈起鳳的博聞強識，與其廣泛的遊歷有密不可分的聯繫。

# 第二節　模式之二：科舉背景　展現生活

科考是古代文人生活中的頭等大事，俗語曰：「萬般皆下品，

---

25　徐承烈著：《聽雨軒筆記》，載歷代學人撰：《筆記小說大觀》（臺北：新興書局，1986）第一編第一冊。

26　俞蛟著：《夢廠雜著》，載曉園客編：《清說七種》（上海：上海文藝出版社，1992），《自序》。

27　俞蛟著：《夢廠雜著》，載曉園客編：《清說七種》（上海：上海文藝出版社，1992），《小引》。

唯有讀書高」，《三言》中有一篇《金玉奴棒打薄情郎》的小說，金老大腰纏萬貫，錦衣玉食，女兒玉奴國色天香，花容月貌，金玉奴以這樣的資財和品貌，卻情願招窮秀才莫稽爲婿，原因在於金家世代爲團頭（即叫化子頭目），地位不高且遭人恥笑。《夢廠雜著》中的《毛畢》，講毛畢的祖輩、父輩都是提筐拾馬糞的小本經紀人，日積月累，漸至小康，到毛畢這一代則更爲富有，「（毛畢）遂棄舊業，衣紈食肉，與里中紈絝兒相征逐。」[28]沒想到卻遭到了鄉人的嘲笑，認爲他靠賤業起家，不配與富人爲伍。因此，爲了獲得更高的社會地位，多數人都會選擇讀書來改變處境，與青燈相伴的書齋生活成爲每個文人的必經之路。而落實到小說中，就有了「書生夜讀書」這一常見場景，很多故事以這個模式展開：《聊齋志異·白秋煉》「直隸有慕生，小字蟾宮，商人慕小寰之子。……生乘父出，執卷哦詩，音節鏗鏘。輒見窗影憧憧……」[29]《聊齋志異·胡四姐》「尙生，泰山人。獨居清齋。會值秋夜，銀河高耿，明月在天，徘徊花陰，頗存遐想。忽一女子逾垣來，笑曰……」[30]《聊齋志異·狐聯》「焦生，章丘石虹先生之叔弟也。讀書園中。宵分，有二美人來，顏色雙絕……」[31]《聊齋》的這一模式爲許多乾嘉小說所借鑒，袁枚《子不語·李生遇狐》「歙有李生聖修，美風儀。十四歲，讀書二十里外岩鎮別院。一夜漏二下，生睡覺，忽睹麗人

---

28　《清說七種》，頁99。

29　蒲松齡著、張友鶴輯校：《聊齋志異（會校會注會評本）》（上海：上海古籍出版社，1962），頁1482。

30　《聊齋志異（會校會注會評本）》，頁201。

31　《聊齋志異（會校會注會評本）》，頁272。

坐榻上。」[32]長白浩歌子《螢窗異草‧燈下美人》「瓊州余舜章，
少時讀書於某寺。每當風清月白之傾，輒有良夜如何之慨，蓋僅約
而未婚也。」[33]研究者分析，由於蒲松齡常年在外坐館，寂寥的生
活讓他十分渴望有人陪伴，於是就有了「紅袖夜添香」這一寂寞中
的暢想。不過，除此之外，之所以這樣描寫我想還有一個作用，既
然深夜苦讀是每個文人都有過的人生經歷，那麼小說以這一場景開
端必然會增強讀者的熟悉感和現場感，從一開始就能進入故事所營
造的氛圍，如同身臨其境。

　　與此類似，更能證明這一點的還有另外一個模式，就是書生赴
京趕考或者科考歸來，在路上發生了一系列事情。比如，《聊齋》
中的《偷桃》即發生在作者幼時赴郡應童子試時，正值「演春」之
際所觀看的一場術數表演。徐昆的《遁齋偶筆‧吳二官》「宜興吳
二官者，吾祖母宗侄也，年二十餘，至郡應童子試。進小南門，門
外故荒僻，見有美女子獨坐……」[34]徐昆《柳崖外編‧梅占》「曲
沃仇生，以選拔入都，朝考罷歸，路遇名妓梅占，遂狎焉。」[35]《耳
食錄‧段生》「（段生）鄉薦不售，乃從諸戚好釀金入太學，赴都
應順天鄉試，復落解。貧不能返，遂止京師，以圖再舉。」[36]《耳
食錄‧衣工》「（坦齋）丙午歸自京師，將赴豫章秋闈，取道于杭，
阻舟西湖壩。」《螢窗異草‧田鳳翹》「韓城盧孝廉，某年下第，

---

[32]　袁枚編撰：《子不語》（上海：上海古籍出版社，1998），頁 651。

[33]　長白浩歌子著：《螢窗異草》（濟南：齊魯書社，2004），頁 194。

[34]　陸林主編：《清代筆記小說類編‧精怪卷》（合肥：黃山書社，1994），頁 53。

[35]　程毅中編著：《古體小說鈔‧清代卷》（北京：中華書局，2001），頁 98。

[36]　樂鈞著：《耳食錄》（長沙：嶽麓書社，1986），頁 163。

將歸秦省。從一僕，跨二健騾，行于燕南道上。」[37]《螢窗異草·
鄭讓》「鄭讓，字耐村，利津人。無兄弟，父母鍾愛之。美豐儀，
又慧。十五，應童子試郡中，游過平康，見妓心蕩。」[38]《小豆棚·
擲狐裘》「福建孝廉林某，會試北上，舟泊吳江一高樓下。夜半樓
中火起，岸上鼎沸。」[39]金捧閶《客窗筆記·蘆花會》「宜興儲孝
廉次濱，未遇時館京師。壬申春將入闈，夢至一殿……」[40]《客窗
筆記·書總戎女歸葬事》「吳門陳漢三進士，雍正庚戌會試後，寓
京師半截胡同。」[41]《小豆棚·齊無咎》「齊無咎，字冠卿，金陵
人，性謹持，舉優貢。客京師之粉坊胡同南口，鄰多隙地，近葦塘。」
[42]方元鶤《涼棚夜話·曾三陽遇盜》「潾水曾三陽，少任俠，善為
人排難解紛。一日赴成都鄉試……」[43]管世灝《影談·繩妓俠女》
「嘉善諸生周鑒，赴歲試寓府城張氏。」[44]因為赴試和夜讀一樣，
都是每個文人最熟悉不過的生活經歷，以日常生活為題材，無疑會
使閱讀者產生共鳴，就好像書中所寫的故事就是自己的親身經歷，
或者是發生在周圍朋友身上的故事一樣，增強了小說的吸引力和可
讀性。而且，從創作角度來說，赴試途中也容易發生故事，以漫長
的旅途生活為背景，可以構思出許多題材的小說。我們知道，古代

---

[37]　《耳食錄》，頁116。

[38]　長白浩歌子著：《螢窗異草》（濟南：齊魯書社，2004），頁190。

[39]　陸林主編：《清代筆記小說類編·勸懲卷》（合肥：黃山書社，1994），頁196。

[40]　陸林主編：《清代筆記小說類編·煙粉卷》（合肥：黃山書社，1994），頁212。

[41]　陸林主編：《清代筆記小說類編·煙粉卷》（合肥：黃山書社，1994），頁122。

[42]　陸林主編：《清代筆記小說類編·武俠卷》（合肥：黃山書社，1994），頁115。

[43]　陸林主編：《清代筆記小說類編·武俠卷》（合肥：黃山書社，1994），頁131。

[44]　程毅中編著：《古體小說鈔·清代卷》（北京：中華書局，2001），頁236。

的交通工具並不像今天這樣發達，多數參加科考的人都住在遠離考試地點的鄉間，從鄉里趕赴京郡需要花很長的時間，經濟條件稍好的可有快馬和僕從，而多數讀書人都是貧困難支的下層百姓，只能形單影隻和風餐露宿，這樣，類似於荒郊野外或者古廟這樣的地方就成了故事發生的地點，讀書人常在這裏遇狐或者遇仙，既合情合理又符合狐鬼等靈異的生活特點（我國傳統小說中的仙怪多生活在深山中而且常常夜間出來活動），比如我們再熟悉不過的《聊齋志異・聶小倩》。再有，赴考途中難免要住宿，客棧或者寺院都是文人們選擇的住所，在這裏，客棧或寺院不光是住所，也是多個文人相會的場所，況且，來源於四面八方的士子，他們聚會中的談奇話異本身就可以作爲小說的來源之一。故事常常在寓所中發生，例如《聊齋志異・司文郎》，就發生在「赴試北闈，賃居報國寺」中的王平子、余杭生和宋生身上。再如《亦復如是》中的《某少年》，講某少年和一老者同寓，「赴秋闈也」，面對考試，少年與老者有著截然相反的兩種應試態度，少年「日與二僮簫管謳歌，談笑作樂。」老者則「手不停披，口不停讀。」但是放榜的結果卻出人意料，少年第一，老者十一，概少年懂得勞逸結合、動靜相宜之理也。他們原本素不相識，由於同一個目的走到了一起，而後又各自演繹著不同的人生，這樣的情節安排便於讀者比較，也便於作者不用發表太多的議論就能把道理說清楚。

還有一些傳奇小說則直接以考場爲場景，例如《子不語》中的《科場二則》、《志異續編》中的《科場奇遇》。作爲讀書人來說，多年的寒窗苦讀只不過是爲此一戰，考場對於他們有著非同尋常的意義，蒲松齡這樣描寫秀才入闈後的七個階段：「秀才入闈，有七

似焉：初入時，白足提籃，似丐。唱名時，官呵隸罵，似囚。其歸號舍也，孔孔伸頭，房房露腳，似秋末之冷蜂。其出場也，神情恍惚，天地異色，似出籠之鳥。」[45]因此，在考場中的發揮和表現對能否改變自身命運起著尤為關鍵的作用，小說中，將考場作為矛盾的集合點亦是常見情節之一。《遁齋偶筆》中有一篇名為《陳某》的故事，背景就是闈中，「壬子浙闈，頭場初點名。陶字型大小才有二生，同散步至號底，見有少婦端坐。」我們知道，古時女人是不能參加科考的，那麼考場之中怎麼會有少婦出現？經過一番簡短對話我們知道她是來找人的：「叩之曰：『何學？』答曰『分水。』曰：『第幾號？』答曰：『八號。』」是夜，果然陶字八號中有女鬼出現，想必是來尋仇的。與此類似，《諧鐸·奇女雪冤》也寫了一個女子借科場復仇的故事：線娘與隔院某生私訂終身，約有半載之久，線娘催促某生速辦聘禮，明媒正娶，某生故意遷延，後來「競議婚他族」，線娘羞憤難當，自經而死。後某生赴試鄉闈，正執卷構思，「見線娘翩然而來」，不但沒有找他復仇，反而為其拂紙磨墨，講解題旨，代易卷中不妥字句，榜發某生高中，外擢郡守。其實這只是線娘報仇的一個手段，好戲還在後面。果然，某生在任期間收受賄賂、中飽私囊，事情敗露後，終於被棄市斬首，死相慘烈。這兩篇小說，都是借科場復仇，還有的是借科場示恩，比如《子不語·莊秀才》，佃戶某之女愛上了孝廉莊成，但自知無法匹配，竟然相思致死。後來莊赴秋闈，在闈中，「一切炊飯烹茶之事，見女

---

45　蒲松齡著、張友鶴輯校：《聊齋志異（會校會注會評本）》（上海：上海古籍出版社，1962），頁 1238。

子身爲執役。」[46]原來該女子乃佃戶某女的魂魄,莊成於是年登第。無論是報仇還是報恩,都選擇了科場作爲矛盾爆發的處所,這類小說大多略寫前因後果,而重點描寫考場部分,顯然是有意突出,借文人最關心的科考達到勸懲的目的,以示「善有善報,惡有惡報」,正如《夜譚隨錄‧棘闈志異八則》中所說:「一言規諫,遂獲高魁;一意淫惡,便成雙瞽。慎之,戒之!」[47]

　　常言道「十年寒窗無人問,一舉成名天下知。」「三年不飛,一飛沖天;三年不鳴,一鳴驚人。」乾嘉傳奇中,很多小說以科舉爲線索,展示了生活中的人情冷暖和世態炎涼。首先,如果早年時期便取得科名,那就意味著前途無量,將會受到眾人的景仰。如《螢窗異草‧溫玉》「孝廉陳鳳梧,風流蘊藉人也。祖居紹興,寄籍宛平。弱冠,即擢巍科,人皆以神童目之。」[48]同書《揚秋娥》「晉省有書院,未詢其名,蓋司牧者所建以振鐸之地也。邑諸生朱燮,年僅弱冠,肄業其中,醇謹嗜學,主是院者,舉刮目焉。」[49]《鏡花水月‧仙蝶酬恩》「(莊夢周)五六歲延師讀,才過目,便不忘,宛如夙習。迨八九歲,捉筆爲文,則又英英露爽,氣魄沉雄。師奇賞之,決爲遠利器。家中上下,無不歡愛。夢周十三歲,柔情俊貌,迥出時流。十四歲,以冠軍補博士弟子員,連捷賢書。遐邇聞其名,咸願以女女之。」[50]可見,如果嗜學好讀,在讀書方面有聰明穎異

---

[46] 袁枚編撰:《子不語》(上海:上海古籍出版社,1998),頁 251。

[47] 和邦額著、陶勇標點:《夜譚隨錄》(重慶:重慶出版社,2005),頁 405。

[48] 長白浩歌子著:《螢窗異草》(濟南:齊魯書社,2004),頁 46。

[49] 《螢窗異草》,頁 337。

[50] 陸林主編:《清代筆記小說類編‧精怪卷》(合肥:黃山書社,1994),頁 260。

的天賦，那麼連婚娶都加重了法碼，遠近各地「咸願以女女之」，《螢窗異草》中的《劉天賜》又是一證，劉天賜「年僅弱冠，名噪一時」，雙美湘瑟、琴心相之「非久困寒氈者」，便毅然決然地委身相隨，而這一做法遭到了劉母的堅決反對，湘瑟感病而亡，做了鬼魂之後仍然協助天賜讀書，求取功名。相反，如果累試不第，那麼原本鐵訂的婚約也會動搖，《聊齋志異·陳錫九》就講了這樣的事情：陳錫九的父親是邑中名士，與富室周某訂有兒女婚約，然而，陳錫九累舉不第，家業漸漸蕭條，自己也遊學於秦地，這樣，周某本指望陳出人頭地的願望落空，於是便「陰有悔意」。爲什麼舉業在婚配中有這麼大的作用？其實這只是世人價值觀念的一個側面，它反映出了當時的價值取向，千百年來，人們頭腦中的士、農、工、商這一由貴到賤的等級順序從未發生過動搖，儘管明末在江南局部地區出現了資本主義萌芽，諸如「三言」、「二拍」中也反映出了「好貨」、「好利」的新思想，但是，根深蒂固的傳統價值觀念很快將這種星星點點的思想淹沒，新思想沒有萌芽、生長的合適土壤，清乾嘉時期，主流思潮仍是學而優則仕，在人們的觀念中，只有讀書求取功名才是正途。《諧鐸·鬼婦持家》中，鬼婦花了十二年的時間撫育子女長大成人，在爲子女選擇配偶時，最終以「女適里中鄭秀才爲室，兒娶錢貢士女」爲美滿婚姻；《影談·龍門》中，水國翁媼在爲三個女兒擇婿時，意見發生了分歧，媼爲兩個女兒選擇了以武功顯但不通文墨者爲婿，而翁「心鄙之」。在爲小女兒選婿時，翁暗自命家僕在人間挑選了諸生馮榮，後馮榮跳過了「龍門」，享盡了水國的榮華富貴，之所以這樣寫，顯然是由彼時的價值取向決定的。其次，乾嘉傳奇小說中，不少故事借科舉揭示了當

時社會中人與人之間世態炎涼的關係。我們知道，吳敬梓的《儒林外史》極善於攝取前後不同的鏡頭來入木三分地鞭撻那些勢利小人。「二進」在發跡之前受盡冷落，而一旦飛黃騰達，則今非昔比，各色人物粉墨登場。范進中舉之前，張靜齋足跡從未到過範家草屋，一旦范進成了舉人，張靜齋立即乘轎來拜，既送銀子、又送房子。胡屠戶再也不罵這個「尖嘴猴腮」的女婿，而是口口聲聲「賢婿老爺」。老童生周進受盡了秀才梅玖的奚落、挖苦，但國子監司業周進卻贏得梅玖如神般的敬重，連他當年在觀音庵教私塾時寫的對聯，梅玖也要和尚「揭下來裱一裱」珍藏起來。乾嘉傳奇小說在這方面的描寫與《儒林外史》可謂有異曲同工之妙。《亦復如是》中有一篇《太史某》[51]的文章，讀來甚是可笑。太史某家居訓子，鄉闈後其子將試文呈上，太史某曰：「破不驚人，無中理！我做簾官便棄去。」並以戒尺亂擊一下；又曰：「開講不握要，無中理！我做簾官便不閱下去。」又以戒尺亂擊一下；再曰：「中比不經營匠心，無中理！我做簾官便不取。」再以戒尺亂擊一下。忽有報錄人鳴金而至，叩首賀曰「公子中式矣。」此時，局面發生了戲劇性的變化，太史某幾乎不敢相信自己的耳朵，他仰面朝天，故作鎮靜道：「此日也，此雲也。」又遍視家人，指曰：「此某也，此某也。」既而復坐，問家人曰：「真耶？抑夢耶？」呼小童至側曰：「試齧我臂」，齧畢甚痛，方如夢初醒，才相信了眼前的一切都是真的。緊接著便有了一段更為滑稽的表演：「（太史某）手挈其子至書室，閉戶取卷細閱曰：『我過矣！此處元氣渾淪，該中。我未看出』，

---

以戒尺自擊一下，『此處落落大方，該中。我未看出』，以戒尺自擊一下，『此處以寬爲緊，得抑揚之法，該中。我未看出』，以戒尺自擊一下。爲其子摩項撫背，勞慰許久，然後出外會客受賀。」這則故事通過太史某的語言和行動，以詼諧幽默的筆調刻劃了太史某對其子中前和中後的兩種截然相反的態度，不但諷刺了太史某的前倨後恭，而且也從側面暗示了簾官的不通文理和胡亂點式，可謂一箭雙雕。如果說《太史某》是以戲劇式的虛構手法來描寫人情冷暖，那麼《耳食錄・董公》則是以真實的筆觸來刻劃生活中的世態炎涼。董公未遇時，從師就讀，因爲他貧困難支，「爲同學士所不齒，弗與共飲食，誚讓侮辱，靡所不至。」[52]再如《耳食錄・文壽》[53]，是另一篇詳細勾勒世態的文章。文家兩兄弟文壽和文仲在舉業中有著不同的命運，文壽忠厚但累舉不第，文仲狡黠卻一戰而捷，這樣，面對他們的是兩種不同的生活：文壽被父責難，並且逐出家門，壽妻也遭到文母的時時刁難，日日挫辱。而文仲則小人得志，飛揚跋扈，官試歸家以後，親朋好友接踵而至，競相來賀，文父「召客張樂，門庭如火。」更爲可氣的是，文仲趁機向文父盡讒言構陷文壽，壽妻也受到仲妻的淩辱，文父不辨黑白，「既以仲貴，而聽信其言，益怒罵壽。」後壽妻被逼自盡，鄰里明知壽妻既賢且孝，而迫於文仲的勢力，皆不敢言。從這則故事當中我們深深地感受到，人與人之間的關係是何其冷漠！即使是最爲親近的父子、兄弟之間，也擺脫不了趨炎附勢的行爲定式，在權勢與功利面前，任何

---

[52]　樂鈞著：《耳食錄》（長沙：嶽麓書社，1986），頁 150。
[53]　《耳食錄》，頁 195-202。

事物都要甘敗下風，包括親情與血緣關係，讀來真是令人齒冷。

# 第三節　模式之三：諷刺制藝　鞭撻科舉

　　科舉制度在初興時期，帶有一定程度的合理性和公平競爭性，比之於魏晉時代的九品中正制，科舉制度是一種進步。但是，每種制度都有其局限，存在著各種暇疵與紕漏，唐代的進士行卷，有利於識拔人才的一面，同時也有利用行卷走後門、拉幫結派的弊端。唐代以詩賦取試，李白就不屑於通過科舉達到仕進的目的，杜甫也不曾中過進士。其間關節亦多，李復言《續玄怪錄·李嶽州》中，就提到李俊如何賄賂冥吏塗改錄取名字得中進士的，實際上是通過友人國子祭酒與春官的關係，進行舞弊。但是，科舉制度的弊病，在當時並不顯得突出，唐宋時代的文學作品，針對科舉制度缺陷而發的尚屬罕見，傳奇小說中寫到與科舉有關的，往往是婚戀的變故，比如《王魁》、《趙五娘》。元人雜劇則將金榜題名時，與洞房花燭夜並提，所謂「書中自有黃金屋，書中自有顏如玉」，「奉旨成婚中狀元」也成了才子佳人題材的固定模式，比如《西廂記》。到了明代，皇帝推行八股科舉制，以禁錮士人思想的八股文取試，才逐漸暴露出這一制度的滯後性與不合理性。大學士宋濂發表過對八股取士極為不滿的議論，但是，並未引起士子文人的共鳴，那些想兌現自己人生價值的儒生，還是不得不參加八股考試，心甘情願地套上這副精神枷鎖。明末以寫八股文而久負盛譽的艾南英，屢次會試卻屢次不中，於是在《應試文自序》中，對八股科舉制度發出控訴，對其弊端描繪得淋漓盡致。《耳談·興化舉人》對科場之弊

有所觸及，但並不深刻。在明代其他文學作品中，以批判科舉制度
爲主題的，亦屬罕見。至清代，早在入關之前，清太宗就曾通過考
試錄取滿、漢文士作文案工作，所取的寧完我，後來成爲順治朝的
宰相。據《清史稿·選舉制》等有關資料，順治元年五月初三日，
多爾袞率八旗勁旅進入北京後，接受範文程的建議，在大力爭取前
明各級官員的同時，宣佈沿襲明朝的慣例，按期開科取士。然而，
此時的八股科舉早已紕漏潛伏、弊端百出，一方面考試作弊日漸嚴
重，雖重刑亦難遏制，較爲大型的科場案如順治乙酉南北闈科場
案、康熙辛酉鄉試案、康熙北闈案，科場通賄作弊，成了一種無法
根治的痼疾；另一方面，八股試題出自四書、五經，歷經明、清兩
代，四書、五經裏的考題已被出盡，又不想改變考法，竟至「憑楷
法取士」，據王士禎《分甘餘話》稱，早在順治時，「上喜歐陽詢
書，而壬辰狀元鄒忠倚、戊戌狀元孫承恩，皆法歐陽書。康熙以來，
上喜二王書，而乙未狀元歸允肅、庚辰汪繹皆法黃庭堅《樂毅論》。」
[54]隨著科舉考試內容的僵化，范墨、程文、殿試策論答卷大量刊刻
流傳，再加上應試人數越來越多，考官們面對著堆積如山、水準不
相上下的答卷，往往難定取捨，於是從書法上找毛病的便越來越多
了。紀昀《閱微草堂筆記》裏，寫了老儒周懋官的遭際：「每應試，
或以筆劃小疵被貼，或已售而以一二字被落，如題目寫曰字偶稍
狹，即以誤作日字帖，寫己字末筆偶鋒尖上出，即以誤作已字貼。」
由此而知，所取人才之無益於經世濟民，乃意料中事。蒲松齡《聊
齋志異》的出現，第一次將科舉制度的腐朽性和科場積弊揭露得入

---

54　王士禎著：《分甘餘話》（北京：中華書局，1989）。

木三分，其中《司文郎》、《葉生》、《賈奉雉》、《於去惡》等篇目早已成了婦孺皆知的佳作。自《聊齋志異》始，文學領域出現了大量以批判科舉制度爲主旨的小說，這類小說的出現，不光大大豐富了小說的題材內容，而且讓後人對當時的科舉制藝有了更爲生動鮮活的瞭解。乾嘉時期的傳奇小說，繼承了《聊齋志異》對科舉制度的批判精神，在描寫手法上，較《聊齋志異》更爲戲謔詼諧。從內容上來說，這類小說大體可分爲兩個類型：

第一，對科舉制藝的揶揄諷刺。在沈起鳳的《諧鐸》中，有幾篇以莊寓諧的故事，作者以寓言的手法，將嚴肅的社會問題生動化。《考牌逐腐鬼》[55]即是一篇寓意深刻的小說，婁東陳岳生楊居蓮橋之西，夜間遇到了早已做鬼的四個腐儒，他們滿口吟哦，四肢帶著酸腐氣。其中，年紀長一些的提議拈題作文，一少年反對曰：「世間嚴刑酷罰，無過作文一事。我等所以惡生樂死者，謂幸逃得此難耳。乃復無病自尋鴆藥耶？」將制藝比作嚴刑酷罰，與其作文苟活還不如到陰間做鬼，逃避世間這一劫難，可見文人對科舉制藝的痛恨之深，他們寧願放棄生命，也不願再經受制藝的百般折磨。後來正值歲試之時，四個腐儒再一次夜過蓮橋，一老者忽見憲牌，大驚到：「催命符又至矣！」旋即與其他三人爭相逃命。這段描寫充滿了誇張與諷刺，與《儒林外史》中「周進撞號板」一節十分相似。由此，我們可以十分肯定地說，至清代中葉，科舉制度在文人士子心目中的地位已經一落千丈，由原來的奉若神明到後來的恨之入骨，這種政治制度也從最初對人才選拔的有利推動變爲了極大阻

---

[55] 沈起鳳著、喬雨舟校點：《諧鐸》（北京：人民文學出版社，1985），頁 26-28。

礙。實際上，這種變化早在康熙時期就已經被發現了，以鰲拜爲首的滿洲貴族強烈反對「一沿明制」的科舉取士，康熙三年的甲辰會試，便「廢制藝，以三場策移第一場，二場增論一篇，表判如故」。由原來的考三場減爲兩場，廢止了八股文，而以首場的時務策代替原來的七篇「四書文」和「經義文」作爲考試的主要內容。雖然鰲拜是從守舊派的利己角度出發，來維護滿洲武人的權力，他並沒有真正發現科舉制度的局限性，但是，這足以說明科舉制藝的頑固僵化和繁瑣不堪達到了令人難以忍受的地步。而且，所謂四書五經類的聖賢書過時老套、了無意趣，對於時政要事毫無裨益，《諧鐸·讀書貽笑》[56]中僧印源曰：「自君作秀才後，所讀皆膚詞剩義，了無意味，已屬厭聞。今高掇巍科，而所讀者愈趨愈下，竟似村歌牧笛，不堪入耳。」他將儒家與佛家對比「原來儒家與佛家不同。佛家圖得個竿頭日進，儒家只是一步低一步法也！」對科舉本質的看法可謂一語中的。《諧鐸·呂仙寶筏》[57]也是一篇諷刺科舉的故事，它的命意與《聊齋志異·賈奉雉》類似，茲不詳作介紹。與此同時，文人對八股文的痛恨也是與日俱增，何謂「八股文」？八股文即是因了漢語、漢字的單音四聲條件、對仗思維特徵，傳統文化儒家的五經、《四書》等文獻理論教育內容，以及遴選人材、考試目的需要而產生的一種條件限制十分嚴格，寫作難度很高的文體。它最大的特點就是代擬聖賢之言，對世界不能有自己的看法，如顧炎武所說「不過得之記誦而已」，如果「徒以記誦之多，書寫之速而取其

---

56　《諧鐸》，頁 41。

57　《諧鐸》，頁 184-185。

長，則七篇不足爲難，而有並作五經二十三篇者如崇禎七年之顏茂
猷，亦無補於經術，何施于國用哉！」（《日知錄》）清代大學問
家趙翼以自己的切身體驗說：「文思敏捷者，兩日一夕之功，完此
二十三藝實亦不難」（《陔餘叢考》）。八股文在寫法上有三點基
本要求：一是要有過硬的基本功，熟讀經書和朱熹注解；二是要經
過由破題到完篇的長時間寫作練習，掌握複雜的寫作步驟；三是在
一定字數、一定結構，一定句法、句數、中間四組嚴格對仗的、及
其他種種限制之下，寫出模擬古人語氣的八股，且要時有新意。關
於八股文的寫作技巧，《諧鐸》中《名妓沽名》[58]給予了絕妙諷刺，
名妓慶娘將名士與名妓等而視之，原因在於兩者都是有「實工夫」
之輩，「夫名士操三寸管，馳騁詞壇，使天下想望風采，亦重其內
才耳！妾之浪得虛名者，不在脂粉之假面目，而在床席之實工夫
也。……有開合，有急緩，有擒縱，是即名士作文秘鑰耳！」據《清
史稿·選舉制》記載，朝中大臣也有反對八股文的，乾隆三年，滿
洲大臣舒赫德疏論科舉，認爲八股文積弊日深，僥倖日眾，「時文
徒空言，不適於用，墨卷、房程輾轉抄襲，膚辭詭說蔓延支離，苟
可以取科第而止」。而「士子各占一經，每經擬題，多者百餘，少
者數十，古人畢生治之而不足，今則數月爲之而有餘」。至於所考
「表、判，可預擬而得，答策隨意敷衍，無所發明」。所以舒赫德
建議「將考試條款改易更張，別思所以遴拔真才實學之道」[59]。應
該說，舒赫德所論八股之弊害，是言簡意賅切中要害的。但是，舒

---

[58]　《諧鐸》，頁 74-75。
[59]　轉引自李樹著：《中國科舉史話》（濟南：齊魯書社，2004），頁 290。

赫德的建議並沒有被乾隆採納，他認為八股取士對穩定人心、社會安定起著重要的作用，從長遠來看，有利於大清的統治，況且也沒有更好的辦法來替代它，所以，八股取士繼續頑固地存在著，直至二十世紀初的晚清，慈禧太后迫於內憂外擾，才不得不廢止八股，這種迫害了中國知識分子千年餘久的落後制度終於退出了歷史舞臺。

　　第二，對科舉之戕害人性的揭露。《儒林外史》中馬純上說：「人生世上，除了這事（科舉），就沒有第二件可以出頭」，「只是有本事進了學，中了舉人、進士，即刻就榮宗耀祖」。這段話可謂道出了當時文人的真實想法，文人讀書的唯一目的就是謀取功名、光宗耀祖，正如天目山樵評語所說：「何以要做舉業？求科第耳。何以要求科第？要做官耳。儒者之能事畢矣。」在這一精神追求的指引下，很多文人皓首窮經，老死牖下，長期的苦讀生活致使他們行為怪異，心裏產生了畸變。《耳食錄·陳著》[60]中的陳著是一個嗜讀如命之人，他無論寒暑晝夜都挾書來讀，幾乎讀破了千卷書，終年不出門戶，「間出，則低頭背誦，刺刺不休。往往頭觸牆壁，覺痛則大叫，叫已復誦。」他年紀二十有餘，從來不知與人交往，「牛馬菽麥不辨」。《諧鐸·氣戒》[61]中迂叟莊某，年六十有餘，始得一子。某日抱子讀書，讀到精彩處拍案而起，「兒驚，大哭，莊置不聞。」繼續往下讀，「兒又大哭，莊仍讀如故。」待讀至書末，「視懷中兒面青其塞，不復作啼聲矣。」這兩則故事為讀

---

60　《耳食錄》，頁 248-250。
61　《諧鐸》，頁 52-53。

者勾勒了兩個書呆子的形象，他們讀書讀成了病態，一個幾乎不食人間煙火，另一個置骨肉親情於不顧，像這樣的人生活在世上，即使不危害社會，也是對社會無益。由此可以想見，一個充滿了類似陳著、莊某這樣人物的世界將是多麼可怕！而在那個時代，這樣的人並不少見，他們為舉業嘔心瀝血，耗盡了畢生精力，犧牲了許多本該用來享受生活的時間，即便如此，真正能夠飛黃騰達、揚眉吐氣的又能有幾人？況且，科舉中式又帶有很大的偶然性，就拿為世人所矚目的狀元來說，誰被皇帝擬為狀元，也有極大的巧合性。趙翼的《簷曝雜記》[62]記載，乾隆二十六年辛巳恩科，本來該科狀元應為趙翼，當時乾隆將所呈十卷拆開看了一遍：第一趙翼，江南人；第二胡高望，浙江人；第三王傑，陝西人。便問閱卷大臣：「本朝陝西有狀元否？」回答說「前朝有，本朝還沒有」。乾隆說：「趙翼卷固然好，但江浙多狀元，王傑既已到了第三，當此西北大捷之時，就讓他作狀元吧。」這樣，便把原擬狀元的趙翼和他對調了。古有「文章中試官」的說法，好文章落到平庸試官手裏，或者壞文章落到對脾胃的試官手裏，都可能產生意料以外的結果，這種情況在科舉時代司空見慣。《諧鐸》中有一則《洩氣生員》[63]的故事，對這種現象做了極為巧妙的闡釋。臨潼夏生，名器通，性格魯鈍，不學無術。可就是這樣一個愚魯之人，參加歲試居然名冠一軍，奇怪的是他既沒有賄賂考官，也沒有請人代考，那究竟是什麼原因導致的呢？原來此事純屬偶然，簾官學使某公臨行前拜謁座師某尚

---

[62] 趙翼著：《簷曝雜記》（北京：中華書局，1982）。

[63] 《諧鐸》，頁 68-69。

書，因某尚書爲西安人，學使意其有心儀之士，便極力請教。此時
發生了可笑的一幕「尚書下氣偶泄，稍起座。某公疑有所囑，急叩
之。尚書曰：『無他，下氣通耳！』」而後學使在閱卷中果然找到
了夏生名器通者（夏器通與「下氣通」同音），披閱後覺「詞理紕
繆，真堪捧腹。」但因是座師所囑，不得已強加評點，並題爲一軍
之首。真乃荒唐至極！可見，以《聊齋志異》爲代表的一大批文言
小說直接把矛頭指向閱卷的簾官，並不是沒有道理的。

　　以上是乾嘉傳奇小說對科舉制度批判的兩方面表現。科舉對文
人改變命運起著至關緊要的作用，這是讀書人對科舉無比重視的直
接原因，據《郎潛紀聞》[64]所載，清中期確有一些清寒起家的舉人、
進士、翰林以至狀元：雍、乾時的名臣孫嘉淦（山西興縣人），少
年時，邊耕邊讀，一次上山砍柴，「值大風雪，斧落層崖間，緣跡
手采之，幾至僵僕」。雍正二年進士乾隆時軍機大臣陳大受，「未
達時，家貧甚，耕於山麓」。沈近思，「幼孤貧，依靈隱寺常惠和
尚，延師教讀」，乾隆二十五年成進士。狀元秦大士，蔡以台，都
出身貧苦。正因爲文人親眼看到了科舉的巨大魔力，才對它追求得
如此瘋狂，如此義無反顧，《耳食錄》中的《奎光》[65]講了這樣一
個故事：諸生某讀書刻苦，連做夢都夢到自己考中，「往往夢中躍
起，走叫出門外曰『中矣！中矣！』已又做報喜人索采錢狀。」一
天夜裏，有小偷拿燭火照耀其窗，諸生某不但沒有因此而警覺，反
而認爲這是「奎光」，高興地說：「殆奎光耶？果爾當再見。」小

---

[64]　陳康祺著：《郎潛紀聞》（北京：中華書局《清代史料筆記叢刊》系列，1990）。
[65]　《耳食錄》，頁 220。

偷順承其意，拿著燭火又照了一下，這樣諸生某深信不已，歡然睡去。結果「偷兒盡發其囊篋以去。」如果說《諧鐸·洩氣生員》中的陰差陽錯讀來可笑，那麼諸生某的如夢如幻則令人覺得可悲甚至可憐，科舉就像一個五光十色的大肥皂泡一樣，充滿了誘惑與幻象，讓人覺得唾手可得卻又遙不可及。多少人窮盡一生精力拼死追求，最終還只能是望洋興嘆，蒲松齡雖然對科舉恨入骨髓，恨不得「盡炬之；炬之不已，而碎踏之；踏之不已，而投之濁流。」但是，他依然頑強地考到了七十多歲，直到燈枯油盡才不得不最終放棄；沈起鳳在《諧鐸》中用盡了犀利的言辭來譏諷嘲笑科舉，但是，當他的胞弟沈清瑞考中乾隆丁未年進士，他還是抑制不住內心的喜悅，《諧鐸·祥鴉》[66]敘自己「好鴉而惡鵲」的緣由道：「癸卯春，鴉聲大噪，是年予第芷生登賢書第一。」這是時代造成的，今天，我們無法怪罪蒲松齡、沈起鳳的言行不一或者虛偽做作，因為任何人都無法超越自身時代地生活，所以我們說，他們的偉大不在於能否推翻不合理，而在於敢於發現和揭露這種不合理，在於用一種混合著他們的感情和血淚的文字來描繪這種不合理，對於手無寸鐵、沉淪落魄的文人來說，能夠做到這一點已經足夠了。

---

[66] 《諧鐸》，頁 157-158。

# 第四章　乾嘉傳奇小說
# 與通俗文學

　　文言小說與通俗文學雖然分屬不同的體系（一般而言，前者屬於「雅文學」，後者屬於「俗」文學），但是，二者存在著極大程度的滲透與融合。鄭振鐸先生在《中國俗文學史》中概括了通俗文學的六大特徵：一、是大眾的；二、是無名的集體的創作；三、口傳的，流傳許久方定型的；四、新鮮的但粗鄙的；五、想像力奔放的，不保守，少模擬；六、勇於引進新的東西。[1]常見的文學樣式比如：戲曲、小說、變文、彈詞等等。在本文中所涉及到的通俗文學主要指白話小說和戲曲。

　　文言小說與戲曲的關係極爲密切，最爲明顯的表現是：許多戲曲的題材直接取自於文言小說，比如唐傳奇《鶯鶯傳》，就有（宋元戲文）《西廂記》、（元）《西廂記雜劇》、（明）《南西廂記傳奇》、（清）《續西廂傳奇》等多種改編本，再如《長恨歌傳》，有（元）《梧桐雨雜劇》、《楊貴妃雜劇》、（明）《驚鴻記傳奇》、（清）《長生殿傳奇》等改編曲文，其他像《枕中記》、《霍小玉

---

[1]　鄭振鐸著：《中國俗文學史》（北京：商務印書館，2005），頁 1。

傳》、《柳氏傳》等傳奇小說都是戲曲家進行改編創作時所鍾愛的
藍本。（依據《枕中記》所改編的戲曲如（宋元戲文）《呂洞賓黃
粱夢》、（元）《黃粱夢雜劇》、（明）《邯鄲記傳奇》；依據《霍
小玉傳》所改編的戲曲如（明）《紫釵記傳奇》、（清）《紫玉釵
傳奇》；依據《柳氏傳》改編的戲曲如（宋元戲文）《章台柳》、
（元）《章台柳雜劇》、（明）《玉合記傳奇》、《章台柳傳奇》、
《練囊記傳奇》），羅燁《醉翁談錄》、周貽白《中國戲曲發展史
綱要》、許金榜《中國戲曲學史》、孟瑤《中國小說史》、譚正璧、
譚尋補《話本與古劇》等書中都有詳盡的考證。正因為許多唐傳奇
都被元雜劇改編成劇本，而大部分雜劇也帶有濃郁的傳奇色彩，明
代以後，「傳奇」就成了一身兼二體的名稱，既指與「志怪」相對
的一種文言小說，又指不包括雜劇在內的明清中長篇戲劇。將文言
小說改編為戲曲不但豐富了戲曲的題材內容，而且也使文言小說通
過戲曲這種大眾所喜聞樂見的方式傳播到民眾中，擴大了文言小說
的傳播範圍和影響力，因為畢竟能看得懂文言小說的人為少數，而
戲曲則通俗易懂，老少皆宜。與此類似，文言小說也是白話小說的
題材來源，明末著名的短篇小說集「三言」、「二拍」中，就有許
多故事取材於《夷堅志》，特別是《二刻拍案驚奇》，全書三十九
篇小說中，竟有十九篇都是根據《夷堅志》中的故事改編的。再如
《儒林外史》，它雖是吳敬梓一人所作，但其中的情節掌故，也有
許多取資他書。據蔣瑞藻的《小說考證》記載，《儒林外史》中「張
鐵臂虛設人頭宴」一節，乃是參考《幽閒鼓吹》、《堅瓠集》、《文

海披沙》等多部文言小說記載而成[2]，有關《儒林外史》對文言小說的吸取與借鑒情況，在李漢秋的《儒林外史研究資料》一書中有詳細介紹，茲不再敘。由此我們可以看出，文言小說、戲曲、白話小說三者之間是互通的，許多優秀的文言小說，不光被改編成白話小說，而且還被改編為戲曲。以明傳奇為例，傳奇小說《金鳳釵記》既有白話小說《大姊魂游還宿願，小妹病起續前緣》（《初刻拍案驚奇》）的改編本，又有戲曲《墜釵記》（沈璟）的改編本；傳奇小說《翠翠傳》既有白話小說《李將軍錯認舅，劉氏女跪從夫》（《二刻拍案驚奇》）的改編本，又有戲曲《金翠寒衣記》（葉憲祖）、《領頭書》（袁聲）的改編本；傳奇小說《桂遷夢感錄》既有白話小說《桂員外窮途懺悔》（《警世通言》）的改編本，又有戲曲《人獸關》（李玉）的改編本。諸如此類的例子不勝枚舉，這就充分說明，文言小說與通俗文學雖然外在表現形式不同，但是在本質上卻有難以分割的親緣關係，直至清代，它們之間的關係依然有明顯的體現。

## 第一節　乾嘉傳奇與通俗文學的互融

乾嘉傳奇小說與通俗文學的關係體現在以下三個方面：

一、許多乾嘉傳奇小說中提到了通俗文學。《夜譚隨錄・霍筠》[3]中提到元夜上演《肉蒲團》劇，應該是據李漁小說《肉蒲團》所

---

[2]　蔣瑞藻編：《小說考證》（北京：中華書局，1959），卷七，頁225。

[3]　和邦額著、陶勇標點：《夜譚隨錄》（重慶：重慶出版社，2005），頁467。

改編的同名戲曲；《聽雨軒筆記·趙文華軼事》載明崇禎年間，有
戲班在慈谿城中演《鳴鳳記》；《聽雨軒筆記·新市狐仙》中狐仙
對作法的道人說：「庭中演戲劇矣，盍往觀乎？」《諧鐸·筆頭減
壽》中「鐸曰：……然世上演《牡丹亭》一日，若士在地下受苦一
日，安知非此椿公案發也？」[4]《諧鐸·鏡戲》中沈起鳳記載爲了
懲治天下妒婦，特意創作《泥金帶》傳奇，演出效果是「登場一唱，
座上男子無不變色卻走。」[5]《諧鐸·石贔屭》[6]中提到，弟兄某的
母親誕辰之日，夜裏上演《鴻門宴》雜劇，這與《紅樓夢》裏凡値
太太小姐們過生日，便由家庭戲班演出戲曲的記載相同，沈起鳳與
曹雪芹爲同時代人，由此我們可以推斷，生日慶宴上看戲乃當時的
一種風俗；《諧鐸·盜師》[7]裏的老翁請譚某至家，出示「《三國
演義》一部，《水滸傳》十數本」給他看，後又設宴觀劇，上演《白
羅衫》全本；《耳食錄·方比部》[8]中方比部祈神時，得到的判語
乃《牡丹亭》中詩句；《耳食錄·蔔疑軒》[9]提到《九尾醮》、《夜
籌紅》、《玉面娘》、《絳繪囊兒慢》等曲子；《耳食錄·婉姑》
[10]裏提到柳生、麗娘之事；《耳食錄·陶金鈴》[11]記載姑蘇小伶演
《玉簪記》事；《螢窗異草·女南柯》中：「王揀《南柯記》數折，

---

4　《諧鐸》，頁 19。
5　《諧鐸》，頁 43。
6　《諧鐸》，頁 76-77。
7　《諧鐸》，頁 169-170。
8　《耳食錄》，頁 17。
9　《耳食錄》，頁 123。
10　《耳食錄》，頁 158。
11　《耳食錄》，頁 297。

梨園乃即席搬演。」[12]《小豆棚・太恨生》「有傳奇一本，名《風
流誤》。」[13]清代戲曲創作之盛，遠非元、明兩代所能比擬。據傳
惜華《清代雜劇全目》著錄，存 1300 種之多，其中有劇本傳世者
達 1150 種，就傳奇而論，其存目也在 1500 種以上。十八世紀中葉
以後，即乾嘉之際，正是清代戲曲的蓬勃發展時期，雅部的昆曲在
巔峰之後有進一步的發展，而地方戲的遍地開花則造成了花、雅兩
部諸腔並奏、彼此競爭的局面，恒時峰在《明清以來戲劇的變遷說
略》中說：「考清劇之進展，蓋有四期：……雍乾之際，可謂全盛。
桂馥、蔣士銓、楊潮觀、曹錫黼、崔應階、王文治、厲鶚、吳城，
各有名篇，傳誦海內。……」[14]此期戲曲的發展狀況，從吳長元《燕
蘭小譜》、李斗《揚州畫舫錄》、嚴長明《秦雲擷英小譜》、錢德
蒼《綴白裘》、焦循《劇說》和《花部農譚》、以及《禁書總錄》
中乾隆四十五年十一月二十八日的上諭記載裏，都可以看出來。而
傳奇小說中關於戲曲的記載，則可作為更為鮮活和直接的佐證，從
上述小說所描寫的情節中，我們看到，在民間凡逢生辰慶典、招朋
待客等值得熱鬧歡慶的日子，都會觀看戲劇，所謂「民不知書，獨
好觀劇」[15]，在經濟尚不發達、精神生活品質也十分低下的情況下，
看戲儼然已經成為民眾生活中所不可缺少的一部分，這種娛樂形式

---

[12]　長白浩歌子著：《螢窗異草》（濟南：齊魯書社，2004），頁 241。

[13]　陸林主編：《清代筆記小說類編・計騙卷》（合肥：黃山書社，1994），頁 122。

[14]　恒時峰：《明清以來戲劇的變遷說略》，北平《晨報》副刊，1926 年，9 月 9
　　　日。

[15]　[清]王宏撰《山志》卷四《傳奇》，見王曉傳輯錄：《元明清三代禁毀小說戲
　　　曲史料》（北京：作家出版社，1958）頁 255。

在魯迅的《社戲》中還有生動的描寫。傳奇小說的記載至少給了我們兩個啟示，一是戲曲在當時極其繁盛，上自王公貴族下至平民百姓無不喜愛；二是儘管統治者對戲曲等通俗文學屢有禁毀，比如據王曉傳《元明清三代禁毀小說戲曲史料》所提供的條文，從清統治者入關後順治九年「禁該瑣語淫詞」至光緒間，僅中央政府下達的禁令就達一百次，但是隨著城市經濟的發展，市民階層的興起以及社會新思潮的影響，諸如戲曲、說唱藝術等濫殤於民間的這類文藝形式並沒有因此而消失，反而屢禁不止，歷久彌堅。傳奇小說中的資料可與正史中的史料相互印證，爲史學或者民俗學的研究者提供便利，與枯燥無味的純史料相比，小說裏的記載明顯鮮活富有機趣得多。白話小說的情況也一樣，《夜譚隨錄・梁生》中梁生被人起綽號爲「梁希謝」，「蓋取《金瓶梅》中謝希大以嘲之也。」[16]《昔柳摭談・秋風自悼》中有「一夕生薄醉，挑燈讀《石頭記》」的片斷，小說附錄有馮起鳳的題詩：「轉眼藍橋路不通，雲廊月榭鏡臺空。挑燈堪破《紅樓夢》，剩有閒情托惱公。」《柳崖外編・素素》中談到太原劉璋創作白話小說《鍾馗斬鬼傳》，同書中的《吳伶》、《二伶》、《串戲》、《鈕應郎》、《曲狀元》等篇，記述了戲曲藝人的活動，可以看出乾隆時期戲曲發展概貌，《三絕》、《花落餘芬》則直接描述了徐昆自己的戲曲活動；《鏡花水月・補恨天》[17]講女造「補恨冊」，將千古未圓之情補圓，其中所記「林顰卿生嫁賈寶玉」，即據《紅樓夢》而來。這些記載如實地反映了白話小

---

16　《夜譚隨錄》，頁 327。

17　陸林主編：《清代筆記小說類編・神鬼卷》（合肥：黃山書社，1994），頁 227。

說在當時的流傳情況，爲我們研究通俗文學提供了第一手材料，具有史料價值。

二、乾嘉傳奇小說中不光涉及到了通俗文學，而且有的小說在形式、內容上有意模仿通俗文學。就拿幾部優秀的作品來說，《牡丹亭》、《紅樓夢》、《鏡花緣》都是乾嘉傳奇小說所模仿的對象。先以《紅樓夢》爲例，《紅樓夢》自問世後，短短數十年間就已廣泛傳播，郝懿行《曬書堂筆錄》曰：「余以乾隆、嘉慶間入都，見人家案頭必有一本《紅樓夢》」，當時士大夫間討論《紅樓夢》竟出現了「幾揮老拳」的狀況，《紅樓夢》中寶玉之「癡」打動了無數敢於對傳統道德持反對態度的作者的心靈，《諧鐸・死嫁》作者在最後一段發表議論時說：「男兒負七尺軀，碌碌未有奇節，卒與草木同腐，何閨閣中反有傳人哉？」[18]這段議論與寶玉「見到女兒便覺清爽，見到男人便覺濁臭逼人」的論調十分相似；《耳食錄・女湘》[19]中塑造了癡人金湘的形象，金湘的數世經歷可謂是賈寶玉的投影，金湘與寶玉的遭遇有三點相同：第一、身世靈異。金湘生而能知宿世事，生時有骨橫其胸，有道士相之曰：「此情骨也……」，爲其日後多情善感埋下了伏筆；寶玉乃頑石轉世，生時口銜寶玉，自帶靈異。第二、情繫女兒。金湘動輒傷情，「妍花素月，淒風悄雨，皆斷腸時也。」常以身爲男子爲憾，喜女惡男，但卻並非好色貪淫，所謂「魂魄縷縷，常在珠箔鏡奩間，然一往情深，初不作登徒之想。」寶玉認爲男人是濁物，「懶與士大夫諸男人接談」，有

---

18 　《諧鐸》，頁 126。
19 　《耳食錄》，頁 237。

一顆極為敏感的心,「時常沒人在眼前就自哭自笑的;看見燕子,就和燕子說話;河裏看見了魚,就和魚說話;見了星星月亮,不是長籲短歎,就是咕咕噥噥的。」[20](第三十五回)第三、以悟而終。金湘年二十餘卒,卒前一日有比丘尼至家,「二人握拂對語,如參悟狀。」寶玉在經歷了人間萬象之後,最終看破紅塵,出家為僧,落了片白茫茫大地真乾淨。《女湘》雖然限於體制,沒有像《紅樓夢》那樣展示更為廣闊的社會背景,但是,它將反傳統的真性情用如詩如畫的語言予以形象化,充分說明了作者對曹雪芹思想精髓的體悟和認同。再比如《鏡花緣》,這是一部集性理、算學、音韻學、文字學等多種學術於一身的章回體白話小說,它的出現說明了兩個問題,一是古人對「小說」的概念尚不明確,李汝珍是抱著「集百家之說,采摭事實」的觀點來寫作小說的;二是借小說以炫才、炫學是清中葉的文化風習。因此,我們只能換一個角度,放棄今人的固定模式框架去衡量這部小說,用大小說觀來評價它。《鏡花緣》的出現並不是偶然的,在成書的過程中,作者除了得益於自身博學多聞的文化底蘊以及「讀了些四庫奇書」、「略略有點文名」[21](《鏡花緣》第一百回)之外,對同時期一些優秀文言小說的借鑒,也是其取得極高成就所不可忽略的重要原因。比如成書於乾隆時期的《諧鐸》,其中有一篇名為《十姨廟》的故事,十位女子的行酒猜謎與《鏡花緣》第八十回到八十三回百花聚會時的情形相似。再如稍後的《耳食錄·紫釵郎》,該篇與《鏡花緣》中「粉面郎纏足受

---

[20] 曹雪芹著:《紅樓夢》(北京:人民文學出版社,1964)。
[21] 李汝珍著:《鏡花緣》(北京:人民文學出版社,1981)。

困，長須女玩股垂情」一章有異曲同工之處，馮生不光被紫釵等女子稱爲「新婦」、「夫人」，還要做女人打扮，自稱爲「妾」，這種顛倒陰陽、性別互換的構思爲《鏡花緣》所借鑒，林之洋在女兒國中被封爲「娘娘」，並且像女人一樣穿衣裙、裹足、穿耳，在此基礎上，作者進行了更深一層的發揮，將之與女性所遭受的不平等待遇聯繫在一起，於是研究者得出了「《鏡花緣》是一部討論婦女問題的書」[22]這一結論。《鏡花緣》出現後，爲一些和李汝珍一樣學問淹博，並且想借小說以炫學的文言小說家所模仿，許桂林的《七嬉》即是此類。許桂林，乃李汝珍的內弟，字月南，海州人，嘉慶舉人。於諸經皆有發明；通古音，兼精算學。著有《許氏說音》、《音鵠》、《宣夜通》、《味無味齋集》等書[23]。《七嬉・洗碳橋》前的序言曰：「頃見松石道人（即李汝珍）作《鏡花緣演義》，初稿已成，將付剞劂。其中有酉水、巴刀、才貝、無火四關，寓警世之旨。因取其意，潤色爲甲乙至庚辛八鬼事。八鬼之外，其事皆相傳舊話，餘無所損益。」[24]明確指出《洗碳橋》乃據《鏡花緣》模仿而來，是《鏡花緣》中「酉水、巴刀、才貝、無火」（酒、色、財、氣）給作者以啓示，《洗碳橋》集算學、棋術、猜謎於一爐，變幻百出，光怪陸離，窮盡炫才耀學之能事，與《鏡花緣》可謂同調。傳奇小說《蟫史》也是一部炫學之作，它在內容上雖然出自作者獨創，但是在形式上卻是受話本－章回體式影響最大也最明顯的

---

[22]　胡適著：《中國章回小說考證》（上海：上海書店，1980），頁 560。

[23]　《中國章回小說考證》，頁 515。

[24]　程毅中編著：《古體小說鈔・清代卷》（北京：中華書局，2001），頁 304。

小說。「其一，全書二十卷，曰十七萬字，內容廣博，人物眾多，是地道的長篇小說。其二，名爲分卷，實同分回，……與其前的「『三言』及《石點頭》、《西湖二集》等擬話本的卷目形式完全相同，……其三，各卷正文之前，皆有一段四句駢體議論文字，非常整齊。這是章回小說回首詩詞的翻新和變種，……其四，《蟫史》部分卷末切在緊要關節之處，並由此損害相關部分的完整性。這顯然是章回小說每於回末賣關子的翻版。」[25]文言小說對白話小說的模仿說明了文言小說日漸通俗化、大眾化（關於這一點後文有專節討論），同時也說明了通俗文學廣泛的影響力和號召力，不只是普通的市民喜愛看，一些文人、學者也是通俗文學的忠實讀者。

　　三、通俗文學中根據乾嘉傳奇小說改編的作品不在少數。最爲常見的是戲曲。乾嘉文言小說集《鏡花水月》中有一篇名爲《吳絳雪》的傳奇，講義烈之女吳絳雪的奇行：康熙年間，耿精忠總兵徐尚朝兵陷處州，以屠城爲威脅逼迫吳絳雪從之，絳雪爲保永康城佯裝諂媚，後行至懸崖處投崖自盡。此事影響甚遠，道光癸卯，吳廷康爲永康縣丞，有感於絳雪奇行，爲其刻遺詩兩卷，並且囑許楣爲之作傳。戲曲家黃韻珊譜《桃溪雪》傳奇，「烈女之名，始大章矣。」（《花朝生筆記》）戲曲《桃溪雪》流傳廣泛，廣爲人知，據《蟲言》所載：「永康吳絳雪事，自黃韻珊譜《桃溪雪》傳奇，而世人知之者眾矣。相傳黃韻珊面目醜陋，而所作譜曲，則又蕙倩豔冶，不可摸擬。有海鹽閨秀，讀其詞而善之，欲委身韻珊，繼見其人，

---

乃廢然而罷。」這與《艮齋雜說》中所記載的《牡丹亭》流傳狀況頗為相似：「杭州女子，誓嫁一才人，讀玉茗詞，顧委禽焉。湯辭以老，女不可。適湯宴客於湖上，女扁舟覘之，則一傴僂扶杖龍鍾白髮之老叟而已，女遂投水以死。」[26]足見戲曲《桃溪雪》的無限魅力；成書於乾隆五十四年的《只塵談》中有一篇《荷包記》，該篇的情結構思頗具戲曲的特質，內容如下：一貧一富兩個新娘子共同休憩於道周，貧女哀哭不止，曰：「聞良人饑餓莫保，今將同併命耳，奚而不哀。」富女心中不忍，將藏有黃金二錠的荷包解下相贈。後來，貧女與她的丈夫以此二錠黃金起家，成了擁有鉅資的富人。而富女所嫁不幸，淪為給人做乳母以生，結果發現所侍主母乃當年所憐憫之貧女，二女相認，並且成就了一段兩家互讓財產的「仁義」佳話。《勸戒三錄》卷二之《貧女報恩》、《翼駉稗編》卷三之《俠報》、《夜雨秋燈錄》卷二之《閨俠》都是該篇的仿作。朱青川的評語說：「此篇若付洪昉思、孔雲亭諸君，佐以曲子賓白，竟是一本絕好傳奇矣。中間摹寫認荷包一段，逼真太史公寫諸軍壁上觀楚漢爭鋒手法云。」[27]較早地發現了《荷包記》的戲曲因數，20 世紀時藝術大師程硯秋將其改編為京劇《鎖麟囊》；王椷《秋燈叢話》卷一開篇寫程生與劉女在一二歲時由其父相與締姻，後因家庭變故，二人分別，五十年不通音訊，然二人堅守前盟，歷經曲折磨難，矢志不改，終成眷屬。其忠貞信義，世所罕見，足以感人，

---

26　關於《桃溪雪》的考證見蔣瑞藻編：《小說考證》（北京：中華書局，1959），
　　卷八，頁 260-261。
27　《古體小說鈔・清代卷》，頁 112。

後來被演義成雜劇、傳奇，例如李天根的《白頭花燭》、吳恒憲的
《義貞記》、徐鄂的《白頭新》等；沈起鳳《諧鐸·死嫁》中的女
伶磬兒，爲了追求自身的幸福而頑強鬥爭，最終因爲無法擺脫悲慘
命運自盡身亡，磬兒的義烈精神感動了無數人，曹墨琴夫人爲其作
墓誌，諸名士作了大量挽歌，沈起鳳不光寫了傳奇小說《死嫁》，
還專門爲她譜寫了《千金記》傳奇，並大發感慨道：「不能生事，
而以死歸，殆鍾情者不得已之極思乎？而磬兒亦自此不死矣！」[28]

　　對於藝術創作來說，同一個題材會給作家帶來不同的感受，在
不同感受的支配下選擇不同的表達髮式幾乎是必然，針對伶女磬兒
的死亡，曹墨琴、諸名士、沈起鳳就採取了相異的文體，這完全是
由作家的喜好和熟悉程度決定的。即使是對同一題材的改編，我們
也不能將其視爲單純的模擬與仿製，將傳奇小說改編成戲曲，固然
存在著題材相因、缺乏創新等缺陷，但是在改編的過程中我們不能
否認新作依然滲透了創作者的思想和精神，從某種程度上說，改編
也屬於一種再創造，陳炳熙將這類情況稱爲「繼承和借鑒」，「文
學的發展，必須有變革和創新，也必須有繼承和借鑒。完全不汲取
前人的傳統和經驗，一切都從自我開始的文學，是不存在的。」[29]何
況，我國古代戲曲取材是具有民族特色的文化現象，所謂「民族特
色」，就是我國戲曲的取材，「很少是專爲戲劇這--體制聯繫到舞
臺表演獨出心裁來獨創機構」。（周貽白語）劇本素材絕大多數采

---

[28] 《諧鐸》，頁 126。
[29] 陳炳熙著：《古典短篇小說新探》（上海：華東師範大學出版社，1991），頁
219。

自於小說、史籍、雜傳和民間傳說，這是我國戲劇文學創作方面的一大特點。另外，將傳奇小說改編成戲曲還有個意想不到的好處，就是文言小說這種純案頭文學通過戲曲的舞臺表演間接地傳播到大眾中去，爲文人道德精神的宣揚起到了推廣和促進的作用，以《吳絳雪》爲例，如果沒有家喻戶曉的《桃溪雪》傳奇，有哪個人會注意到《鏡花水月》中一篇不足千餘字的傳奇小說呢？因此，戲曲爲文言小說起了免費宣傳的作用。通俗文學中的白話小說，也有很多取材於此期的傳奇小說。吳騫的《桃溪客語》共計一百九十則，所記以桃溪爲中心，主要記錄了宜興的史地變遷、人物行跡、傳說逸聞等等。有《盜印》一則，寫岳飛駐軍宜興平定太湖道郭吉、馬皋、張威武事。作者指出，《宋史・岳飛傳》載此事時，因脫一「說」字，將「（飛）又遣辯士說馬皋、林聚，盡降其眾」一句，誤爲「（飛）又遣辯士馬皋、林聚，盡降其眾，」致使盜賊馬皋變成了辯士馬皋。（《桃溪客語》卷四）這裏作者的辨正極爲精當。此馬皋，疑即小說《說岳全傳》中草莽英雄牛皋的原型。《比之匪人》一則，引自溫豫《續侍兒小名錄》。（《桃溪客語》卷三）故事敘唐時才婦余媚娘，夫亡以介潔自守。陸希聲聞其貌美而善書，巧智無比，遣人遊說之。媚娘對媒人說：陸郎須「立誓不置側室及女奴，則可爲陸家新婦」。希聲諾之。婚後二年，夫妻和睦。不久，希聲又獲名姬柳舜英，其姿色更勝於媚娘。媚娘知而深怨之，密銜而不發。異日令迎入宅，與之同處。侯希聲他出，媚娘即召舜英，閉於私室中，親手刃殺之。這個故事與王熙鳳借秋桐之手毒殺尤二姐極爲相似，後者似脫胎於此，但藝術上已經臻於完美。

通過上述三點，我們完全可以得出以下結論，隨著歷史與文學

的發展，到乾嘉時期，文言小說這種「雅文學」樣式，與通俗文學產生了最大限度的溝通與交融，形成了「你中有我，我中有你」的局面：文言小說爲通俗文學提供文學素材，通俗文學爲文言小說內容張本傳播。前者使通俗文學的文學性得到充實，而推動其發展；後者爲文言小說起到了宣揚廣告作用，吸引人們去翻閱小說，創作小說，又推動了文言小說的發展。二者都不能截然分開地獨立存在與發展，在融合的過程中，互取對方之長，互避對方之短，爲文學消費中的不同群體提供了適合口味的優秀作品，這既是文學傳統傳承的結果（如前文所述，唐代的許多傳奇小說都是戲曲或者白話小說的題材來源），又是由乾嘉時期的特殊背景造成的。

# 第二節　文、俗互融的根源初探

　　文言小說和通俗文學分屬兩個不同的體系，爲什麼在乾嘉時期二者會發生「互融」的現象？下面，筆者從三個方面集中論述一下造成文、俗融合的時代原因，以期區別此際與前代的不同。

　　一、乾嘉時期的許多傳奇小說作者多才多藝，既能創作文言小說，又對通俗文學有所研究，並有優秀的作品問世。因此，在創作文言小說時難免會提到或涉及到既已熟知的通俗文學。舉例如下：徐昆，字後山，號柳厓，別號嘯仙，平陽上村（今山西臨汾）人。生於康熙五十四（1715）年，卒年不詳，大約活了八十來歲，因其主要生活在乾隆時代，所以將其歸入乾嘉時期討論。他性格溫厚，身負異才，才美學富，諸子百家著作一覽貫通，除撰有文言短篇小說集《柳崖外編》外，還寫了戲曲《雨花臺》、《碧天霞》、《合

歡竹》等傳奇。名流學者朱筠、錢大昕對他非常器重。錢大昕這樣
評價他的戲曲創作:「臨汾徐君後山倜儻奇士,予嘗見其傳奇數種,
已心異之。」[30]可見,如果沒有對戲曲的關注,徐昆也不會寫出反
映戲曲藝人活動的《吳伶》、《二伶》、《串戲》、《鈕應郎》、
《曲狀元》等傳奇小說;李調元[31](1734－1803),字羹堂,號雨
村,又號鶴洲、贊庵,晚年別號童山老人或童山蠢翁,四川綿州羅
江縣南村壩李家灣人。他是乾嘉時期著名學者、小說家、戲曲理論
家。著有文言小說集《尾蔗叢談》、《新搜神記》,在中國文言小
說史上具有一定的地位。同時,李調元還十分關心民間文藝,在通
俗文學方面也有建樹,乾隆四十二年,他採集地方民歌,輯成《粵
風》四卷,他對民間的戲曲藝術十分推崇,是促進昆腔傳入四川的
關鍵人物。他的戲曲理論著作《雨村曲話》和《劇話》在中國戲曲
理論批評史上有一定的地位;和邦額(1736－1799?),字閑齋,
號霽月主人、蛾術齋主人,滿洲鑲黃旗人。是位多才多藝的滿族作
家,著有「摹擬《聊齋》處,筆致每不失為唐臨晉帖」的文言小說
集《夜譚隨錄》,《夜譚隨錄》中有一則《秀姑》,該篇構思與《西
廂記》頗為相似,尤其是田疄與秀姑、秋羅之間的感情糾葛,與張
生、崔鶯鶯、紅娘無異,恭泰(即蘭岩)將其與《西廂記》比較:
「嘗讀《西廂記》而歎夫人之俗也,以家無白衣婿,促張生就道,
且誓以必獲榮貴,何其不近情理也!乃楊氏婦疏放其女,以致偷

---

[30]　錢大昕《序》,見朱筠口述、徐昆筆錄《古詩十九首說》。

[31]　清史編委會編:《清代人物傳稿》(北京:中華書局,2001),上編第十卷,
　　　頁266。

情；卒復不能暫留，責令貨殖三倍，始許好合，其爲利之心，與爲名等。何天下婦人，同出一轍哉！是可笑而可慨也。」[32]和邦額對戲曲極爲熟悉，他在大約十八歲前後，就寫成了傳奇劇本《湘山月一江風》，今有孤寫本傳世。前有郭焌乾隆十九年、陳鵬程乾隆二十一年、宋弼乾隆二十七年《序言》，後有恩普乾隆二十三年《跋語》。對此劇一致給予好評，對作者的才華表示讚賞。特別是湖南名士郭焌，他連文壇重鎮方苞都是不屑一見的，卻對這位年輕人寄予厚望，足以見出和邦額的不同凡俗，不過，和邦額得以傳世的主要成就還在文言小說。

以上諸人，要麼是在戲曲方面成就顯著，如李調元，要麼是因文言小說得以傳名，如和邦額。乾嘉時期，文、曲兼通，在兩個方面都有突出成就的要數沈起鳳，沈起鳳（1741－1801），字桐威，別號薲漁、紅心詞客。他既是儒家理學的忠實信徒，著有《十三經管見》、《人鵠》等儒學專著，又是「好騁詞華」的多才多藝之士，在詩詞、戲曲、小說等多方面顯示出了過人的才華，代表作品有詩文集《詩文雜著》、詞集《紅心詞》、《吹雪詞》。通俗文學方面他著有散曲集《櫻桃花下銀簫譜》，因「抑鬱無聊，輒以感憤牢愁之思，寄諸詞曲，所制不下三四十種。當其時風行于大江南北，梨園子弟登其門而求者踵相接」。乾隆四十五年，沈起鳳應兩淮鹽御史伊齡阿全德聘，乃「制軍委赴揚州，譜供奉新樂府」（《卜將軍廟靈簽》）。乾隆皇帝四十五年、四十九年的兩次南巡，揚州鹽政、蘇杭織造所備迎鑾供御大戲，皆出自沈氏手筆（石韞玉《紅心詞客

---

傳奇·序》）。他的劇作今僅存《報恩猿》、《才人福》、《文星
榜》、《伏虎韜》等四種。上文所提根據《諧鐸·死嫁》而改編的
《千金笑》傳奇，今已不存。與李漁相同，沈氏的戲曲創作多改編
於自己的小說作品，同時，他的戲曲對小說創作也有相當的推動作
用，只要讀一讀《諧鐸》中的《文星榜》及戲劇《伏虎韜》便清楚
了。根據沈清瑞的記載，沈起鳳當有數量不少的戲劇問世，那麼爲
什麼得以流傳的卻只有那麼有限的幾部呢？如果仔細閱讀小說《諧
鐸》，不難發現其中的答案：《諧鐸·天府賢書》記錄沈起鳳夫人
張靈之事，其中說到張靈曾經勸止沈氏不要再作戲曲，「嬉笑怒罵，
殊傷忠厚，嘗勸止焉」[33]。不但夫人不支持他創作戲劇，就連沈起
鳳自己也頗悔自己少時所作，《諧鐸·隔牖談詩》[34]胡文水附志中
說，乾隆辛亥（1791 年）受業門人胡文水提出「請觀詩文全稿，
並樂府套曲諸大制」的要求時，沈起鳳竟「悉辭以散失」，其不欲
以戲曲傳世之心可知。沈起鳳對文言小說的態度則截然相反，同是
胡文水附志所載，沈氏檢行篋得《諧鐸》五十餘條，即出以示人。
胡文水卒讀後，進而請曰：「先生其有救世之婆心，而托於諧而自
隱，如古之東方曼倩其人者。曷亟付之梓，以是爲遒人之徇耶？」
[35]旋即得到沈起鳳的許可，遂又追憶舊聞，摘采近事若干條，得卷
十二。沈起鳳對戲曲和文言小說的兩種不同態度，充分說明了正統
文人對通俗文學的歧視，就連沈氏這樣的才學之士也不能免俗。但

---

[33]　《諧鐸》，頁 188-189。

[34]　《諧鐸》，頁 22-24。

[35]　《諧鐸》，頁 24。

是，這也恰恰從反面證明了通俗文學的神奇力量，儘管遭受了正統文人的鄙視與不屑，它還是爲廣大群眾所喜愛，在充斥著皇權君威、仁義禮智的年代裏，民眾需要一份純粹娛樂性的、極富生活性的精神食糧，其實豈止是民眾，就連高高在上的皇帝也對通俗文學愛不釋手，根據徐珂的《清稗類鈔》所記，「乾隆初，高宗以海內升平，命送文敏照制諸院本進呈。」[36]由「照制」可知，進呈的小說戲曲歷代均有，也正是因爲朝堂上下對通俗文學的廣泛喜愛，才導致許多正統文人在傳統文學領域揮翰濫熟之餘，於通俗文學亦有不凡的建樹，這既是創作者本身博學多聞的資質決定的，又是世風使然。

二、乾嘉時期出版印刷業的繁榮大大地開拓了文人的閱讀視野。毫無疑問，無論處於哪個歷史階段，傳播方式的先進與否都會直接影響到文化的興盛程度。在造紙、印刷術發明以前，文明只是屬於統治階級的小部分人，宋代以後，隨著科技的進步和經濟的發展，普通市民和百姓也能接觸到書籍，在傳播方式少、技術差的條件下，書籍是最常見也幾乎是唯一的傳播途徑。這樣，出版印刷業的繁榮就成了文化繁榮的先決條件，如果沒有便利的印刷出版，再優秀的作品也無法傳播，更不要說優秀作品對世人產生的感染與影響了。乾嘉傳奇小說的作者之所以能廣泛地閱讀到通俗文學作品，並且將通俗文學因數恰當地融入到文言小說創作中，這與當時發達的出版業是密切相關的。《紅樓夢》中寶玉讓茗煙買書，而後上演了寶黛共讀《西廂記》的美麗畫面，恰恰反映了當時書籍出版的興

---

[36]　徐珂編撰：《清稗類鈔》（北京：中華書局，1986），卷七十八。

旺繁榮。明中葉以後，我國的出版業突飛猛進地發展，與前代相比，明、清兩代刻家之多，刊書之眾，技術之高，印品之精，影響之大，皆是宋、元諸代所無法比擬的。江南地區是清代的刻印中心，因為江南地區具備別處所沒有的先天優勢：一、該地區不少地方山多林密，木材豐富，書板用料能夠保證。二、江南地區經濟較為繁榮，人口密集，富商大賈甚多，為開設書房經營刻書或雇傭廉價勞動力提供了必要的經濟條件。王士禎《居易錄》卷十四說：「近則金陵、蘇、杭，書坊刻版盛行。」[37]另一學者金埴《不下帶編》卷四說：「惟白下（金陵）、吳門（蘇常）、西泠（杭州）三地書行於世。」王重民先生《中國善本書提要》指出：「至於刻書地點，清初則以南京、蘇州、杭州為最多最好。」[38]據統計，有清一代，只江南地區的刻坊就不下 1300 餘所，其中官刻百餘所，剩下的皆是坊刻和家刻（統稱私刻）。刻書出版業的繁榮為文化的發展做出了巨大的貢獻，不但保存了文獻，傳播文化，而且提高本地區讀書人的整體素質，增長了讀書人的見識，擴大了文人的閱讀視野。從乾嘉文言小說中可以看出，作者們除了博覽古籍，徵引前代典籍文獻之外，對時人的著述亦能及時閱讀，就拿樂鈞的《耳食錄》來說，其中有一篇《癡女子》的故事，講一個讀《紅樓夢》入迷的癡情女子，反復讀誦，遂以自己為黛玉，精神失常而死去。且不論這篇故事是真是假，作者文末所發的議論卻洋洋灑灑，五倍於正文。文中對《紅樓夢》的評說，無疑正是樂鈞自己的美學觀與情愛觀的宣揚，完全

---

[37]　王士禎著：《居易錄》（臺北：臺灣商務印書館，1983），卷十四。
[38]　王重民著：《中國善本書提要》（北京：書目文獻出版社，1991）。

可稱得上是一篇紅學研究的早期論文。考《耳食錄》二編寫成於乾隆五十九年（1794），其時《紅樓夢》程甲本（1791 年），程乙本（1792 年）才只刊行二三年而已。作者能在如此短的時間內便領略到了《紅樓夢》的風采，不能不歸功於發達的出版業，正是成熟的刻書出版，才使得優秀的作品在短時間內迅速流通。

　　通俗文學能對乾嘉傳奇小說產生重大的影響原因還在於，乾隆嘉慶年間，有大量的通俗文學作品得以刊行，尤其是私人書坊，書坊主爲了迎合市民階層的口味，獲取更多的經濟利益，大量刻印通俗易懂、以娛樂消遣爲目的的書籍讀物。筆者根據《江蘇刻書》[39]的統計，詳細列表如下：

| 刻印時間 | 所刻之書 | 刻坊名稱 |
| --- | --- | --- |
| 乾隆元年 | 《孫行者大鬧天宮》 | 王君甫 |
| 乾隆九年 | 《濟公傳》 | 仁壽堂 |
| 乾隆三十三年 | 《飛龍全傳》 | 崇德書院 |
| 乾隆三十五年 | 《天燈記》、《忠烈傳》、《錦香亭》、《酒家俑》 | 清素堂 |
| 乾隆三十七年 | 《新編宋調全本白蛇傳》 | 蘇州書坊 |
| 乾隆三十九年 | 《綴白裘》 | 錢德蒼 |
| 乾隆四十年 | 《新評龍圖神斷公案》 | 書業堂 |
| 乾隆四十四年 | 《後西遊記》 | 書業堂 |

---

[39] 江澄波等編著：《江蘇刻書》（南京：江蘇人民出版社，1993）。

| 乾隆四十六年 | 《豆棚閒話》 | 書業堂 |
|---|---|---|
| 乾隆四十九年 | 《說呼全傳》 | 書業堂 |
| 乾隆五十六年 | 《紅樓夢》 | 萃文書局 |
| 乾隆五十八年. | 《北史演義》 | 甘朝士局 |
| 乾隆五十八年 | 《四雪草堂重訂隋唐演義》 | 崇德書院 |
| 乾隆年間 | 《重刻繡像說唐演義全傳》 | 崇德書院 |
| 乾隆年間 | 《說唐演義後傳》 | 綠慎堂 |
| 嘉慶十四年 | 《義妖傳彈詞》 | 蘇州書坊 |
| 嘉慶二十一年 | 《金石緣》 | 文粹堂 |
| 嘉慶二十一年 | 《拍案驚奇》 | 書業堂 |
| 嘉慶二十一年 | 《儒林外史》 | 藝古堂 |
| 嘉慶二十三年 | 《飛虎槍》、《百花台》、《醉芙蓉》 | 蘭蕙軒 |
| 嘉慶二十三年 | 《登雲豹》、《蘊香丸》、《麒麟閣彈詞》 | 蘭蕙軒 |
| 嘉慶二十四年 | 《景岳全書》 | 書業堂 |
| 嘉慶年間 | 《畫圖緣小傳》 | 測海樓 |

　　表中所列，只是乾嘉時期江蘇地區的刻書情況，至於當時其他地區的刊刻狀況還沒有涉及，單從這個表格我們已經不難感受出彼時通俗文學的風靡與流行。清江蘇書局刻《江蘇省例》中說：「《水滸》、《西廂》等書，幾乎家置一編，人懷一篋。」看來並不誇張。在這樣一個大的文化背景下，文言小說作者將通俗文學的內容或者

構思模式融入傳奇小說便是順理成章的事了，況且，乾嘉時期的許多文言小說作家都籍出江南，比如《涼棚夜話》的作者方元鵾，乃浙江金華人；《浮生六記》的作者沈復，乃江蘇長洲（今江蘇蘇州市）人；《耳食錄》的作者樂鈞，乃江西金溪縣人；《諧鐸》的作者沈起鳳，乃江蘇吳江人。（限於文章整體結構，此處不便作出祥舉）他們更容易得文化風氣之先，也更容易將富有鮮活氣息的通俗文化精神與傳統古典的文言小說形式結合起來，留給後人一筆融俗入雅、亦雅亦俗的可貴財富。

　　三、乾嘉時期炫學風氣的影響致使傳奇小說作者有意將通俗文學納入自己的創作。傳奇小說與通俗文學分屬兩個不同的體系，在討論二者相互融合、相互滲透的關係時，我們不能不提到乾嘉時期的特殊時代風氣：由考據、校勘等「樸學」所引起的炫學之風。正是由於這股風氣的影響，清代乾嘉時期出現了以炫耀才學為顯著特徵的「四大才學小說」，創作者不惜打破小說情節的完整性而融各種學術入文，胡適在《〈鏡花緣〉引論》中說：「那個時代是一個博學的時代，故那時代的小說，也不知不覺的掛上了博學的牌子，這是時代的影響，誰也脫不過的。」[40]而此際的傳奇小說，也「不知不覺的掛上了博學的牌子」，在文言小說中討論或者考據通俗文學作品即是炫學的一項內容。前文所舉《耳食錄》中《癡女子》篇自不必說，還有一個最明顯的例子就是《閱微草堂筆記・如是我聞三》中一則對《西遊記》的考證，原文如下：

---

[40]　胡適著：《中國章回小說考證》（上海：上海書店，1980），頁530。

吳雲岩家扶乩，其仙亦云邱長春。一客問曰：西遊記果仙師
所作，以演金丹奧旨乎？批曰：然。又問：仙師書作于元初，
其中祭賽國之錦衣衛，朱紫國之司禮監，滅法國之東城兵馬
司，唐太宗之太學士、翰林院中書科，皆同明制，何也？乩
忽不動。再問之，不復答。知已詞窮而遁矣。然則西遊記為
明人依託無疑也。

　　清乾隆末年以前，《西遊記》被認為是元朝長春真人邱處機所
作，直至錢大昕跋《長春真人西遊記》（《潛研堂文集》二十九）
才首次提出《西遊演義》是明人作，《閱微草堂筆記》的作者紀昀
一向以博聞著名，他在這個問題上的看法與錢大昕相同，他借著小
說的框架發表了「西遊記為明人依託無疑」的看法，此處，紀昀的
主要目的是表達了自己的學術觀點，而沒有考慮到小說的故事性，
這與才學小說的模式如出一轍。因此，我們說在傳奇小說中對通俗
文學的討論也是作者炫才耀學的一部分，在炫學風氣的影響和寫作
慣性的支配下，作者自覺不自覺地將通俗文學寫了進去，便出現了
我們所見到的俗、文兼融式的文言小說。

# 下編 封建末世之哀音

清代在經歷了康乾之際的鼎盛之後，乾隆末年，隨著政治的腐敗和封建制度自身的日趨腐朽，大清帝國已呈現出強弩之末的衰相。面對漸趨失控的朝廷和各地蜂擁而起的農民起義，乾隆皇帝在無奈的嘆惜聲中，永遠地閉上了雙眼，他將一個朝綱鬆弛、岌岌可危的爛攤子，留給了他的兒子嘉慶皇帝。

嘉、道、咸時期，是清朝歷史的轉折時期，此前，清朝國力強盛，在號稱「十全老人」的乾隆皇帝的統治下，四海歸一，萬眾祥和；此後，也就是同治以後，中國已經不能算是純粹意義上的中國，外強入侵，政權受挾，清政府在內憂外患的夾縫之中，艱難地生存。道、咸時期之所以特殊，是因為它既是完整的清朝沒落之結束，又是喪權辱國的清政府與列強內外勾結的開始，此期中國歷史上發生了兩件重要的大事，一是鴉片戰爭，另一件是持續十四年之久的太平天國起義。相比較來說，鴉片戰爭只引起了朝廷內部的動盪，對平民百姓並沒有造成太具破壞力的影響，但波及大半個中國的太平天國運動，卻著實對當時的經濟、文化產生了致命的摧殘，這一點凡是研究清史的人都會有所感受，不過，長久以來由於政治傾向，這種摧殘對清代文化史的影響遠遠沒有得到應有的重視。

清中後期，清政府陷入了財政危機，嘉慶年間的俗諺「和珅跌倒，

嘉慶吃飽」已初顯政府庫銀短缺的端倪；道光時期，清政府在內鎮壓白蓮教等農民起義，在外應付鴉片戰爭，耗費了大量國庫銀兩，加上陝西河南二年大旱，東南六省大水，鴉片貿易引起的白銀外流，回疆塞防之戰所耗的軍費，政府的財政更是捉襟見肘，《清朝野史大觀》中有三條關於道光皇帝節儉的記載：「宣宗即位，內府循例御用硯四十方，硯背鐫道光御用四字。上以所備過多，閒置足惜，因命分賜諸臣。」[1]（《宣宗儉德》「宣宗中年，尤崇節儉。嘗有御用黑狐端罩，襟緞稍闊，令內侍將出，四周添皮。」[2]（《狐裘不出風》）「宣宗御宇三十年，服用之儉，爲史冊所罕見。所服套褲，常膝處穿破，輒令所司綴一圓綢其上，俗云打掌是也。」[3]（《補綴套褲》）堂堂帝王竟會如此節約，從側面也反映出當時清廷財政困難的窘境。

面對江河日下、今不如昔的現實狀況，清人再也不能安心地在故紙堆當中孜孜於考據、求證之學了。道光時期，迫於內憂外患，朝野風氣大變，人們將眼光從典籍移向現實，樸學的風氣爲關注實際所代替，孟森在《清史講義》中說道：「一代有一代的風氣。隨著清朝由盛而衰，至道光朝士氣轉移，盛行一時的乾嘉考據之學而漸變爲講求經世致用。……至道光時則時事之接觸，切身之患……議論蜂起，當時亦竟有匯刻之以傳世者，賀長齡之《經世文編》是也。未幾海警漸動，士大夫急欲周知外事，疆臣爲倡。林則徐之譯《各國圖志》，徐繼佘之譯《瀛寰志略》，皆爲篳路藍縷之功。而

---

[1] 　《清朝野史大觀·清宮遺聞》（上），江蘇廣陵古籍刻印社 1998 年版，卷一，頁 62。

[2] 　同上。

[3] 　同上。

記蒙古之遊牧，作藩部之要略，皆在於此時。道光間學士大夫之著作，非雍乾之所有，亦可謂非嘉慶朝所有矣。」[4]爲了解決實際問題和現實中的財政危機，清中後期以後，士大夫的價值觀念也發生了轉變，他們不再固守「重農抑商」的陳規古訓。受外力的衝擊和資本主義商品經濟的影響，部分有識之士開始擺脫傳統儒學的束縛，提倡經世致用之學，尋找富國自強的出路，道、咸之際，最具有代表性的人物是魏源，他不僅提出了「師夷長技以制夷」的口號，還提倡「崇利」哲學，爲衝破「抑商」的藩籬首開門徑，實爲清末「重商主義」的肇始人物。此際，隨著生產專業化的出現，商業便日顯其重要性，自然經濟既然受到衝擊，商品經濟逐漸盛行，再加外來觀念的浸淫，工業革命成果的輸入，諸多新事物使得人們的認識不斷提高，已有研究顯示，明清時期商業出現了重大發展，相應地商人的地位也開始呈現上升趨勢，到道光三十年（1850 年）前後，受內部變化與外力衝擊的影響，朝野上下對「重商」的呼聲開始一浪高過一浪。[5]其實，清政府對商業的重視首先是源於財政上的需要，我國的傳統歷來是重儒輕商，在四海清靜、天下太平的時期，商業永遠處於「末流」的地位，商人也是「四民」的最底層，但是，歷代政府每逢經濟或者政治危機，便經常會增加商稅以充實國庫收入，經鴉片戰爭以及太平天國之役，政府越來越面臨嚴重的財政困難，從中央到地方，商稅成爲解決難題的重要途徑，國家的

---

[4]　孟森著：《清史講義》（桂林：廣西師範大學出版社，2005），頁 296。

[5]　馮筱才：〈從「輕商」走向「重商」？〉，《社會科學研究》第 2 期（2003 年），頁 123-130。

經濟基礎，開始由農業轉向工商，政府也增加了對商人的依賴。[6]

　　解決財政危機除了重視商業之外，清政府還採取了一個更加行之有效的辦法，即實行「捐納」制度，何爲「捐納」？就是俗稱的買官鬻爵，它由清政府條訂事例，按官階大小，定出價格，公開出售，並形成制度。該制自產生起，就飽受各方的攻擊、非難，可是由於經濟的原因，這項制度雖飽受非議卻頑強地生存下來，它以清政府爲賣方，使買官賣官市場化、合法化、公開化，杜絕了私下交易，把買方爲升官賄賂給官員個人的錢以「捐納」的形式貢獻給了國家，變中飽私囊爲中飽「公」囊。嘉慶從 1800 年起開捐監生，到他撒手人寰，20 年間，共收銀 4072 萬兩（山西、直隸兩省京捐尙未算在內），平均每年 200 萬兩；道光皇帝一向以節儉著稱，但他爲了解決財政困難，在賣官方面大手大腳，他在位的 30 年間，年年有賣官的記載，僅捐監一項，就賣了 3388 萬兩銀子（直隸的京捐因材料闕如未算在內），平均每年收入 100 多萬兩。[7]

　　這樣，「重商」觀念的盛行和「捐納」制度的確定，使世人對商業以及商人的態度發生了轉變，自古「學而優則仕」的傳統在清中葉以後產生了動搖，不少人通過捐官，也走上了仕途，於是，「商而優則仕」成了部分富有的人進入官場的途徑。上述變化在道、咸時期的傳奇小說中有生動鮮活的體現，下面筆者試從幾個方面詳加論述。

---

[6]　鄧紹輝著：《晚清財政與中國近代化》（成都：四川人民出版社，1998）。

[7]　轉引自余育國，齊玉東：〈清末的賣官制度〉，《春秋》第 3 期（2006 年），頁 52-55。

# 第五章　傳奇小說
# 主人公的更換

　　受到戰國以後長期占主導地位的貶商政策及儒家重義輕利思想的影響，傳統的文人士大夫大多產生了根深蒂固的賤商觀念，在我國早期的文學作品中，以工、商作爲主人公的小說實在罕見，商人的形象很晚才進入文人的筆下。最早描繪商人的當屬《史記·貨殖列傳》，太史公以精煉的筆法列舉了幾個「賢人所以富者」，即富而有德之人，普通的商人則不在其視野之內，這本身就代表了文人士大夫對商人的不屑；魏晉南北朝時期，普通商人的形象才出現於文人筆下，代表作品有劉義慶《幽明錄》中的故事《楊林》；唐代，隨著城市經濟的發展，傳統詩文開始較廣泛地描寫商業生活，如元稹的《估客樂》、白居易的《鹽商婦》、劉采春的《囉嗊曲》、劉駕的《反賈客樂》、柳宗元的《宋清傳》等。唐傳奇中雖然出現了許多栩栩如生的商民形象，但都是作爲背景陪襯，其主旨要麼是說「商人重利輕別離」，（王讜《報應錄·童安》）要麼旨趣集中在描寫士子與妓女身上。宋元以前，商人形象在小說中並不多見。到了明清，城市手工業發展加快，商業更加繁榮，重商思想相對增強，小說中的商人主角逐漸增多，人物形象日趨豐滿。

　　受傳統儒家的影響以及商人自身唯利是圖、喜好投機的行爲特點，人們對商人總要心存芥蒂，反映到文學作品中，不難發現，小說中的商人形象可謂是十商九奸，如《金瓶梅》中的西門慶、《水滸傳》中的鄭屠和蔣門神、《杜十娘怒沉百寶箱》中的孫富、《紅樓夢》中的薛蟠、《八洞天》中的甄奉桂、《快士傳》裏的列應星父子、《清夜鐘》裏的崔佑等等，他們大都品德低下，恃強淩弱，驕奢淫逸，有的甚至是貪欲及荒淫無恥的化身。

　　明中葉以後，江南地區出現了早期資本主義萌芽，和以往相比，商業有了明顯的發展，世人對商人的看法也有所轉變，正面的商人形象才開始較多地出現在小說之中。《撚青雜說》中的文言小說《鹽商厚德》裏的項四郎，《醉醒石》第十回中的商人浦肫夫，具有扶危濟困的美德；《賣油郎獨佔花魁》中秦鐘的「誠」與「信」，體現了高尚的商業道德；《二刻拍案驚奇》卷二十九中的蔣生，其真摯的愛情故事令人感動；《二刻拍案驚奇》卷三十七對徽州地區風俗的描寫，反映了明代「以商賈爲第一等生業」的價值觀念；而「兩拍」中，對商人生活的描寫在整個小說中佔有了相當突出的位置。不過，總體而言，人們對商人的態度並沒有發生根本性的轉變，這種正面傾向總體上還並不明顯，對社會的影響力也比較小。

　　簡言之，我國古代小說中對待商人的態度總體上是貶損，這是由於社會歷史的原因造成的，受「官本位」思想和「學而優則仕」觀念的嚴重影響，世人對商業活動所蘊含的歷史進步性缺乏正確的認識，對商人的社會價值沒能充分地予以肯定，對商人的勞動及商業規律沒能給予充分的尊重，所以，傳統小說中商人形象要麼是缺位，要麼是在塑造時存在著偏見和不足。

　　相反，「讀書人（書生）」的形象卻因爲人們的偏愛而一直佔據著文學的舞臺，在中國舊時的啓蒙讀物中有這樣的話「十年寒窗苦，一朝得意回；禹門三級浪，平地一聲雷。」「萬般皆下品，唯有讀書高。滿朝朱紫貴，盡是讀書人。」儘管魯迅先生說「朝爲田舍郎，暮登天子堂」不過是統治階級所釋放的煙霧彈，但是廣大的文官隊伍畢竟都是讀書出身，他們地位高貴，受人敬仰，在普通人的眼中，身爲讀書人，就意味著他們身上蘊含著一朝成名的可能性，也就是潛在的官僚階層，因爲這種可能的前途，人們就極易滋生出對文人的崇拜與嚮往。單拿文言小說來說，自唐傳奇產生以來，所塑造的膾炙人口的男主人公形象無一不是讀書人，無論是風流倜儻的張生，還是行俠仗義、路見不平拔刀相助的柳毅，都是滿腹經綸、飽讀詩書的書生，長久以來，「書生」都以儒雅的形象或者正義的化身活躍在中國文學的舞臺上，直到蒲松齡的《聊齋志異》出現以後，「書生」的故事寫到了盡頭，書生的形象也發揮到了極致。爲什麼這樣說呢？因爲至清代前期，書生們賴以晉身的科舉制度已開始走下坡路，八股取試的弊端與日俱增，就連讀書人自己對這種制度都心存怨憤，積怨日久，必然會爆發，清中葉以前出現的三大力作《聊齋志異》、《儒林外史》、《紅樓夢》便是爆發後的結果，三部小說無一不把矛頭指向科舉制度，這本身就代表了科舉制度的危機，很多懷抱絕世之才的知識分子在科場上屢戰屢敗，內心充滿了孤獨悲涼之感，蒲松齡的經歷足以證明這一點，他懷著悲苦的心情慘澹經營他的小說，在《聊齋自志》中，他說：「獨是子夜熒熒，燈昏欲蕊；蕭齋瑟瑟，案冷疑冰。集腋爲裘，妄續幽明之

錄；浮白載筆，僅成孤憤之書。寄託如此，亦足悲矣！」[1]這段自白為讀者刻劃了一個落魄的書生孤獨悲涼的心境，而《聊齋志異》中的主人公，更是作者懷才不遇、痛苦掙扎的真實寫照。在蒲松齡的筆下，出現了一大批科場中的悲劇英雄。他們大都出身寒門，或雖係故大家子，今已家道式微。他們雖文章辭賦冠絕當時，但卻都所如不偶，困於場屋，在科場中，他們幾乎無一例外地遭受挫折。在這些人物身上，生動地閃耀著作者自身的影子，深深寄託了作者的身世感慨，通過他們，寄予了對自己才華的肯定。葉生以第一名進學，可在鄉試中卻依然鍛羽而歸。葉生面對一再的打擊，一蹶不振，「愧負知己，形銷骨立」，終於憂憤而死；久困場屋的王子安乃東昌名士，入闈後，期望甚切，將近放榜，痛飲大醉。在醉臥中，他夢見自己高中，一會兒賞報人十千，一會兒呼賜酒食，一會兒又大呼長班，待醒來，才發覺不過是南柯一夢。在蒲松齡的筆下，即使是作為女性陪襯的男主人公形象，也都是窮困落魄的書生：《嬌娜》中的孔生，「為人蘊藉，工詩」，在他名場淪落之時，有過被作縣令的朋友招去作幕賓（儘管因朋友死而未果）以及在大戶人家設帳授書的經歷；《青鳳》中的耿去病，是已經淪落的故大家子；其他像《嬰甯》中的王子服、《辛十四娘》中的馮生，他們的境遇大多潦倒，不少人或是流離他鄉，或是寄遇僧寺，或是暫借他人之園，或是設帳授徒，孤寂冷清。雖然，蒲松齡筆下的人物是結合自己坎坷的經歷虛構出來的，但是，他們畢竟折射出了當時讀書人群

---

[1]　蒲松齡著、張友鶴輯校：《聊齋志異（會校會注會評本）》（上海：上海古籍出版社，1962），《聊齋自志》。

體的真實狀況，「虛構就是從表現現實的總體中抽出它的基本意義並用形象體現出來——這樣我們就有了現實意義」（高爾基《論文學》）科舉制度給知識分子帶來了沉重的壓力，無論從精神上還是物質上，他們都承受著幾乎無法忍受的折磨。這種折磨使得「書生」這一形象從唐傳奇中的意氣風發、風流儒雅，一轉而變為清傳奇中的潦倒孤寂、寒酸沉淪，他們已經成了社會中的「弱勢」群體，成了受人同情、憐憫的物件，試想讀書人以這樣一種落魄寒磣的面貌出現在世人面前，還有誰願意去讀書作書生呢？

　　如果說《聊齋志異》寫盡了知識分子的苦悶與沒落，那麼《儒林外史》則預示了清中葉以後新的希望的到來。在《儒林外史》中，當真儒明賢「都已漸漸消磨了」的時候，作者在理想破滅、看不到出路的情境裏，安排了市井「四大奇人」的出場：季遐年，既以寫字自娛，又以寫字為生；王太既是圍棋高手，又是安於賣火紙筒子的小販；開茶館的蓋寬，畫得一手好畫，但不攀附權貴；能彈一手好琴的荊元，既以琴自遣，又是靠手藝吃飯的裁縫。他們甘於市井，自食其力，靠自己辛勤的勞動來安身立命。儘管吳敬梓筆下的「四大奇人」是作者理想的幻影，他們是高雅脫俗的化身，是文人化的市井平民，但是，不管出於作者的無心還是有意，市井「四大奇人」的出現都無可辯駁地預示了新的希望的到來，此後的小說中，「書生」的形象漸漸退場，代之而起的是真實鮮活的市井商民。

　　道、咸時期的傳奇小說中，描寫商人的作品比比皆是，其中，有洋貨行主人姚繼崇（《客窗閒話·馮皮匠》）、有「世業鹺商」的維揚肖姓（《客窗閒話·肖希賢》）、有世世代代作骨董生意的陳君（《續客窗閒話·陳君》）、有以醫業起家，籌資巨萬的吳某

（《埋憂集・名醫》），他們要麼勤於達理，生來具有經商的天賦，要麼懂得把握時機，於看似偶然的機遇之中一躍而起，成爲腰纏萬貫、富甲一方的鉅賈。此期的傳奇小說大都側重於描寫普通商人的平常生活，隨著商業的發展和商人的普遍化，人們已經漸漸能夠接受商人，不再像以前一樣將商業視爲不堪一提的賤業，畢竟商人和讀書人一樣，都是爲了養家糊口、安身立命而奔波操勞，所不同的只是讀書人選擇了勞心傷神的案牘，而商人選擇了勞身廢力的「買賣」而已。況且，道、咸以後，科舉之業的凋落和重商思想的盛行，也給描寫商業和商人的小說提供了較爲有利的歷史機遇。小說作者們漸漸除去了有色眼鏡，用客觀的眼光來看待生活在他們周邊的平常商人，由於出自一種比較冷靜、客觀的態度，所以他們筆下的商人世界也顯得較爲真實貼切，常見的描寫有如下幾種：

# 第一節　以商賈的辛苦經商生活
# 　　　　爲題材的小說

在我國古代的經濟結構中，自然經濟和商品經濟具有明顯的同一性，這種同一性突出表現在：以農業經濟爲主體的自然經濟中，包含著商品經濟成分。清末「重商」思想的興起轉變了以往「重農抑商」的傳統觀念，但這並不代表著「重商抑農」或者「以商代農」，而是表現爲以農業爲本，以商補農的現象大量出現，因此，小說中就出現了很多男人因爲家境所迫而出外經商，只留妻子、兒女在家的常見模式。比如，「何永壽，浙西人。其父榮慶，貿易鳩茲，積資饒裕。年四十餘，以病歸家，不半載而亡。時壽甫十齡，家無成

人，強暴者百計侵掠，資財耗散略盡。」[2]「桂林人姚崇愷，從其
父貿易漢陽。年及弱冠，靈椿失庇，所遺鋪業約值四百金，愷以習
慣人情，克承先業。」[3]「有孟賈之者，邑人之職經緯業者也。勤
于顧杼，因而有小資本。遂販布作客往來淮泗間，嘗私一孀婦曰巴
嫣嫣。」[4]「譚某者，籍江甯陶洪鎮，世以鎸刻書籍爲業。每歲向
各處攬刻書版，刻畢送到取資，復攬而歸，習以爲常。」[5]「洞庭
席某善心計，賈淮徐間，歷十餘年，業頗裕。」[6]這種「丈夫離家
經商，妻兒留守」的常見模式並不是小說中才有，也非完全出於小
說家的虛構，而是當時社會家庭分工基本形態的真實描寫，有史料
爲證，光緒年間編制的《江西通志·列女傳》記載了大量丈夫常年
經營在外，妻子居家侍奉父母、撫育孤幼的事例，如南昌黃庭繼，
「客游南畿，家徒壁立。（妻）陳（氏）宵分紡織以供薪水」[7]；
南城夏曦遠經商於粵，妻蘭氏居家籌理，「每寒暑，蘭（氏）手制
衣服寄舅姑」；南昌楊俊遠經商於蜀，妻氏奉姑，每嘗辛苦。

　　《道聽塗説》中有一篇《張百順》的故事，形象地描寫了外出
經商之人的艱難與辛苦。永安（今四川奉節）人張百順，帶著他的
兒子小寶在江南地區經營，他們靠販賣鑰匙、刀剪爲業。本小利薄，
又出門在外，因此父子倆勤儉節約，未嘗有絲毫的浪費。辛苦積攢

---

2　　陸林主編：《清代筆記小說類編·世相卷》（合肥：黃山書社，1994），頁 260。
3　　陸林主編：《清代筆記小說類編·煙粉卷》（合肥：黃山書社，1994），頁 221。
4　　陸林主編：《清代筆記小說類編·煙粉卷》（合肥：黃山書社，1994），頁 233。
5　　陸林主編：《清代筆記小說類編·計騙卷》（合肥：黃山書社，1994），頁 318。
6　　陸林主編：《清代筆記小說類編·勸懲卷》（合肥：黃山書社，1994），頁 310。
7　　光緒《江西通志》卷一七一《列女》。

了一年，蓄積二百餘緡銀兩，兩人高高興興地買了一葉小舟，準備回家鄉給小寶完婚。誰知半夜遇盜，將財物洗劫一空，書中有一段詳細生動的描寫，刻劃了父子二人遭劫的不幸經歷：

> 暝色已上，煙水淒清，孤影彷徨，別無鄰舫。父子挑燈相對，促坐含愁，夜半不敢就枕。忽聞水聲拍拍，有槳板驅波進港，父子驚惶，面無人色。方議杜門加鍵，而長臂漢已提大砍刀立船頭，自稱「老阿爺」，呼：「無頭鬼速出艙受刃！」張父子無所為計，惟有彎雙膝跪船頭，叩首連連，何啻百擣。盜曰：「姑寬寸晷，容汝寄頭項上，但須自運箱籠過船奉獻，苟匿寸縷，是自幹不赦矣！」張奉命惟謹，罄艙歸盜。又叩首謝活命恩以退。[8]

　　小說作者描寫了張百順父子在孤寂的行舟中小心護財、誠惶誠恐的謹慎心情，他們「促坐含愁，夜半不敢就枕」，較為準確地把握了兩人彼情彼景的心態，儘管辛苦賺來的錢財被盜人洗劫一空，但是對於平民百姓來講，能夠保得住身家性命已經是萬事大吉了，就作者的主觀意圖而言，刻意渲染二人的擔驚受怕和不幸遇盜，與其說是反映商人經商途中所遇的艱難險阻，毋寧說是表達對商人的關懷與同情。無獨有偶，俞超《見聞近錄》中的《商販自救》[9]也寫了一個商人舟行遇盜的故事：海昌某販圖書石往江右去賣，路上

---

8　陸林主編：《清代筆記小說類編·世相卷》（合肥：黃山書社，1994），頁265。

9　陸林主編：《清代筆記小說類編·計騙卷》（合肥：黃山書社，1994），頁263。

雇了一條小船，舟子看裝著圖書石的箱子厚重，遂「疑有白鏹」，
頓時生了歹意。夜間，舟子趁販某睡熟，故意將一個敦實的石磨砸
在他的腳邊，販某恍然大悟，立刻明白了舟子的用意，他「急呼，
起告曰：『汝奈何不小心，懸磨艙上，我幾為所壓。速持火來，我
欲向箱篋覓物裹足。』」而後以找衣物為藉口，將箱內圖書石置外，
「其餘敝衣數事而已。」這樣，舟子的疑忌頓消，即鼓棹前行。和
前一故事中的張百順不同，商販某不但處變不驚、臨危不懼，而且
深諳世道，善於察言觀色，在舟子有所行動暗示的時候，他立刻能
準確猜透對方的叵測用意，並且隨機應變，用一個較為巧妙的方式
（藉口找衣物，將隨身之物故意露給舟子看）躲過了一劫，商販某
的急中生智顯然與他平日靈活經商的人生經歷有不可分割的聯
繫，一個如此機靈變通的商人，做起生意來又怎能不火呢？作者將
機智巧慧賦予了一個商販，說明了他對商人才能的肯定。從《張百
順》和《商販自救》兩則故事中，讀者能充分體會到商人經商之險、
之不易，為了確保財產和生命的安全，此際的傳奇小說中出現了了
一個新的群體──保鏢，以往的小說中，充當保護角色的要麼是官
吏的隨從、爪牙，要麼是富人家裏的老奴、僕役，商人保鏢的出現
是商品經濟發展到一定階段的產物，《香飲樓賓談》中的《沙七》
就是一個會計兼保鏢的角色，他以拳勇著名，在金陵米肆中當會
計；《見聞近錄·王老爹》[10]以側面烘托的手法刻劃了一個職業保
鏢的形象：楓涇（今浙江嘉興東北一鎮名）蔡翁，某日至松江商行
中拜客，恰逢主人大擺宴席，蔡翁稍作觀察，發覺座次以「貨之多

---

[10]　陸林主編：《清代筆記小說類編·世相卷》（合肥：黃山書社，1994），頁 260。

少爲差」，蔡暗中窺視首座，本以爲坐在第一把交椅上的會是腰纏萬貫的鉅賈，沒想到卻見到一位「儼然老布衣」，看到這裏，讀者不禁會產生疑惑，這位老布衣爲什麼會成爲魁首呢？難道他是擁資巨萬但卻不修邊幅、不事聲張的低調富豪？或者他是主人的堂中老父、以長輩的身份坐於首席以示晚輩對他的敬意？其實都不是，作者以故設懸疑的筆法渲染了「老布衣」的神秘，篇末方一筆點出「老布衣」的真實身份，原來他是以勇武出名，「能保護客貨者」的保鏢。一個非官非商、身懷絕技的拳武之人能得到富商們的如此敬重，足可見出商人渴望保護的願望多麼強烈，他們強烈地需要安全感，需要有英勇之人充當他們財產的保護神，這則故事與《張百順》、《商販自救》相同，只不過它是從側面反映出當時社會經商環境之惡劣。

明末話本《蔣興哥重會珍珠衫》寫商人蔣興哥在外經營，其妻王三巧在家耐不住寂寞，與人通姦的故事。道、咸傳奇小說中，也出現了諸多與此篇命意相同的小說，反映了商人艱苦打拼、無暇顧家，以至禍起蕭牆、慘遭婚變的普遍現象。由於篇幅有限，在此只舉一個描寫詳細生動的例子《道聽塗說·張黃狗》，以饗讀者。左婦乃一麗人也，「豔妝華服，臉暈桃花」，其夫「行商遠出，恒數歲不歸」，是一個典型的行商家庭。左婦長年獨居，又年輕貌美，耐不住深閨中的寂寞，她主動引誘緞鋪掌櫃張黃狗，二人往來無間，綢繆無常，後張黃狗有事外出，左婦又與李黑狗往來，行苟且之事。婦夫常年在外，豈知家中變化？鄰里笑其「一頂綠頭巾」戴矣。幸而有左夫伯氏發覺了此事，他憤怒不已，立志爲其弟申冤報仇，小說中有一段詳細詼諧的「捉姦」描寫，讀來妙趣橫生：

數十人蜂擁以入，搜其室不得，盡覓左右舍，窮及藩溷，皆虛無人。登樓大索，杳無蹤跡。蓋李當驚變時，婢引登樓，撥櫞推瓦，升屋而臥於脊畔，櫞瓦檢覆如故，人鬼無知者。伯大窘。（左）婦曰：「已先事言之矣。奸非細故，不宜鹵莽，今竟何如耶？」伯默無一言，索然俱散。婦恐其詐，雖整闔下鍵，惟垂簾燒燭，默伺舍外動靜，不敢呼李，李亦不敢下。越一更次，中外寂然，李欲試探之，解瓦一錢許，拋擲墜於簷際，詎巷側仍有伏伺者，得響輒發，呼曰：「屋有人焉！」眾應聲出，火燧俱輝，器械並舉，羅啤一晌時，屋上仍無聲息。眾私語曰：「夜色昏黑，略無所睹，豈其一誤再誤耶？」伯曰：「事急矣，試以詐激之。」乃大聲呼曰：「狂奴不下，可攜火槍來，梯簷擊斃之！」所言如是，實無槍也。李聞呼膽戰，恐遭所害，思欲奔脫，踏瓦亂竄，格格有聲。眾曰：「人在是矣，當各守四隅，無俾漏網！」且呼曰：「梯在簷間，茍自下投首，當活汝；不然，火藥且發矣！」李不得已，乃下。[11]

　　這段文字中，左婦之詭譎沉著、伯氏之堅定老練、以及李黑狗之輕佻不更事皆躍然於紙上，通過這則丈夫出門在外、家庭內部慘遭變故的小故事，我們更能充分體會到行商拋家別妻在外經營之不易。一般而言，文學作品中對特定的人物和社會現象給與特別的關注和描寫，並由此形成一定的傾向，實質上是某種思想觀念的表達

---

[11]　陸林主編：《清代筆記小說類編·世相卷》（合肥：黃山書社，1994），頁 272。

形式，對商人顛沛之苦、離別之怨、遭劫之憂、傾覆之虞的生活的關注，說明了世人對商人的理解與同情，也可以理解爲市民階層的崛起以及思想意識越來越市民化的具體表現。

# 第二節　文人筆下的正面商人形象

　　如前所述，清道、咸時期，由於科舉的衰落和商品經濟的發展，「書生」形象已漸漸退出了小說家的視野，繼之而起的是日益活躍的商人，但是，這並不是說道、咸的傳奇小說中就沒有「書生」，而是說「書生」與商人比較起來缺乏亮麗的色彩和獨特的個性，還常常以一種可笑、酸腐的形象出現在世人面前，這實際上是《聊齋志異》中落魄書生的繼續發展。要談到各具特色的商人形象，我們不妨先拿個書生形象的例子與之比較。

　　采蘅子的《蟲鳴漫錄》中有一則《一士人新登第》[12]的故事，寫一個新登科第的士人，沾沾自喜，勢驕氣傲，在請假歸省的途中乘傳疾馳，「勢甚煊赫」。臨近傍晚，迫於無奈之下不得不在一家村戶人家落腳，戶主一老叟禮節甚周，殷勤相待，而新科士人故作忸怩，對此不屑一顧，「士人不屑與同坐，而又無辭以遣，惟怒於色，不甚酬答而已。」作者只用寥寥數筆，便把士人的驕躁作態之狀刻劃殆盡。隨後，老叟拿出文房四寶，請士人在扇面上題詩，士人不假思索，匆匆落墨，不料誤將「茶灶（竈）」草成「茶龜（龜）」，老叟仔細把玩，遂「掀髯曰：『老夫有一聯，畢生未經對出，今得

---

[12] 陸林主編：《清代筆記小說類編·世相卷》（合肥：黃山書社，1994），頁358。

矣：茶龜對酒鱉，真千古絕對也。』」故事以幽默諷刺的筆法描寫了新科士人浮躁不堪、不可一世的可笑神態，他不光學問不扎實，而且爲人淺薄虛浮，讀來讓人捧腹，連這樣的人也會高中，當時科舉取士的荒唐由此可見一斑。一個新科士人以如此面目出現在讀者面前，這也正是時人對八股取士、對讀書人的普遍態度，詩人龔自珍就痛切地說過：「今世科場之文，萬喙相因，詞刻獺而取，貌可擬而肖，坊間刻本，如山如海。四書文祿士，五百年矣；士祿於四書文，數萬輩矣，既窮既極」（《與人箋》）[13]。當時還有一首流傳很廣的「時文道情」，嘲笑那些醉心於走八股入仕之路者：「讀書人，最不濟，爛時文，爛如泥。國家本爲求才計，誰知變做了欺人技。三句破題，兩句承題，便道是聖門高弟。可知道三通、四史是何等文章，唐宗、宋祖是哪朝皇帝？案頭放高頭講章，店裏買新科利器。讀得來肩高背低，口角唏噓。甘蔗渣嚼了又嚼，有何滋味。辜負光陰，白白昏迷一世。就叫他騙得高官，也是百姓、朝廷的晦氣。」對讀書人的貶抑一方面來自他們整體素質普遍下降的社會實情，另一方面與人們價值取向的轉變也有密切的關係。普列漢諾夫說：「任何文學作品都是它的時代的表現，它的內容和形式是由這個時代的趣味、習慣、憧憬決定的。」[14]清中葉以後，帶有濃厚封建特色的資本主義萌芽的存在與發展使得人們越來越現實，他們對金錢的迷戀和崇拜絲毫也不亞於今人（關於這一點後文有詳述），讀書不能及時迅速地轉化爲金錢，這便成爲遭人不屑和貶棄的對

---

[13]　龔自珍著、王佩諍校：《龔自珍全集》（上海：上海古籍出版社，1999）。

[14]　曹葆華譯：《普列漢諾夫美學論文集》（北京：人民出版社，1984）。

象，這樣，棄儒從商也就成爲當時社會中的一種普遍現象，讀書人已經再也無法恪守「君子固窮」的古訓，爲了生存和解決生活中的實際問題，他們改弦易轍，從讀書人轉化爲商人，成爲商人來源的一部分。比如，「金鏡，字鑒昭，灌縣人。少孤，聰悟好學。年十餘，諸經畢讀，文理粲然可觀，師勸使赴試。其兄以坐糜膳修，責令學賈，遂廢讀，非其好也。」[15]「海甯查某，年四十餘，困於場屋。貧甚，禱于關聖祠，簽詩有『南販珍珠北販鹽』之句，遂擬入都。」[16]「查商，本江左諸生，善詩，以教讀爲業。……忽作致富想，因族人有在津門以鹾務起家者……貿貿然北上，以土宜及譜牒饋主者。」[17]「悟知子，不知何許人。初業儒，不得功名，棄而學賈。」[18]讀書人轉換爲商人的結果是，小說中書生形象越來越少，且多半程式化，無非「久困場屋，貧困難支」，缺乏生動性和活力，而商人形象越來越多，富有新鮮感和鮮明的時代氣息。如果說清中葉以前的傳奇小說是書生、文人構建的世界，那麼此後的小說則是商賈、商人活動的天下，的確，遍觀道、咸時期的傳奇小說，幾乎很難找到一篇像以前那樣純粹以讀書人生活爲題材的小說。倒是商人，以可觸可感、多姿多彩的形象出現於世人面前，正是他們爲讀者展現了道、咸之際五彩斑斕的社會生活。

　　第一類：精明強幹，生財有道之富商。吳熾昌的《續客窗閒話》

---

[15]　陸林主編：《清代筆記小說類編・勸懲卷》（合肥：黃山書社，1994），頁277。

[16]　陸林主編：《清代筆記小說類編・世相卷》（合肥：黃山書社，1994），頁290。

[17]　吳熾昌著：《客窗閒話》（石家莊：河北人民出版社，1985），頁90。

[18]　《續客窗閒話》，頁143。

中有一篇《蔣三官》[19]的故事，講述了富商蔣三官的發家史。蔣三官本是染坊蔣翁之幼子，蔣翁去世後，三官依姊而居，姊夫是經營絲綢生意的商人，他見三官善言論，且巧言善辯討人歡喜，便讓他晉接嘉湖粵閩的富商，三官果然是英雄有了用武之地，「試使見客，闇闇如也，詞多諧媚，人皆悅之。遊山觀劇，罔不與共者」後來三官聽姐姐之言，準備子承父業，接管蔣翁的染坊生意，他聰明伶俐，懂得把握商機，一次偶爾的機會，三官投行家買靛，恰巧有一個靛客父親暴病，急欲脫貨而去，三官瞅準時機，與靛客狠砍價錢，他懂得靛客急欲脫貨歸家的心理，與之輾轉周旋，最後以便宜兩百金的價格將靛買下。三官的商才由此可見一斑，但他大顯身手的時候還在後面：「時大旱，河湖並涸，靛價日增。……各染肆購者紛紛，三官貨其半，得數千金，置別色。留其半自用。凡來染者，減價加色，四方爭趨之，不十年，財至巨萬。」三官的成功源於三個方面的原因，首先他資質好，具備做商人的條件，他「詞多諧媚，人皆悅之」，良好的口才和極強的親和力是經商的首要資本，一個拙於表達、言辭木訥之人斷難在商場上有所作為；其次，他懂得心理戰術，抓住靛客的弱點給予恰到好處的一擊，如果靛客沒有遇上父喪，他也不會將靛低於本錢地賣給三官；再次，三官經營有方，在靛價行情最好的時候，他沒有將靛全部賣掉，而是一半購置別色，一半作為固定資產，為日後的染坊生意作長遠打算。《蔣三官》反映了我國早期商人通過賤買貴賣的方式進行資金原始積累，又利用商品短缺、「人無我有」的大好機會獲取暴利的發跡史，從作者吳

---

19　《續客窗閒話》，頁435。

熾昌描寫的口吻可以看出，他對蔣三官的發跡充滿了豔羨，蔣三官的故事是作者在「壬戌之秋，予應試武林」時由旅店老闆所講的，由道光年間「敬義堂藏板」的原刻本《客窗閒話》正集和《續客窗閒話》中的作者自序和友人序跋可知，著者多年游幕，道光十四年甲午（1834）夏，寫初集自序時，寓居保定。到道光三十年庚戌（1850）中秋，寫續集自序時，他已住在「泉州官舍之西齋」，仍作幕刻，他在續集自序中寫道：「僕古稀已屆，兩耳塞綿，……賦聾而止，力盡情堅。」這時的吳熾昌已是七十歲老人，兩耳已聾，客座的閒話已經聽不清楚，這部筆記小說也就到此終止。推算起來，吳熾昌大約生於乾隆四十五年（1780），那麼，他聽說蔣三官故事的「壬戌之秋」當是嘉慶七年（1802），那時候吳氏大概二十出頭，正值青春年少，在大約過了五十年後即道光三十年（1850）他將小說付梓時，吳氏對蔣三官的故事仍然記憶猶新，足見三官發跡之事對他產生的影響，根據原刻本道光四年的《長白山人序》中說：「吳生，余所取士也，遇余時正在壯年。……及甲申來都，已越二紀，猶是一領青衫，而從事于華幕里。」吳熾昌的胞弟吳靖符在續集題詞中說：「吾兄作客三十年，奉身橐筆向北燕。遂謝制舉專讀律，相與決事無間然。」可見吳熾昌是長白山人的門生，後來放棄了科舉之途，改業幕府的。與蔣三官比較起來，吳熾昌的人生道路可謂是沉淪落魄、寒酸窘困，難怪他數十年以後回憶起三官來還心懷羨慕地說：「三官娶妻生子，為兩侄納粟得官，貤封五品，輿馬出入，居然大家矣。」在吳熾昌的心中，經商遠優於讀書。

　　更能體現我國封建社會中傳統富商特色的是《蝶階外史》中的《緞子王》，記乾隆年間事。王翁以緞肆起家，人稱「緞子王」，

且看他的發家史：王翁本是精於籌算的典肆夥計，除夕夜籌算時鋒芒微露，因而得到店主的重用，讓他「市列攤」，即掌管類似於我們今天的「專賣店」，王翁司此職，「和氣迎人，售速而利三倍」。王翁的才華爲太監某所賞識，他決定與王翁合作，聘請王做他的「經理」，王果然不負其望，獲利百倍。王翁的經營之道在於「和氣生財，講求信義」，他不但贏得了中國人的好評，而且在外國人眼中也有極高的聲望，「純皇帝問日本、高麗諸使臣曰：『汝觀我國風俗如何？』對曰『中華沐大皇帝教化，不但士大夫讀書明理，雖市賈亦知信義。即如某鍛肆王某者，陪臣與交易……』」海外使者的美言果然正對了乾隆皇帝的心思，王翁使他在外國人面前大增臉面，他龍顏大悅，「越日，由內務府撥銀五十萬兩，命翁司之。」這樣，王翁得到了皇帝的青睞，他的生意也如日中天，「時內務府諸公咸與往來，公亦極易交歡，無弗各得其意以去。」之所以說《緞子王》的故事更能體現我國封建社會中傳統的富商特色，原因在於從這個故事當中我們不難發現，緞子王的起家不止歸因於他自身的經商才華，而是主要在於他與朝廷的聯繫，即「官商結合」，這就涉及到我國商人自古以來的傳統特點：缺乏獨立性。中國缺乏獨立的商人階層，商人的行爲始終受到政府的鉗制，因而，中國的商業與西方現代意義上的商業有著本質的區別，它滲透著強烈的「官本位」意識，具有濃重的封建色彩。這種色彩並不是清中葉後才染上的，而是從明末資本主義萌芽之初就已與生俱來。比如，在明中後期應時代而生的《金瓶梅》中，主人公西門慶就是典型的例證，「西門慶作爲一個亦官亦商的商人，他做生意最大的特點是善於利用政治權力。他利用政治權力偷逃國家稅收；利用政治權力爲自己的生

意創造一般商人不具備的特殊條件，攫取壟斷利潤；利用政治權力保護自己生意的安全；利用政治權力爭搶有利可圖的『官錢糧』生意；利用政治權力打壓自己的生意競爭對手。官商勾結，權錢交易，西門慶的商業經營與官權有緊密的聯繫，這是西門慶商業經營的最大的特點。」[20]資本主義萌芽初期如此，那麼以後又如何呢？我們都不陌生「紅頂商人」胡雪岩的傳奇經歷，他是我國歷史上唯一的一位戴紅頂花翎又穿黃馬褂的商人，「官至江西候補道，銜至布政使，階至頭品頂戴，服至黃馬褂，累賞御書」[21]，他的起家歸因於政治，當然他的敗落也歸因於政治，對於任何一個中國商人來說，如果沒有官府的支持與庇護，想在商業方面有所建樹，那幾乎是不可能的事情。從小說《緞子王》中，儘管作者沒有明說，但是我們也可以清楚地感受到這一點。

第二，輕利重義，誠信不欺之仁商。馬克斯・韋伯在其《新教倫理與資本主義精神》一書中認為，促使西方商人發財致富的動力是所謂「新教倫理」，即「上帝應許的唯一生存方式不是要人們以苦修的禁慾主義超越世俗道德，而是要人完成個人在現世裏所處地位賦予他的責任和義務。這是他的『天職』。」[22]商人的「天職」就是拼命賺錢，財富越多，就越能證明他的能力。與西方商人的價值觀不同，中國推崇的成功商人是以禮服人、重利不輕義的「德商」。陶朱公棄官經商，「十九年中三致千金」，又三次散金而去；

---

[20] 邱紹雄著：《中國商賈小說史》（北京：北京大學出版社，2004），頁77。

[21] 徐一士〈談胡雪岩〉，見《近代稗海》第二輯《一士類稿》。

[22] 馬克斯・韋伯著：《新教倫理與資本主義精神》（北京：三聯書店，1987），頁59。

鄭國商人弦高經商途中遇到秦國大軍偷襲，於是假借國君之名以所販之牛犒秦師，致使秦軍無功而返，使國民免受戰爭之苦。可以說，中國在任何時候都不缺乏誠實經營、樂善好施的「誠商良賈」，他們不僅獲得了財富，還博得了美譽。只是明清以後隨著商品經濟的發展和人們思想觀念的轉變，傳統的商業道德日漸敗壞，但是，這其中仍然不乏取予有道、逐什一之利的仁商大賈，他們永遠都是受人讚賞、景仰的對象。根據史料所載，道光年間有一位叫舒遵剛的徽商，自稱以儒家大「四書」、「五經」作為經商法寶，信奉「生財有大道，以義為利，不以利為利」的「聖人之言」。他說：「錢，泉也，如流泉然。有源斯有流，今之吝惜而不肯用財者，與夫奢侈而濫於用財者，皆自竭其流也。人但知奢侈者之過，而不知吝惜者之為過，皆不明於源流之說也。聖人言，以義為利，又言見義不為無勇。則因義而用財，豈徒不竭其流而已，抑且有以裕其源，即所謂大道也。」（《黟縣三志》卷一五《舒君遵剛傳》）舒遵剛可謂是追求大道之儒商，他的經營理念與儒家傳統道德結合起來，體現出了以義為利、仁心為質的準則。再如，道光《豐城縣誌》卷一七「善士」載：「豐城熊琴居常亦恒諭子侄曰：『爾曹不缺衣食足矣。積而不能散，恐多藏益怨也。義所當為者，慎毋吝。』」所謂「能聚」，即善經營之道，正當地牟取利潤，既以自養，亦以養家；所謂「能散」指經商不以聚財斂產為唯一目的，而應「以無用之錢作有用之物」，扶危濟困，周恤鄉里，即所謂「積有為而積，散有為而散」。道光時，還有許多商人不光以「誠」、「信」、「仁」、「義」的道德規範作為其商業道德的根本，他們在行事上也做出了行為表率，比如，道光《安徽通志》卷一九六「義行」載：「（徽

州商人唐祁）其人嘗貸某金，以失券告，償之。既而他人以券來，
又償之。人傳爲笑，祁曰：『前者實有是事，而後券則眞也。』」
唐祁的嘉言善行受到了鄉人的一致好評；道光《黟縣續志》卷七「尙
義」載：「（商人吳暢）造黃泥坦石橋，橋上建亭以憩行者。復造
渡船于汪家港，以時修葺，不惜費。居鄉造橫瀧大路。」

在此，傳奇小說中也有許多可歌可頌的良商善賈故事，《續客
窗閒話》中有一篇《趙甲》，講晉商趙甲受鄉人李某恩惠，以百貫
之錢起家，不到十年之間聚資數萬，趙甲深知知恩圖報的道理，將
李某的兒子培養成經商幹將，並把自己的一半資產轉讓給李子，成
就了一段「讓財」佳話，作者評道：「晚近之世，至親分家不均，
甚至爭訟，從未聞讓財而逃官訪恩主者，不意市井小民竟超乎世家
之上。」對趙甲的善行給予了充分的肯定；與該篇類似的還有《妙
香室叢話》中的《金陵陶翁》[23]，金陵陶翁往來南北，以販買雜貨
爲業，他與商人賈某相伴販貨，爲莫逆之交，後來賈某去世，陶翁
善待賈之妻小，爲他們在蘇州購置了土地，使其有所依靠。在這些
商人的身上，體現了中國傳統文化所提倡和讚頌的美德，他們誠實
正直、仁厚善良，重情重義、不守財、善施捨，這些品德是千百年
來「君子」修身的重要內容，也是評判一個人的人格是否高尚的標
準和尺度。結合上述引證的史料，我們可知，小說的作者並不是無
源無本地純粹憑空捏造出這樣的商人形象，其中蘊含了深厚的社會
底蘊，是現實人物在小說中的再現。

但是，文藝作品畢竟是創作，它的最大特點在於虛構性，小說

---

[23] 陸林主編：《清代筆記小說類編·勸懲卷》（合肥：黃山書社，1994），頁301。

對商人善舉的謳歌與讚頌一方面源自社會上良商的確存在，另一方面又與文人心中一直堅定的儒家傳統義利觀有關，義利關係是傳統倫理道德中的一個重要問題，誠信被視為君子的立身之本，《大學》云：「欲修其身者，先正其心。欲正其心者，先誠其意。」孔子曰：「不義而富且貴，於我如浮雲。」孟子提出「舍生而取義」的人生準則。董仲舒闡明「仁義者，正其誼不謀其利，明其道不計其功。」在儒家道德理念中，義和信是君子必須堅定不移秉持的，正是由於這一點，文人才越發希冀良商善賈的存在，以承接儒家的傳統道德，小說中的「良商」形象體現了作者美好的主觀願望，並由此達到其創作小說之「勸世」、「淑世」之最終目的。比如，《蝶階外史》中的《何翁》[24]：鉅賈何翁熱情好客，豪爽大度，對江洋大盜亦善待有加，在兵荒馬亂、盜賊橫行的亂世，何翁毫髮不失，「夜無警備云」；《道聽塗說》中的《王祚》[25]：商人王祚在負販途中遇盜，資財盡失，走投無路之下欲自盡，恰巧為一老者所救，老者贈他一個棉包，事後王祚發覺棉包內藏白金數十兩，原來王祚之先人乃老者的救命恩人；《妙香室叢話》中的《金陵陶翁》[26]：陶翁遍顧鄉鄰，恩披族里，救窮族子於危難之中，後「掘得窖金二十餘萬」；《埋憂集》中的《金鏡》[27]：金鏡性格狷介，好施與，乃至錢財散盡。兄嫂刁鑽吝嗇，對金鏡一家的貧寒無動於衷，後金鏡販貨至「白蓮教匪反處」，人們爭相購買，「利數十倍，於是辭陶旋

[24]　陸林主編：《清代筆記小說類編·世相卷》，黃山書社 1994 年版，頁 285。
[25]　陸林主編：《清代筆記小說類編·勸懲卷》，黃山書社 1994 年版，頁 288。
[26]　《清代筆記小說類編·勸懲卷》，頁 301。
[27]　《清代筆記小說類編·勸懲卷》，頁 277。

里，大起第宅，列肆連盈。不數年，致富巨萬。」而金鏡的兄嫂因
爲刻薄狠毒，慘遭惡報，「以窮老死」。在小說中，那些仁義豁達、
扶困濟危的良商善賈終能得到善報，而各嗇刻薄、爲富不仁者總會
自食惡果，體現出了小說作者愛恨分明、懲惡揚善的美好願望。

# 第六章　封建末世的浮華

時至清代，商品經濟已廣泛深入到社會生活的各個領域和角落，並由此引發了人們思想觀念及社會價值觀念的一系列變化。不僅是富商大賈，即使是「賤爾小民」，也能從波濤洶湧的商品經濟大潮中意識到「富貴不必詩書，而蓄資可致」的道理，清初顧炎武在《天下郡國利弊書》說徽州府社會風尚的變化時說道：

(弘治間)家給人足，居則有室，佃則有田，薪則有山，藝則有圃，催科不擾，盜賊不生，婚媾依時，閭閻安堵，婦人紡織，男子桑蓬，臧獲服勞，比鄰敦睦。……尋至正德末嘉靖初，則稍異矣。出賈既多，土田不重，操資交捷，起落不常，能者方成，拙者乃毀，東家已富，西家自貧，高下失均，錙銖共競，互相凌奪，各處張惶，於是詐偽萌矣，訐爭起矣，芬華染矣，靡汰臻矣……至嘉靖末隆慶間，則尤異矣，末富居多，本富盡少，富者愈富，貧者愈貧，起者獨雄，落者辟易。[1]

---

[1]　顧炎武：《天下郡國利病書》原編第九冊《鳳寧徽備錄·歙志風土論》。

　　至道、咸時期，人們的思想價值觀念更加趨利化，對金錢、財富的崇拜達到了幾乎瘋狂的程度，一些抱殘守缺、重義輕利的保守思想受到了辛辣的抨擊，相反，那些無論利害與否，只要是能發財致富、生財有道之術都會得到認同與讚揚。比如，煙草種植自明末傳入贛南後，其勢「頗奪南畝之膏」，引起了不少地方士紳的憂慮，一些有識之士紛紛建言制防。嘉慶十年出現的新城《大荒公禁栽煙約》[2]，就是這一憂慮的集中反映。然而，道光《瑞金縣誌》的作者卻別具卓識，他說：「(農民)賣煙得錢，即可易米，而銼煙之人，即生財之眾，非游於冗食者也。地方繁富，則商賈群集，又何憂其坐耗易盡之穀乎！」[3]反映了強烈的重商主義傾向。

# 第一節　價值觀念的轉變：對金錢的重視

　　明末資本主義萌芽初期，隨著商品經濟的發展和市民階層的興起，「好貨」、「好利」一時成為人們的價值取向，但是，那時人們對金錢的追求還頗有些「君子愛財，取之有道」的意味，這一點從「三言」中的《金玉奴棒打薄情郎》中便可看出，金老大腰纏萬貫，卻因為自己是乞丐幫主而深感不齒。與明末相比，清末世人對金錢的追求就顯得有些赤裸裸了，他們拋開了過去所恪守的道德約束，將「取財」與「守道」分而視之，只要是能獲得利益，就不管其取之「有道」還是「無道」。這種思想觀念上的開放是商品經濟

---

[2]　同治《新城縣誌》卷一《風俗》。
[3]　道光《瑞金縣誌》卷二《物產》。

發展到一定階段的產物，對促進社會經濟的發展起到了一定的促進作用，從人類社會的整個歷史流程來看具有進步意義，但是，在我國封建社會末期，尤其是道、咸以後，由於政府機構的癱瘓和其對全國整體經濟的失控，這種「重利」的思想也導致了經濟的畸形發展和人們道德觀念的淪喪，關於這一點，在本文最後一部分論述。

重商求利的價值觀戰勝了傳統的保守思想，崇尚金錢、金錢至上、以金錢來衡量一切的觀念被人們廣泛接受並滲透到社會生活的各個領域。

在職業觀念上，以能否賺錢為評價標準，無論其高低貴賤：《續客窗閒話》中有一篇《一技養生》[4]的小說，從這篇文章當中，我們可以約略見出時人的職業價值取向。《一技養生》分正篇、議論兩個部分，正篇講了三個人發財致富的故事，他們既沒有官場庇護的便利條件，也沒有祖上光耀的遺留陰德，他們雖別無所長但卻憑著一己之技而「獲財無算」、「漸至小康」。且看：鐘生，本是醫生，但無人延請，不得已以文員的身份依遠親而居。恰逢遠親上司的母親獲病，醫皆束手，而鐘生藥到病除，他立刻獲得了上司的青睞，被其留置署中，「欲官之，為之報捐未入流，奏留豫省，充文巡捕，中丞言聽計從，因此獲財無算。」又張生，原係鹺商之子，平日裏浪蕩遊散，一無所長，只是好口腹之欲，「廣搜古今食譜而准酌之，烹調甚精。」有太守唯好精饌，苦於得意廚庖暴病身亡，搜尋新廚庖多日而不得，恰被張生所遇，張生不費吹灰之力為太守烹調了精美饌品，太守大悅，以每歲三百金聘請其「為司帳房，兼

---

[4]　《續客窗閒話》，頁 167-170。

督庖廚可也。」張生可謂是早期的烹飪大師兼美食家；又有婦人，貌不驚人，別無長處，唯善哭，「無端發聲，聞者淚下。」這樣，富貴之家凡有弔喪必延此婦代哭，「能日夜不絕聲。弔者聞其哀甚，僉稱主婦孝。」因為別人無此技，所以此婦十分搶手，「故鮮暇日，亦得小康。」這三人賴以為生的技術可謂「獨家絕活」，常言道：「物以稀為貴」，對三人罕見技術的接納首先需要有一個相對寬鬆的社會環境，在沒有外界壓力的條件下，他們可以盡情發揮，甚至可以以此致富，試想如果世人對他們鄙棄或者歧視，他們又怎能獲利無算、漸至小康呢？文末作者議論道：「人既不能上達，必習一長一技，以為仰事撫育之資。否則妄想求財，我不知渠何所藉？」這段議論反映了當時人們對職業選擇的看法：既然不能通過科舉而飛黃騰達，那麼擁有一技之長並借此以安身立命也未嘗不是壞事，只要能致富獲財，就不必去在乎從事何種職業。這種對職業的看法倒頗有些現代意味，反映了道、咸之際世人開放的思想意識。同書中《鬼孝子》的故事，也說明了同樣的道理。孝子亡後，為贍養其老母，變為鬼物說明其母占卜預言，靈驗異常，言無不中。孝子之母由此而自食其力，聚財無數：「祈福禳災，踵門不絕。……母故豐衣足食，市田宅，役奴婢，居然大家。」占卜本為賤業，一向為君子士人所不齒，但孝子之母由此而大盛之後，周圍的人立刻對其肅然起敬，小說中寫到，孝子家本盛族，其中以讀書致仕者不乏其人，以前因為母子貧困難支，族人欲避之而唯恐不及，而今大富以後，族人的態度發生了翻天覆地的變化：「人爭奉之。故其等夷及卑幼輩皆來趨奉，亦有所覬覦耳。睹其景象光昌，竟分日問安侍膳。」透過《鬼孝子》故事的表面，我們看到，人們對金錢財富的嚮往遠

遠大於對職業的關注，職業無論高低貴賤，只要能與巨大的經濟利益掛勾，便會受到人們的推崇和肯定。而在與此相距不遠的乾嘉時期，人們的價值觀念還不是這樣的，成書於嘉慶六年的俞蛟的《夢廠雜著》中，有一篇《毛畢》[5]的故事，足以代表那時人們的價值取向。毛畢的祖輩、父輩靠拾馬糞起家，至毛畢這一代已十分富有，他衣紈食肉與富人為伍，卻遭到鄰里的嘲笑，認為他靠賤業起家不配稱富。倘若毛畢晚生幾十年，生長在道、咸時期，想必他也不會招致嘲笑，相反鄰里定會對他趨之若鶩、另眼相看的。對職業的寬鬆態度反映了人們思想觀念的變化，當然，從嚴格意義上說，的確很難把思想觀念、社會風尚的變化截然分成兩段，因為它前後連貫、彼此銜接，是一個完整的過程，但是，由於鴉片戰爭和農民運動的影響，特別是清政府的無能和社會動盪給各階層帶來的巨大震動，使人們的思想觀念發生了不小的轉變，職業態度的寬鬆只是其中一個方面的表現。

在價值觀念方面，以富為榮，以貧為恥：《道聽塗說·蓬頭婢》[6]講蓬頭婢女初為富人家奴婢，嫁與陳某後，陳某忽得窖金（地下金），蓬頭婢搖身一變，從卑賤的青衣奴婢變為富家主母，境況大不相同。作者論曰：「一旦得志，則昔之奴隸，今之賓客矣。人情如此，又何怪世之求富者不遑擇術哉。蘇季子云：貧窮則父母不子，富貴則親戚畏懼。……使蓬頭婢而潦倒無發跡時，即發膚受之劉

---

5　俞蛟著：《夢廠雜著》，載晚圍客編：《清說七種》（上海：上海文藝出版社，1992），頁 99。

6　陸林主編：《清代筆記小說類編·奇異卷》（合肥：黃山書社，1994），頁 273。

翁，且將不顧而唾矣，況且爲青衣之賤婢呼？吾爲貧窮者痛聲一哭，吾爲惡貧窮者又鼓掌一笑。」《香飲樓賓談·醫貧》[7]中，有鄉人以貧困爲不齒，千方百計尋求根治貧困的辦法，他找到精通醫理的葉天士，葉天士給他開了一劑藥方：拾城中的橄欖核種之。鄉人依其言而行，辛勤經營橄欖苗。此後，葉天士在爲其他病人開藥方時都要以橄欖爲藥引，這樣，鄉人的橄欖「值益昂」，鄉人獲利無算。這則類似寓言的小故事中包含了機智與哲理，意即只要勤勞總能找到致富的辦法，但是如果從道德角度來衡量，葉天士和鄉人的做法屬於聯合欺詐行爲，橄欖的有無對於治病來說並不起決定的作用，而病人要花數倍的價錢去買橄欖，其間有兩個獲利者，鄉人是直接獲利者，他「獲利無算」，從此不再爲貧窮而煩惱；葉天士是間接獲利者，他醫治貧困有方，贏得了口碑和信譽。作者拋去了道德因素，單純從經濟利益的角度衡量葉天士的足智多謀和神機妙算，以支持和讚揚的口吻肯定了他的行爲，這本身就說明世人價值判斷領域的偏頗：金錢至上，無視道德。對貧窮的憎惡和對富貴的嚮往幾乎成了所有人的共識，《續客窗閒話》中的《某少君》[8]再一次爲我們提供了力證，某少君本爲翩翩美少年，乃四川縣令之小兒子，在隨父赴任途中落馬墜崖，醒來後發覺墮入一村戶人家，自己也由翩翩少年變爲「四十餘歲之麻胡」，身份調換以後，某少君的生活也發生了從天堂到地獄的變化：

---

7　陸林主編：《清代筆記小說類編·奇異卷》（合肥：黃山書社，1994），頁 366。

8　《續客窗閒話》，頁 182-184。

少君擁衾，垂首喪氣，無如饑腸作轆轆聲，醜婦以半規糠餅飼之，粗糲難食，勉強吞咽，淚涔涔下。醜婦曰：「我與阿姑守君十餘日，已絕糧三四日，惟僅食槐皮野菜耳。以君初復，需調養，忍恥向鄰人乞得此餅，亦大人情，君猶以為不足耶？」少君大聲叱之出。目睹敗屋三椽，土炕上所擁者，破衾敗絮，藍縷衣褲一堆，廚灶亦在房中，氣息穢不可耐。因思居廈屋，役奴僕，衣羅綺，食膏粱，判若天淵。怦怦懊惱，求死不得。

作者用真實的筆觸刻劃了村戶人家的貧寒生活，對於過慣了養尊處優、錦衣玉食生活的某少君來說，這種境況簡直就是慘不忍睹。某少君的不幸遭遇表現了世人對貧窮的憎惡與恐懼，當他感知到自己由富家公子變為村戶農夫時，「不禁撲鏡大哭曰：『還我本來面目，我願死，不願生矣。』」對貧窮的厭惡超過了對生命的渴望，反映了時人近乎畸形的拜金心理。而在文末，作者指出，某少君之所以會從天堂跌入地獄，原因在於「此不弟之顯罰也，……若使再世得報，人皆不知，直以現身作法，以示鑒於人倫。諺云：『一失足成千古恨，再回頭已百年身。』為少君誦矣。」將貧窮作為懲罰惡的手段，也是符合當時人們思想的一種途徑，以往的小說中，對罪惡的懲罰要麼是不得好死，要麼是冤魂復仇，然而這其實不過是自欺欺人的想像而已，與前兩者比較起來，某少君得到的惡報對憎惡貧窮、渴望富貴的世人來說更具威攝力，也更能起到警示人心的作用。

在婚嫁習俗方面，追求物質財富、嫌貧愛富：筆者在論文的第

三章中提到，乾嘉時期，世人以科第爲重，如果某個人能少年登第，那將意味著前途無量，婚娶更是炙手可熱，《鏡花水月·仙蝶酬恩》「（莊夢周）五六歲延師讀，才過目，便不忘，宛如夙習。迨八九歲，捉筆爲文，則又英英露爽，氣魄沉雄。師奇賞之，決爲遠利器。家中上下，無不歡愛。夢周十三歲，柔情俊貌，迥出時流。十四歲，以冠軍補博士弟子員，連捷賢書。遐邇聞其名，咸願以女女之。」[9] 而到了道、咸時期，由於人們價值觀念的變化，女子擇婚的標準也發生了變化，出現了從重門第向重財力轉變的趨向，婚姻論財不問門第，擇偶重富不管貴否，由重才學轉爲重財富。例如，《妙香室叢話》中的《張子修》[10]，「張子修秀才，常郡之荊溪人，家貧好學，工書，善筆剳，以貧故，四十餘尚未娶。」倘若是乾嘉時期，張子修的秀才身份和他「工書」、「善筆剳」的才學都是加重婚娶條件的砝碼，而道、咸時期，則成爲其無力娶妻的絆腳石。與張子修命運相似的還有《客窗閒話·白安人》中的鐘俊，「鐘俊，浙人，幼業儒。父母早故，孑然一身，教讀以糊口，親戚故舊皆遠之。年二十餘獲一芹，戚友稍禮之，然無與婚媾者。」[11] 他們之所以婚娶困難，主要是沒有強大的經濟後盾，而女子所看中的，也恰恰是這一點。在《墨餘錄》的《呂州判女》[12]中，我們可略見彼時的習俗，呂州判女在擇偶時問對方：「汝家蒼頭幾何？田園幾何？」當對方的回答令其不滿時，她不屑道：「吾平時擇婿謂何，安所得此窮酸

---

9　陸林主編：《清代筆記小說類編·精怪卷》（合肥：黃山書社，1994），頁 260。

10　陸林主編：《清代筆記小說類編·勸懲卷》（合肥：黃山書社，1994），頁 377。

11　《客窗閒話》，頁 47。

12　陸林主編：《清代筆記小說類編·勸懲卷》，黃山書社 1994 年版，頁 316。

鬼？」如此實際的婚姻觀與現代婚姻觀倒有幾分相似。

在金錢至上、嫌貧愛富思想意識的支配下，一些女子為了過上富有的生活，竟做出了謀殺親夫的殘忍行徑。清代有一個流行的、見於多種筆記小說的公案故事[13]，講母女兩為富者所賄，三人勾結起來謀殺貧夫某生的故事。在《續客窗閒話·粵東獄》中，作者吳熾昌是這樣記載的，國色天香的某氏女嫁給了貧生某，在成親當天的洞房花燭之夜，發生了這樣的怪事：

> 時外客聞內宅慘呼一聲，共駭愕間，見新郎衣履如故，散髮覆面，狂躍而出，群欲詢之，已疾奔出外，客皆追行。里許，遇大河，即躍入水而沒。客呼漁船撈救，經日夜不知屍所在，客歎息而返。新婦與母皆惶急，候於堂，見客來，即問新郎所在，客告知故，並叩其由。婦曰：「婿方在房中筵宴，忽發狂沖出門，我輩不知所以，諒出外親友必阻之使歸，何任其投河而沒耶？是客殺我婿也。」遂鳴諸官，官訊客，皆曰：「我等猝不及防，追之無及，事出意外，豈有至親好友見死不救哉？」訊諸新婦及母，則哀求還屍而已。官至河涘驗勘，蕩蕩大河，流長源遠，無從求屍，遂為疑獄。[14]

未幾，有明察的縣令發現了該案的疑點，他重查此案，微服私

---

[13] 因其情節結構借鑒了宋代話本《三現身》，程毅中稱之為「《三現身》的遺響」，見〈清代軼事小說中紀實與虛構的消長〉，《明清小說研究》第 1 期（1998 年），頁 33-53。

[14] 《續客窗閒話》，頁 297。

訪，走訪新婦的周圍鄰里，在明察秋毫、仔細推敲之後，他終於揭開了此案的本來面目：原來新婦在嫁給某生之前，就嫌其貧困潦倒，與富室勾搭成奸，富室又用重金將新婦母女倆收買，三人串通一氣，共同演出了新婚之夜那一幕。「生醉後，婦女與富室共扼其喉而斃，從地道舁入後院埋之。投水之人，係富室以重價覓善泅者為之也。」縣令循跡找到了藏在院落中的貧夫屍首，一訊服辜，將三人緝拿歸案。整個謀殺過程設計的可謂滴水不漏，貧夫在眾目睽睽之下慘遭毒手，而新婦如其所願，與富室光明正大、心安理得地自由往來，此婦心腸之狠毒真是令人髮指！她之所以會這樣做，是迷戀富有的心理在作祟。和《粵東獄》採用相同情節的還有潘綸恩《道聽塗說》中的《祝霸》，《祝霸》所講也是婦人嫌貧愛富，與姦夫合謀殺害親夫的故事。謀害方法和《粵東獄》類似，不同之處只在於「潘綸恩還很講究文筆，在敘事中運用了一些辭藻，最後一段夾敘夾議，體現了文人小說的古文筆法。」我們從道、咸之際的兩位小說家筆下，看到了構思、立意相近的兩個故事，這不能不說明一個問題，女子擇婚以金錢、財力為導向是當時社會的普遍傾向，所謂「貧富非切交之友」、「嬌美非負販之妻」，如果沒有雄厚的財力，是娶不到稱心如意的妻子的。婚姻觀中唯錢至上的傾向反映了晚清社會世風的澆漓，是清中後期「世風日下」、「人心不古」社會現實的真實寫照。

## 第二節　城市生活的描摹：末世的浮華

馬克思說：「商業依賴於城市的發展，而城市的發展也要以商

業爲條件。這是不言而喻的。」道、咸時期，商業的發展帶動了城市的繁榮，城市的繁榮又促進了商業的發展，二者互相帶動、互爲因果。當時商業的發展有如下兩點表現：

一、城市手工業的發展。從生產關係上看，清末城市手工業中簡單協作的小手工業作坊及分工協作的手工業工廠，已經具有了某些資本主義的性質。根據洪煥春先生《明清蘇州地區資本主義萌芽初步考察》[15]一文資料，整理道光時期蘇州地區雇傭工匠的情況如下：道光初年，「踹匠蔣琳雲等『散發傳單，勒令各匠停工毀物』。」道光二年，「機戶王南觀等，借欲減輕洋價，會聚多人，向輪年機戶李升茂莊上滋鬧。」道光六年，「燭將邵賢招、林士昌、馮文錫等，『結黨霸停工作』。」道光十七年，「捶造金鉑工匠陳阿玉、陳紹堂等要求加價，『羈眾停工』。」由此可見，道光時期，生產關係中已出現了雇傭和被雇傭關係，並且二者之間的矛盾和鬥爭十分激烈，反映了資本主義萌芽增長的趨勢。《客窗閑話》中的《肖希賢》[16]，是我國較早的反映雇傭關係的傳奇小說。肖希賢本是鹺商的兒子，其兄爲太守，肖希賢不事讀書，唯好黃白之術，立志開礦發家。他從其兄和其母處獲得一些資金，購買礦山和大量傭工，「於是丁男湧集，合力興工，鋸木鑿山，穿石穴土，希賢往來監工，無倦色。」肖希賢與「丁男」之間，其實就是一種雇傭與被雇傭的關係，肖希賢利用原始資金購買了生產資料（礦山）和勞動力（「丁

---

[15] 洪煥春：《明清資本主義萌芽研究論文集》（上海：上海人民出版社，1981），頁 439-441。
[16] 《客窗閑話》，頁 15-17。

男」），「丁男」拋棄了土地靠肖希賢所給的「若干緡」爲生，他
們之間體現了資本主義萌芽時期較爲原始的雇傭關係。在未見礦
石、開採沒有成功之前，肖希賢爲了鼓勵雇工的士氣，以提高工資
作爲誘惑他們加大幹勁的條件「乃囑其僕，盡以餘金市酒肉，號召
眾夫，勞之曰：『予夜夢神人，謂予大礦將見，須協力往東南開，
則望日可得。敢告諸君，盡今日之力，予將倍償工價。』」採礦成
功之後，肖希賢儼然成了工廠主，他的親朋舊友各謀其職，「其僕
爲之邀集舊友，或司載籍；或司會計；或司監督；或司賓客；量能
授任」，而他也成了烜赫一時的超級富豪，「文自中丞以下，咸來
納交，聲勢一時烜赫，希賢乃於穴口設板屋，置大權，持籌握算，
凡百金一載，俾夫遞運廠內，匠人收之，百爐並開，以鼓以鑄，皆
鎔爲方錠。每方五百兩，以防小竊。自近達遠，環山之廠皆盈，而
穴中尚未盡也。」據道光年間《辰溪縣誌》卷二一《礦廠》所載，
「挖礦者均係貧民」，「動以千計」，「隨得隨賣，以資生計」。
礦販收買鐵礦後，「裝運近河開設爐墩之處」，又有廠民收買鐵礦，
「雇募人夫搨鑄生板」，「計每爐需雇工及挑運腳夫數十人」，產
出生板，再裝運出售於炒鐵廠，炒成熟鐵，而後轉運各地鐵器加工
工廠，鍛造成鐵器。[17]史料記載和小說中的描寫相符，二者可互爲
印證。

二、商品流通的活躍。道、咸時期，商品流通十分活躍。商品
流通活躍的前提是交通的發達，商重水路，清中葉以後，凡能用於
商業交通的內河水道基本上都得到了開發利用，而且形成了頗有特

---

[17]　張研著：《清代經濟簡史》（鄭州：中州古籍出版社，1998），頁445。

色的內河貿易。交通發達爲商品流通提供了便利條件，許多過去不
通舟車的地方都密佈著商人的足跡，商人帶來了他們原來沒有見過
的東西，增加了商品的種類，商人與商人之間互通有無，爲當地經
濟的發展做出了巨大貢獻，例如，據道光《大定府志》卷四二《物
產》所載，貴州遵義府知府曾「購蠶于山東者數四，又延蠶師教民
繅織，而其利遂興」[18]。再比如，綢緞本是金陵地區特產，清末「北
趨京師、東北並高句麗、遼沈，西北走晉降，逾大河上秦雍、甘涼，
西抵巴蜀，西南之滇黔，南越五嶺、湖湘、豫章、兩浙、七閩，趨
淮泗、道汝洛」[19]。商品的自由流通一方面得益於交通的便利，另
一方面也離不開商人的活躍貫通，從下面材料中，我們可以看出
道、咸時期商人輾轉經商的活躍程度：道光《陵縣誌》卷六《疆域
志》載，山東陵縣的商人「遠之濟南、德州、齊河、章邱、直隸河
間，貿易茶、紙、南貨，近則淄博、神頭，五穀之積，糶賤糴貴」；
道光《膠州志》卷五五《風俗》載，山東膠州人「江南、關東及各
海口皆有行商」；道光《歙縣誌》卷一《風土》、康熙《徽州府志》
卷二《風俗》載，安徽徽州的商人「雖滇、黔、閩、粵、秦、燕、
晉、豫，貿遷無不至焉，淮、浙、楚、漢又其邇焉者」；「今則徽
之商民盡家於儀、揚、蘇、松、淮安、蕪湖、杭、湖諸郡，以及江
西之南昌，湖廣之漢口，遠如北京，亦復挈其家屬而去」。

　　商業的發展直接帶動了城市的繁榮，根據許檀女士的統計，清
中葉「全國集市總數至少可達 22000－25000 個，清末當會超過三

---

[18]　《清代經濟簡史》，頁 484。
[19]　同治《上元江寧兩縣誌》卷七《食貨志》。

萬」[20]，城市是人口密集的地方，經濟生活水準也較高，如道、咸時期的南潯鎭、雙林鎭，均「居民相接，煙火萬家」；道光時的《徽寧會館碑記》稱：「凡江、浙兩省之以蠶織爲業者，俱萃於是。商賈輻輳，雖彈丸地，而繁華過他郡邑。皖省徽州、甯國二郡之人服賈於外者，所在多有，而盛鎭尤彙集之處也。」[21]此期傳奇小說中對城市的描寫爲我們瞭解當時的城市生活提供了鮮活的樣本。

我們首先看到的是城市的繁華。繪製於乾隆年間的《姑蘇繁華圖》（又稱《盛世滋生圖》）展示了清中葉蘇州的繁華面貌，圖中繪錄了當時蘇州實際上存在的 260 餘家店鋪的招牌，將蘇州這一當時全國最爲著名的都會之地、工商中心的繁盛市容全方位、直觀式地展示了出來，爲後人留下了極爲難得的文獻以外的實景式的形象記錄。道、咸時期，江南雖然經歷了農民起義的戰火，但是由於歷史累積的慣性，江南之地仍然商賈輻輳、百貨雲集。當時的金陵「清涼會香火殷盛，沿路設錦棚，張燈懸彩。自塔影橋至清涼山，士女如雲，絡繹不絕。香車中畫衣寶髻，無不備極妝飾；挈伴步行者，或彩繡或淡妝，亦有腰束練裙扮作犯婦者，妍媸不齊，道路橫溢。」[22]《香飲樓賓談・沙三爺》爲我們描繪了蘇州虎邱龍船會的盛況：「虎邱龍船，彩旗畫艦，簫鼓喧闐。傾城士女往觀，鐵鹿牙檣，塡塞川瀆，遊人皆先期雇舟，不靳厚值。……舟中珍錯雜陳，絲竹並

---

[20] 許檀：〈明清時期農村集市的發展〉，《中國經濟史研究》第 2 期（1997 年），頁 21-41。

[21] 范金民主編：《江南社會經濟研究・明清卷》，中國農業出版社，南京大學「985 工程」課題，頁 1071。

[22] 陸林主編：《清代筆記小說類編・計騙卷》（合肥：黃山書社，1994），頁 239。

舉，妙伎侑酒，勸客沾醉而罷」，從小說白描式的勾勒中，讀者可以充分感受到蘇州的繁華氣息和熱鬧氛圍，其「宇宙間一大都會」之繁盛猶存。如果說《沙三爺》是城市風貌的遠景掃瞄，那麼同書中的《胡書城》[23]則是市井生活的近景寫照，《胡書城》描寫了蘇州玄妙觀前的一次骨董交易：書畫販子胡書城，一次偶至玄妙觀前散悶，他見骨董攤有仇十洲所繪的《漢宮春曉圖》，雖稍有破損，但卷尚完整，便用七百青蚨將其買下，又到裱畫鋪處「重加裝治，飾以錦賵瑤簽，貯以檀匣，璀燦可觀。」隨後又將此畫拿給買主，小說中詳細描寫了買賣雙方討價還價的真實場面：「胡出其畫曰；『他物俱被劫，此卷以死衛之，獨存，敬以奉覽。』畢審視數次，曰：『畫卻真，其為價幾何？』胡索二千金，畢嫌太昂，曰：『……徐徐償爾銀何如？』胡喜其畫已獲售，諾之。越旬餘，出千二百金償胡，胡少之。畢曰：『銀不能益，如以為不足，吾有無用書畫，在花廳旁小閣中，任爾選幾十幅去可耳。』導胡至閣，見卷軸堆積，胡擇佳者恣取之，計盈百。」從胡與買主之間的商品交易中我們看到，那時的商品買賣就很注重包裝，而且商販為了抬高價錢故意誇大其詞，初露近代經濟活動端倪。

　　其次，透過繁華的背後，我們看到的是城市中的浮靡。道光時期，奢靡之風蔓延，河間「凡飲食衣服車馬玩好之類，莫不鬥奇競巧，務極奢侈。」河廳「買燕窩皆以箱計，一箱則數千金」，「即席間之柳木牙籤，一錢可購十餘枝者，亦開報至數百千，海參魚翅之費則更及萬矣。其看饌則客至自辰至夜半不罷不止，小碗可至百

---

[23]　陸林主編：《清代筆記小說類編‧世相卷》（合肥：黃山書社，1994），頁 363。

數十者。廚中煤爐數十具，一人專司一看，目不旁及，則飄然出而狎遊矣。」僅此可見晚清河政何等腐敗。浮靡之風不僅在達官貴人、富商大賈中流行，甚至影響到平民百姓，只要「稍見饒餘，輒思華美，日復一日妄費欲增，人復一人摹仿務過」。奢華成爲一種風氣，也成爲下層百姓謀生的手段，「凡在中人以下之家，養女必先教以歌曲，女往往有鉅賈物色，可立致萬金。不則入平康籍，亦能致富。」[24]風俗也出現了由淳厚到澆漓的蛻變，道光十九年十二月，兩江總督裕謙《訓俗條約》說：「蘇俗婚嫁自行聘以至過門，但以誇多鬥靡爲事。其計妝奩則金珠彩幣充篋盈箱，其重迎娶則花轎珠燈塡街塞巷。於是有索開門錢者，有索盤頭費者。尤可笑者，兩家力量不支，相約掩人耳目……無非侈習貪心階之屬也。」[25]在奢靡腐化的世俗中，人們的享樂風氣也出現了畸形變化，《金壺七墨》中的《伶人》[26]寫到：「京師宴集，非優伶不歡，而甚鄙女妓，士有出入妓館者，眾皆訕之。結納雛伶，征歌侑酒，則揚揚得意，自鳴於人，以爲某郎負盛名，乃獨厚我。伶恃嬌憨，飾風雅，聞有書畫名者必索之。」清初是名妓名士的天下，而清末則風向大轉，男優成了文人士大夫的新寵，這一變化反映了世人精神世界的變態與極度空虛。

京師南風大熾，其他地區也娼優盛行，據徐珂《清稗類鈔》所載：「咸豐時，妓風大熾，胭脂、石頭等胡同，家懸紗燈，門揭紅

---

[24] 孫燕京：〈晚清社會風尚及其變化〉，《中州學刊》第 6 期（2004 年），頁135-139。

[25] 裕謙：《訓俗條約》，民國《吳縣誌》卷五二下，《輿地考·風俗二》。

[26] 陸林主編：《清代筆記小說類編·世相卷》（合肥：黃山書社，1994），頁311。

帖,每過午,香車絡繹,遊客如雲,呼酒送客之聲,徹夜震耳。士大夫相習成風,恬不知怪,身敗名裂,且有因之褫官者。」毛祥麟的《墨餘錄・風月談資》中記載的上海風月如此:「滬城濱海,商賈咸集,素稱繁富。而珠簾十里,風月樓臺,亦不減秦淮水榭。西城一帶,曲巷幽深,妓家鱗次。每當夕陽西墜時,筝笛悠揚四起,隔簾花影,弄姿逞媚,到處路迷,入夜尤甚。游其地者,無論烏衣子弟,巨腹胡商,蓋靡不魂迷色陣,一擲千金……每逢佳節,每以優觴招客,多至百數十席,張燈列炬,徹夜通明,角藝呈能,喧闐達旦。」道、咸時期,隨著清朝的國勢日衰,娼妓風氣的混亂,特別是 1840 年鴉片戰爭後,門戶開放,風雨飄搖的國家又受到拜金浪潮的衝擊,娼妓事業不復以往般富有文化氣息,妓院不再是才子佳人風月故事的場所,而是商業消費的場所,妓院由原來「情」、「才」、「貌」集中、良婦之外的另一種性文化逐漸轉向商業化,成為金錢與性赤裸交易的地點,是商家子弟「一擲千金」、引誘良家少年學壞的流毒敗金之所。而且自鴉片傳入之後,很多妓院兼營鴉片,「而鴉片盛行,煙館櫛比,點者往往以花為媒,招聚裙屐,群不逞之徒,亦窟匿于中,易為地方害。至舊日之楚娃鄭豔,娟潔自好者,則仍僻處,屋舍清幽,陳設淡雅,往來原多裘馬客。其雜居市廛,日倚門齲齒,備諸醜態者,皆蠢俗妖倡也。更可怪者,下開店鋪,上列倡樓,甚至避兵而來賃居之僧寺道院,亦與妓家分上下,則幾不成世界矣!此實風俗之一大變云。」妓女在對顧客的服務之中也包括進食鴉片一項,小說中有詳細生動的描寫,《揚州夢・玉林》中的妓女玉林說:「伊等號為清白,日日濃妝豔抹,見客官一兩銀,便邀入內房,於臥榻上設燈盞,手持斑竹槍,與不生熟男

子左右合一枕，為挑膏打火。居常謂托業於此，不得不聊作應酬。
然羞答答當奴僕眼目，尚戲語勾引少年，深夜無人，頭雙雙對呼吸。」
[27]《道聽塗説‧唐金之》寫了陸芳與妓女唐金之的故事，二人在交
往中，也以共食鴉片為樂：「陸有洋煙癮，金每夕與陸對枕，炮煙
手法工妙。又嘗攜洋煙糕果之屬供陸宵夜……」[28]妓院的鴇母還鼓
勵妓女用鴉片誘惑客人：「庫中物豈容以數計！客至，供棗粟皆青
衣輩主其事，有無多寡，母固不甚跟問，……至鴉片一事，即阿母
亦須儂把持，儂日出局要結富家兒，但一啟口，數十兩冷籠膏（一
種經過處理，可直接吸用的鴉片煙）便囊括以歸。」近代的妓院是
個藏汙納垢的大染缸，妓院與鴉片結合，可謂是人間至毒，當時的
人們認為，抽吸鴉片煙是一種時尚，無論是上層的有產階級，還是
各行各業的勞動百姓，大都視其為交際場中的應酬品，而一旦上了
癮，便無法自拔，以致神形銷損、骨瘁形銷者，不知凡幾，因其而
破家敗業、家毀人亡者亦大有人在，鴉片對人的危害更是遺患無
窮，其毒害社會之深，莫此為甚。《道聽塗説‧呂四娘娘》中寫了
一個女子為人所惑誤食鴉片，企圖戒止而又欲罷不能的故事，「一
試再試，兩月之間，漸為洋煙所陷，戀戀燈側，習慣成癖。……向
燈咒誓謂：從此嚴受戒香，斷不為送命燈作青眼。而時至輒憊欠伸，
一呵涕淚交作，有非刀鋸所能禁者。魔纏既已沉痼，動止自增嬌懶。」
同書的《彭意之》則描寫了鴉片對人肉體的摧殘「或又謂意（人名）
素服洋煙，不應驟斷，則角枕錦衾，一燈呼吸。……而意腎虧水涵，

---

[27] 陸林主編：《清代筆記小說類編‧煙粉卷》（合肥：黃山書社，1994），頁 261。
[28] 同上。

斫削日深，柴脊愈甚。雖坐立傾談，未便臥床不起，亦不過借洋煙力勉強支持。」《香豔叢書》中收有一篇《黑美人別傳》[29]，以擬人的手法寫鴉片傳入我國及其對國民身心健康的損害，「黑美人姓花氏，字鶯粟，別號芙蓉，貌光豔而黑，故人以黑美人呼之。先世某本印度人，道、咸之際，海禁大開，挈其妻女航海而來中國。厥後椒聊蕃衍，散處二十三行省，各理煙花業以治生，黑美人其苗裔也。」小說描摹某公子吸食鴉片，始則「床笫之間，其樂融融，如咀蔗節，漸入佳境」，繼而「日就尪瘠，形容枯槁，面目黧黑，眠食不時」，雖一度強制戒除，卻終於舊癮復發，病瘵而死。將鴉片比喻成勾人魂魄、害人性命的美人實在是最貼切不過了，該篇用筆簡潔，構思精巧，敘述也頗為生動。

　　綜上所述，道、咸時期的傳奇小說既反映了城市的繁華，又反映了城市的腐化，繁華的表像下掩蓋著腐化幾乎是歷朝歷代末世的共同特點，從此期近十餘部筆記小說中，我們強烈地感受到一股江河日下、山雨欲來風滿樓的動盪氣息。從創作角度來說，城市生活孕育了小說，小說反映城市，城市映射具體投射在小說中，是作家主觀情感與城市客觀景象的融合，《墨餘錄》的作者毛祥麟在感歎世風陡變之餘，憂心忡忡地說：「則幾不成世界矣！此實風俗之一大變云。」道、咸時期的中國正處在一個「千古變局」的動盪時代，人們的思想觀念和行為方式以及社會風俗都發生了亙古未有的變化，這種變化之中既有傳統的牽扯，又有現代的色彩，既有進步的

---

29　無名氏撰：《黑美人別傳》，載蟲天子輯：《香豔叢書》（北京：人民文學出版社，1994）第二集卷三，頁 1417。

嬗變，也有病態的痼疾，無論合理與否，都預示著一個時期的結束和另一個時期的到來。

# 第三節　商品經濟發展中的畸形產物：五花八門的騙術

商品經濟的發展就像一把雙刃劍，既會給社會帶來正面影響，同時也會產生負面影響。其正面作用是繁榮了市場經濟，方便人們消費，提高人們的生活水準；它的消極影響在於擴大了金錢在社會生活中的作用，導致思想觀念中「唯錢至上」觀點的確立，從而無限度地膨脹了人性中的私欲。商品經濟的發展是要和法制秩序的規範同步進行的，沒有健全的法制法規，商品經濟是無法健康正常地發展的。在我國封建社會中，尤其是道、咸以後，吏治、法制及軍備全面腐敗，外有西方列強的窺探覬覦、伺機而動，內有太平軍、白蓮教等農民組織的揭竿而起、南轉北戰，清政府迫於內憂外患，疲於應付，對民治、民生疏於整頓管理，致使世風日下，民俗澆薄，百姓道德淪喪，最能體現晚清世風混亂、人心不古的是騙術的盛行，詐騙、陷阱無處不在，各種光怪陸離的騙局層出不窮。隨著人們社會生活範圍的擴大以及社會實踐的深入，尤其是人們對利益、金錢追逐的日趨激烈，騙術愈益擴大到生活中的每一個角落，舉凡各種社會關係，士、農、工、商各個領域，騙術無孔不入。許多騙子在行騙手法上注入了更多的智慧與計謀，手段高明，紛雜多端，使人動輒上當受騙，防不勝防。從道、咸時期的傳奇小說中，我們可以充分領略到各種奇思妙想、五花八門的騙術。

## 1、騙財

騙人財物的異聞逸事是此期傳奇小說中的常見題材，錢財是人們生活中不可或缺的必備之物，無論是正人君子還是猥瑣小人，都不可能脫離物質財富地憑空生活。每個人都有追求金錢的欲望，李贄在《焚書》第一卷《答鄧石陽》中說：「穿衣吃飯，即是人倫物理；除卻穿衣吃飯，無人倫物理矣。世間種種皆衣與飯類耳，故舉衣與飯而世間種種自然在其中。」根據他的說法，人間的道德觀念、世間的萬物之理，既不是王陽明的「良知」，也不是朱熹的「天理」，而是人類所賴以生存的「衣」與「飯」，即實實在在的物質生活資料。對金錢財富的追求是每個人與生俱來的本性和權利，不同的是有的人通過自己的辛勤勞動而獲得，所謂「君子愛財，取之有道」，而有的人卻渴望不勞而獲，通過詐騙巧取等非法非道德的手段獲取，騙子就是以騙術為手段，以獲得為目的，專門幹一些損人利己的勾當的流氓群體。以詐謀人、損人利己、不勞而獲，這就是騙子的職業特徵。

在《騙子的歷史》一書中，著者張豔國將騙子的行為方式分為兩種：個體的與群體的。「個體的，有稱為『跑單幫』，『單幹兒的』，『跳單肢的』；群體的，結夥而行，如『拆白黨』、『放白鴿』、『仙人跳』，等等戲法，它需要由幾個人或一群人來共同完成，如引線、佈局、收攤、善後等等環節都有人各司其責，他們的表演如真如實，惟妙惟肖，真如演戲一般。」[30]道、咸傳奇小說中，個體行騙的方式並不多見，因為即使騙子的騙術再高明再講究技

---

[30]　張豔國等著：《騙子的歷史》（北京：中國文史出版社，2005），頁25。

巧，勢單力薄也難成其事，所以個體行騙的實施者多半是一些游走四方的江湖術士，在我國古代社會，相士、術士是合法職業，他們懂得些許天文、地理知識或者黃白之術，抑或毫無真才實學只不過是見多識廣，便利用人們的落後、迷信的心理，憑著三寸不爛之舌騙取信任，獲得不義之財。姚元之的《竹葉亭雜記》中有一篇《陰陽地理之假》[31]，其中的瞽者某以善相風水聞名於世，他為某家擇日下葬，預言曰：「是日特奇，至時當有鳳凰過此，爾輩伺之，鳳一至是，即葬時矣。」並暗中以三百錢買了一隻白雄雞，令賣雞者於某時抱雞走過葬地，果然，鬻者抱雞來，瞽者問曰：「有鳳來否？鳳當白色，當謹視之」，對曰：「不見鳳，唯有白雄雞來。」乃曰：「雞即鳳之類，天下誰見有真鳳耶？吉時至，當速葬。」我們不得不驚詫於瞽者的詭詐心機和巧言善辯，他自設騙局，自編自演，僅以三百錢就騙取了人們的信任，不過這個佈局簡單好操作，看似高明，實則有不合理之處，瞽者牽強附會的伎倆矇騙頭腦愚鈍的人還可以，若是精明之輩，一眼就看出了其中的破綻，誠如作者所說：「葬者亦心喜，以為特奇也，而不知墮其術中矣。」個體的騙術限於人力和精力，很難興起大的波浪，與該篇構思相近的還有《記聞類編》中的《遇騙》、《蝶階外史》中的《賣花人》等等，它們的共同之處在於行騙的方式都是「跑單幫」、「單幹兒」的，情節設計也較為簡短、簡單，篇幅也不長，敍述方式上採用開門見山式，不做過多的鋪陳和渲染，這和生活中個體式騙術的實際情況是較為吻合的。當然，個體式騙術之中也不乏勾連婉轉、蓄意謀劃的大型

---

[31] 陸林主編：《清代筆記小說類編·計騙卷》（合肥：黃山書社，1994），頁 248。

騙局，《墨餘錄》中的《騙術》[32]一篇，便是蓄謀已久的大型騙局
中的「姣姣者」。故事發生在咸豐初年，錢鋪主人陳某偶爾結識了
同鄉王某，王某鮮衣怒馬、出手闊綽，深得陳某的豔羨。某日陳某
偶造王所，無意中發覺王精通黃白之術，可私煉銀兩，「以草藥煉
銅七次，色即如銀，每以紋銀百兩，入煉銅三十兩熔之，即與足銀
無異。」陳初始懷疑，待將所煉之銀試用後發覺通行無滯，便深信
不已，召集同行湊足萬餘兩，以期煉出億萬紋銀，不料，一夕王忽
遁去，杳無蹤跡。「後始知其非真能燒煉也，唯將銀錠以砂擦洗，
使色如新熔，故用之無礙耳。」這則故事的原型可能來源於高彥休
《唐闕史》中的《薛士子為左道所誤》[33]，不同的是後者較前者更
為曲折婉轉，接近實際中的生活邏輯，《薛士子》中道士騙取二子
的信任只是通過一個回合實現，而《騙術》中的王某則更是技高一
籌，他的初始策略既不是點石成金，也不是無中生有，而是以少銀
煉多銀，具有較高的可信任性，他自己也採取了「放長線釣大魚」
的計策，在騙取陳某及其同行信任的時候，舍出自己的銀兩以供花
銷，一旦時機成熟，他立刻撒網收魚，卷走陳及同行的「巨萬資」
而遁，整個騙局佈置的十分嚴密，經得起推敲。王某可謂處心積慮、

---

[32] 《清代筆記小說類編·計騙卷》，頁 272-273。

[33] 這則故事來源於北宋李昉《太平廣記》（中華書局 1961 年版，卷 238 頁 1837）：
薛氏二子居伊闕。一日有道士相訪，草履雪髯，氣質清古，雅談高論，深味道
腴，云薛氏田中有五松虺隄，其下有黃金百斤，寶劍二口，佩之當位極人臣。
道士願為之作法挖掘，然所需器物甚夥。二子竭力經營，有所缺則貸於親友。
道士又云其善點化之術，視金銀如糞土，並將四囊篋寄于薛宅。作法之日，又
戒二子不得窺伺。二子久侯無耗，往觀，則道士已攜器物他遁。回視所寄箱篋，
中乃瓦礫也。

「高瞻遠矚」矣！小說敘事及富層次感，也十分嚴密，正如雨蒼氏
所言：「篇中摹寫張羅投網處，兩兩入情，筆尤精細。」[34]

　　誠然，像《騙術》這樣謀劃精細並由個體完成的騙局並不多見，
一般佈局完整、絲絲入扣的大型騙局都是由一個團夥來實現的，即
《騙子的歷史》中所說的「群體」式。群體式行騙的最大特點是結
夥而行，集體出動。他們組織嚴密、各司其事，每個人都精通一門
騙術，掌握一種看家本領，他們之間需要緊密地配合，見機行事，
任何一方出現了差錯或者露出馬腳都會導致整個騙局的失敗，所以
每一個騙子都有極強的表演力和掩飾能力，使人在毫無防範之下上
當受騙。《道聽塗說》中的《賭騙》[35]講了這樣一個故事：肆主某
拿出一尊金羅漢與騙兒賭，約期七日，七日內能將金羅漢攝去者，
即以贈之。而後肆主某親自坐在金羅漢邊守之，過往者或把手展
玩，或彼此接送，議論紛紛，不一而足，但無一人能將金羅漢拿走。
三日過後，肆主得意洋洋，謂騙兒曰：「積期三日矣，意將何作？」
言次，只見對面來了兩個孩童，一個是七歲左右的男孩，另一個是
十二、三歲的女孩，兩人共同扛著一個裝灰的籠子，見到金羅漢後
二人開始了議論，「口中叨叨，早手羅漢起，將以示女。女怒批豎
頰，曰：『小家子，手癢乃爾！』豎被擊，手驚，失羅漢墮于灰。
女急掏出之，拂拭還幾上，即整理籌繩，加擔豎肩，口猶痛詆不已。
豎肩灰，且泣且走以去。」俄而，騙夥手拿金羅漢至，謂肆主曰：
「是非君幾上物耶？君誠長者，竟爲乳臭兒所賣，無煩七日矣。」

---

[34]　陸林主編：《清代筆記小說類編・計騙卷》（合肥：黃山書社，1994），頁 272-273。
[35]　《清代筆記小說類編・計騙卷》，頁 234-235。

從這個騙局的設置中，我們看到，該「群體」至少由三個人組成：騙兒、七齡小童、年十二、三之垂髫女，其中騙兒爲引線，兩個孩童爲騙局的佈局實施者，騙夥之所以取勝，在於肆主對年幼的孩童的忽視，「似此行騙，法不甚奇，惟出於七齡小豎，則大奇矣！以其齒稚，不足以有爲，故爲人之所以不介意焉。」其間，孩童恰到好處地於三日之後出現，此時肆主已經幾乎喪失了警惕，並且還在爲自己的嚴加防範而津津樂道，騙局正是利用了肆主的疏於防範和借助孩童的年齡優勢取勝，如果不是騙兒的提前試探，他們不會知道肆主已經開始得意；如果不是兩個年幼的孩子僞裝行騙，金羅漢也不會在不經意之中就被偷樑換柱，所以，騙局的成功在於群體三人天衣無縫的配合，像這樣的騙局設計得邏輯嚴密，再聰明的人也難免上當，而且知道上當後也只能徒喚奈何。再比如，《妙香室叢話》中的《典肆奇遇》[36]寫了一個簡短而又構思精密的騙局：典肆忽來客三人，說主人價值數千金的財物被盜，如有典此物者，必來報，臨行將單留下鄭重而去。數月後，果有數人來，典物與單相符，典夥速報客，客謂與典物者必有惡鬥，囑眾人勿觀，「閉門戒勿入」。數時後，房門大開，客謂眾曰：「盜悉擒矣，急進城送官！」隨後乘船揚長而去，「眾始反。訝肆中何以獨無人出觀，入肆探問，寂然無人。遍覓之，見眾夥俱捆鎖一室。釋而問之，始知其劫縛載寶而去，蓋以僞盜爲真盜也。」這個騙局屬於典型的群體式，與前幾例有所不同，它的特點是佈局時間跨度大、參與的人物繁多，以設計周密、程式連環、行爲「雅致」而又不留痕跡爲特徵。這個騙局

---

[36]　《清代筆記小說類編・計騙卷》，頁 260-261。

分為兩步，一是騙子找準目標後，有備而來，在一開始的時候就給典夥設下了圈套；第二步是計畫的實施，計畫的實施選在時隔數月之後，顯然是企圖把戲演得更加真實，使人順理成章地上當。果然，騙夥得逞了，他們在短時間內以迅雷不及掩耳之勢將典肆珠寶洗劫一空，更令人叫絕的是騙子能在眾目睽睽之下逃之夭夭，在他們「上船急開去」以後，看客眾人方醒悟。此則故事短小簡練，寥寥數筆就勾勒出了一個熱鬧繁雜的場面，然所述騙局又十分獨特，堪稱騙局中的「佳品」、「傑作」。

### 2、騙婚

在中國古代社會，女人一直處於弱勢、受壓迫的地位，明末以後，隨著市民階層的興起和人們思想觀念的開放，女性的地位有所提高，她們在社會生活中也佔有一席之地，扮演著適合的角色。但是，如果生不逢時，社會的動盪和民生的不安也會使她們迷失心性，為了一己之利而不擇手段，利用色相和性別優勢進行詐騙，從原來的受害者轉變為害人者，在明末和清末，許多婦女都扮演著這樣的角色。道、咸傳奇小說中，除了騙財的題材較為常見之外，另一個倍受小說家關注的就是騙婚了，在騙婚類的小說中，騙術的實施者無一例外地都是女性，受害者都是男性，如果從騙子的行為方式來劃分，那麼騙婚類的騙局全部屬於「群體」式，他們人員繁多，組織嚴密，所設計的騙局也具有勾連銜接、撲朔迷離的特點。不過，說到底，騙婚的最終目的都是為了金錢，騙財是騙婚的最終目的，騙婚是騙財的手段。

在明代張應俞所撰的《杜騙新書》中，將女性行騙歸為「婦人騙」一類，「婚娶騙」屬於「婦人騙」的一種，可見，在張應俞所

處的時代，婦女行騙已經成爲一種普遍的社會現象。較早描寫群體騙婚的是思庵先生嚴虞惇的《豔囮二則》[37]，小說的背景是明清易代的動亂之際，「一時教坊婦女，競尙容色，投時好以博資財，後且聯布羽黨，設局誆騙，妙選姿色出眾者一人爲囮，名曰打乖兒。其共事者，男曰幫閒，女曰聯手。必擇見影生情撮空立辦者，與之共事，事成計力分財，而爲囮者獨得其半。於是構成機巧，變幻百出，不可究詰。」小說敍述京城名妓羅小鳳及嫂羅二娘假設婚局騙財的故事，其用意之巧妙，佈局之迷離，「亦平康中別開生面之騙局也。」

　　道、咸之際，社會的動亂、浮靡程度遠勝於明末，傳奇小說中，描寫《豔囮》之類的紅粉騙局比比皆是，且魔高一尺道高一丈，騙局設置之精巧讓人匪夷所思，例如《記聞類編·局騙》、《記聞類編·放白鴿變局》、《道聽塗説·徐延贊》、《道聽塗説·洪鄉老》、《妙香室叢話·鳳姑》等等，各式各樣的騙術層出不窮，騙子手段

---

[37]　見蟲天子輯《香豔叢書》，清宣統中國學扶倫社排印本。《豔囮二則》：一卷，題「嚴思庵先生閒筆」（《說庫》本題「清嚴思庵撰」）。嚴思庵，字寶成，名虞惇，「思庵」是其號。據其文末跋語，故事來源於揚州旅店主人。小說的背景是明清易代之際。「明萬曆之末，上倦於勤，不坐朝，不閱奏章，肇下諸公亦泄泄沓沓然，間有陶情花柳者。一時教坊婦女，競尚容色，投時好以博資財，後且聯布羽黨，設局誆騙，妙選姿色出眾者一人為囮，名曰打乖兒。其共事者，男曰幫閒，女曰聯手。必擇見影生情撮空立辦者，與之共事，事成計力分財，而為囮者獨得其半。於是構成機巧，變幻百出，不可究詰。」正文共有兩則，第一則寫京師名妓羅小鳳騙徐少司之子，第二則寫小鳳之嫂羅二娘騙陳錫元兼及羅小鳳結局，「用意之巧妙，佈陣之迷離，文能曲曲達出，亦平康中別開生面之騙局也。」（《說庫》提要）具有較高的藝術水準。

之高明、演技之純熟不能不令人歎爲觀止。《道聽塗說・焦德新》[38]堪稱世間罕見的騙局：焦德新饒有資財，在蘇州販貨的艙中結識皮某，皮某有一貌美如花的妹妹令焦德新心動不已，皮某感激焦德新的情誼，欲將妹許之，焦喜不自勝。娶親之日，「燈燭輝煌，笙簫嘹亮」，待眾人散去之後，焦勸說再四，新人「終默不應」，焦疑其處女害羞，只得請婢嫗代爲調停，「婢嫗方欲推挽就座，不謂蠢然一物，與木偶無殊。一時大駭，咸謂新人坐化矣。焦急秉燭審睇，新人非他，殆巧制洋人也。」這篇小說善鋪陳，筆致細膩，在焦勸喻新人與其對飲時，曲盡磨折，他首先擔心女害羞忸怩，所以自備酒席勸飲，隨後又告女家道小康，雖有妻室，但實非悍妒，以消除新人心中疑慮。孰料女仍無動於衷，乃貌似新人實則一木偶也！和前文對婚禮張燈結綵、皮某對妹依依不捨、老嫗勸焦憐香惜玉的鋪陳相對照，這個結局真是出人意料，讓人啼笑皆非矣！這個故事實際上出自吳熾昌《客窗閒話・騙子十二則》中的一則[39]，不同的是吳文敍述簡單，單憑老嫗的一己之言就令貴公子上當，洞房之時始知新人「乃廟中之木偶耳」，缺少必要的渲染和鋪墊，潘綸恩的改編則改掉了吳文粗線條勾勒的缺點，構思縝密，有血有肉，敍述得滴水不漏，且富有強烈的喜劇效果，是同類作品中難得的佳

---

[38] 《清代筆記小說類編・計騙卷》，頁 227-230。

[39] 吳熾昌和《道聽塗說》作者潘綸恩二者幾乎是同一時代的人，之所以判斷《道聽塗說・焦德新》後出，是根據陸林在〈「善道」封建末世的「俗情」——試論潘綸恩《道聽塗說》〉（《明清小說研究》1996 年第 3 期）一文中「《道聽塗說》，是一部創作於清代道光中後期至咸豐初年的文言小說集」的判斷，以及《客窗閒話》初集中的作者自序，署為「道光十四年甲午」。

什。

### 3、騙風盛行的土壤

我國傳統社會生活中有一套相傳因衍的固定程式,雖然作奸犯科、弄巧使詐之徒歷朝不絕,但是總體而言,我國古代傳統的社會秩序與生活方式是行之有效的。而進入清末以後,伴隨內憂外患、災難頻仍的加劇,清政府對內鎮壓白蓮教、太平天國的農民起義,對外屈辱退讓、割地賠款,在攘外與安內的不斷爭持中,耗費了大量的精力和財力,對社會秩序更是無暇顧及、疏於整治,這種無序的狀態使得騙術較之以往歲月更容易尋找到生存和發展的空間,於是,騙子遍佈於市井鄉間閭裏,他們招數愈加變幻莫測,手段愈加高明新穎,種類愈加翻新出奇。如果探究騙術所以得逞的背景,那麼由清政府的失控所導致的社會混亂是不容忽視的直接原因。除此而外,以下兩點在騙風的盛行中也起到了關鍵性的作用。

### (一)經濟的發展與法制不健全之間的矛盾

我們不得不承認,騙術的風行是經濟發展到一定階段的產物,是商品經濟發展的歷史進程中的畸形副產品。在資本主義萌芽尚未產生,商品經濟也沒有產生的漫長歲月裏,傳統的儒家文化足以抵制得了詐騙的不正之風,儒家講究「仁義禮智信」,騙術與之恰好背道而馳,任何虛偽詭騙、貪婪營私的醜惡行徑都會受到主流文化的譴責,因此以損人利己為特徵的騙術只能在隱潛的形態下發展,永遠也上不了臺面;但是自明清以後,商品經濟的產生與發展促進了人們思想觀念和生活方式的轉變,對金錢、私欲的追求越來越為世人所接納,並且漸漸成為社會的主流,這樣,以巧取詐騙而不勞而獲的行為也成了一部分人謀利的手段。從道、咸之際的傳奇小說

中不難發現，越是經濟發達的地方，就越是充滿詐騙、陷阱的地方，按照騙風的盛行程度，首推京師，其次是以金陵為首的江南地區。《客窗閒話·騙子十二則》共講了發生於京師的十二個騙局；與之結構類似的還有《蝶階外史·剪綹五則》，小說開端寫到：「剪綹（竊取別人身上的財物，此亦指騙取），一名小綹，京師最多，不操矛弧，攫財於道，神鬼出沒，不可端倪。」《道聽塗説·金陵騙》「金陵多拐騙」；《道聽塗説·賭騙》「金陵騙局詭譎百出」；《記聞類編·刁惡誘騙案議》發生在上海；《紀聞類編·放白鴿變局》發生在上海，「寶山、上海之蟻媒慣放白鴿者也」；《見聞續筆·雷擊奸騙》[40]發生在蘇州至杭嘉湖及各村鎮的航船上；《道聽塗説·洪鄉老》[41]發生在金陵東境；《道聽塗説·徐延贊》[42]發生在徐延慶秋闈赴試金陵、寓居金陵之際；《道聽塗説·焦德新》[43]發生在焦德新「挾萬金資本行商姑蘇，艤棹閶門」之時；騙子在何處行騙，以及採取哪種方式行騙，很大程度上取決於目標對他們的誘惑力，經濟發達的地區人們生活富有，人口密度大，足以令他們大有所獲而且便於逃匿，所以商品經濟活躍的城市往往是騙子的聚合地。

如果社會商品經濟活躍且又疏於治理，那麼恰好為騙術滋生、瘋長提供了「肥沃」的土壤。我國的封建社會歷來法制不健全，在民間百姓的心目中，對罪惡的懲罰往往通過想像中的神靈鬼怪，指靠一種意念中的道德懲罰，這一點從許多古典戲曲、小說中就可略

---

40　《清代筆記小說類編·計騙卷》，頁 266。

41　《清代筆記小說類編·計騙卷》，頁 236。

42　《清代筆記小說類編·計騙卷》，頁 239。

43　《清代筆記小說類編·計騙卷》，頁 227。

知大概了。比如，諸多小說（戲曲）故事的結尾，都有一條勸懲的尾巴，揭示「善有善報、惡有惡報」的人間天道，對惡人、惡行的報應則多是通過利鬼復仇、突然猝亡等方式實現的，經由衙門官府解決的極爲少數，這使得我國傳統小說（戲曲）滲透著強烈的因果報應觀念，染上了一股濃濃的迷信色彩，即使優秀的作品也難脫窠臼。文學作品是現實生活的反映，小說中憑藉神仙、鬼魂對惡人進行懲處，恰恰說明了人間無人申張正義、主持公道的社會現實，因此，律法制度的殘缺不健全是人們選擇道德譴責、道德懲罰的根本原因。道、咸之際，吏治敗壞，「無官不貪，有吏皆汙。各級官吏的貪贓枉法行爲五花八門，主要有借支積欠，挪用虧短；『陋規』饋贈，相沿成習；巧立名目，浮收靳折；虛支濫報，監守自盜；政以賄成，官因錢得」[44]……反映在傳奇小說中，對騙子惡行的譴責也是通過道德懲罰實現的：《見聞續筆·雷擊奸騙》中，客某以二百元誘姦某氏婦，後又誣賴婦盜竊其錢財，某氏婦被汙，有口難辯，氣結而亡，「客得以洋洋，仍到店中生理。次日正午，天忽無雲而雷，客擊死店前街上，手捧洋錢二百。」[45]《見聞續筆·輕薄賈禍》[46]講張志仁觀燈途中偶遇美人，二人夜半相會，張樂不可支，任其所爲，「無何，聞剪聲咯咋，輕薄子狂呼蹲地，女竟出廟飄然而去。眾環視之，見其左手鮮血淋漓，中指剪斷，呼痛不已。」小說家通過雷擊斃騙子、女鬼捉弄色狼之類的虛構情節讓作惡之人得到應有

---

[44] 石志新：〈清代道光咸豐間吏治敗壞情況述略〉，《史學月刊》第 5 期（1999年），頁 55-58。

[45] 《清代筆記小說類編·計騙卷》，頁 266。

[46] 《清代筆記小說類編·計騙卷》，頁 267。

的下場，完全是出於強烈的憂患意識和道德意識，企圖只憑藉說教來重振綱紀，挽救瀕臨絕境的儒家傳統道德，然而，沒有嚴格統一的法律制度，沒有行之有效的執行機制，單憑苦口婆心的道德勸懲是無濟於事、沒有任何意義的。還有許多小說家或許早就意識到了這一點，在敍述騙局的時候只做客觀上的描述，不夾雜任何議論和道德勸戒，道、咸傳奇小說中，以這類模式占大多數，比如上述所舉《墨餘錄·騙術》、《道聽塗說·賭騙》、《客窗閒話·騙子十二則》等等，皆以敍述見長，最多只在文末結尾處提出「人心險惡，小心上當」的告誡，反映了小說家由浪漫向現實的回歸，也反映了大多數人不再迷信「善惡必有報」的神話，敢於直面生活中殘酷的現實。

綜上所述，商品經濟的發展促進了人們生活的富裕和對金錢的追求，部分本性懶惰、好逸惡勞的人企圖憑藉不法的手段騙取別人的財物，以滿足一己私欲，而法律體系不健全、對犯罪行為缺少必要懲罰的社會環境又為騙子的得逞提供了寬鬆的氛圍，這是致使騙風盛行、陷阱密佈的外在原因。

（二）對人性弱點的攻擊

騙子之所以會得逞，和騙子對受騙者心理的準確把握有密切的聯繫，常言道：「知己知彼，百戰不殆」，騙子正是抓住了人性中的弱點並對其進行攻擊，才會頻頻得手，百無一失。仔細推究不難發現，小說中的上當受騙者要麼是貪財，要麼是好色，某些人總想貪圖小便宜，夢想不費吹灰之力就能得到好處，他們在心理上與行騙者有相似的地方：渴望不勞而獲和不付出只想索取。貪財貪色的弱點一旦被騙子利用後，結果往往是因小失大，人財兩空，甚至送

掉了卿家性命。《墨餘錄·騙術》[47]開端云：「世風不古，騙術愈新。究之墮其術者，每中於貪之一念。」結尾處雨蒼氏評曰：「以素精心計之人，輕墮騙術，真是利令智昏。」《續客窗閒話·騙子五則》[48]中「京師驢馬市」條，寫騙子冒充欲買良馬的貴官，以試馬爲由，騙取良馬；《道聽塗說·盧用復》[49]中，騙兒利用盧用復貪吃饕餮的弱點，在其進食的豚肩中加入了蒙汗藥，隨後將其「遍體搜括，絲縷無遺」；《記聞類編·局騙》[50]中，陳美成貪圖美色，與某姬苟合雲雨，不料被姬和「其夫」指認爲「誘拐奸徒」，並且告官訴訟，陳耗費千餘金方得脫身。從一個粗略的統計來看，在各類騙術中以色騙財最爲常見，其次是以名位相誘以惑人者，由此可見，在人類的各種欲望中，出自本能的色欲和源自社會的權力欲乃是最難抗拒的，因而也最容易被人利用來行騙，古舜時的「豢龍氏」之所以能馴服龍，乃是利用了龍有欲望的緣故，神異之物尚且受制於欲望，何況人乎？

察言觀色、見機行事是騙子的又一看家本領，騙子在摸索受騙者心理特點的時候必須講究方式方法，不能莽撞行事，一個騙局勝利的過程實際上就是騙子準確無誤地對受騙者心理進行揣摩、判斷的過程。以《墨餘錄·好奇售僞》[51]爲例，《好奇售僞》中包含兩個案例：其一，錢子明好藏古董，且常以得到新奇古董而吹噓自詡，

---

[47]　《清代筆記小說類編·計騙卷》，頁 272。

[48]　《續客窗閒話》，頁 135。

[49]　《清代筆記小說類編·計騙卷》，頁 231-232。

[50]　《清代筆記小說類編·計騙卷》，頁 313。

[51]　《清代筆記小說類編·計騙卷》，頁 268-271。

一日,客某攜一物至,「形似繭而大如瓢,長尺許,色白,微見青斑,搖之內有聲。」客告錢曰此乃傳世之寶,錢勿信,笑而置之。越日,有同好來訪,提及此物,同好疑其為《博物志》中所載之「冰蠶」,錢翻檢古書,果然,書中曰冰蠶入水不濡,投火不燎,錢約客前來一試,客矜持不可,錢曰:「驗之若合,願以千金為贈。」一試果然入水不濡,錢立刻堅信不已,以重金買下。後來才得知,同好者因其言誇,故紿之。而「入水不濡者,塗以白臘也。」其中騙局得逞的奧妙正在於騙子對錢尚奇好異心理有準確把握,從而投其所好,以逞其術;其二,詹某出資買書,騙子某圖其厚利,於郡中花五十金買下抄本書百卷,不料詹不看而卻其書,騙子某於是找到詹某所信任的全某,二人合謀,以八百金的高價令詹某買下了抄本書。較第一個騙局來說,這個騙局的設計更是針對詹某的心理而來,像在打一場隱蔽的心理戰。先是,全某在詹某面前鼓吹該書如何珍貴難得,「一藏內府,一在民間。前朝某相國懸萬金求之,不得」,這樣,詹的第一道心理防線被攻破,既然他所信任的全某這樣說,那麼抄本書的價值就足以引起他的重視;稍後,騙子某來索其書,並說該書本為宦家所藏,被子弟所竊,現正被追蹤,詹的第二道心理防線又被攻破,此時,他對全某的話已深信不已,準備主動出擊,立刻對某說:「余有例,來書不售者,照書價罰其半,是書價幾何也?」這個時候,對於行騙者一方來說,他們的巧妙設計已大功告成,但是,為了確保騙局永遠不被揭露,騙子又謊稱此書只得秘藏,不能出示於人,因為怕引起訴訟。這個謊言編得可謂滴水不漏,即能和他先前的話相呼應,自圓其說,又能保證騙局永遠不會拆穿,永遠是個秘密。這類騙局小說的閱讀效果,往往會給人

帶來觀劇般的強烈感受，讀者不但會被其中勾連宛轉、迂迴曲折的
情節所吸引，而且還會感歎於騙子的謀略之奇異，行事之精謹，在
諸多種類的傳奇小說中，以計騙爲題材的小說堪稱是別具一格、獨
樹一幟。

## 結　語

　　光怪陸離的騙術是商品經濟發展中的副產品，道、咸之際的計
騙類小說只是展示了我國古代社會中手段較爲低劣、佈局相對落後
的種種騙術。而在今天，隨著經濟的發展和科學技術的日新月異，
散佈在我們身邊的騙局、陷阱更是讓人動輒上當，防不勝防。因此，
爲了抵制騙風的侵害，我們一方面要提高警惕，加強自身修養，不
被騙子利用了弱點進行攻擊，另一方面，要加強我國的法制建設，
使行騙者得到應有的懲罰，保證我國社會主義商品經濟在健康、安
全的體制下穩步前進。

# 第七章　傳統商業的滯後性

　　中國的傳統商業帶有濃厚的封建色彩，在自然經濟長期佔有統治地位的結構中，我國形成了以農爲主、以商補農封閉式的經濟結構，雖然商業存在的歷史和農業一樣久遠，但是它一直作爲農業的輔助和補充，處於弱勢和支流的地位。當西方國家以英國的資產階級革命爲先聲，發生了翻天覆地的變化時，中國這種自我封閉、自我穩固式的社會經濟結構最終阻絕了來自外界的影響和交流，從而明顯地落後了。實際上，我國早在 16 世紀時，也出現了資本主義萌芽，如果從時間上講並不晚於西方其他國家，但是爲什麼我國的資本主義一直處於「萌芽」狀態？一直無從發展和壯大？這是一個涉及到歷史學、經濟學、社會學等各個學科的複雜問題，由於最近閱讀了大量道光、咸豐時期的傳奇小說，激發了我想從文學的角度分析這一問題的欲望，觀點尙屬稚嫩，難免貽笑大方，拙見如下：

　　商人是商業活動的主體，他們是商業活動的組織和執行者，馬克思說：「商品流通是資本的起點。商品生產和發達的商品流通，即貿易，是資本產生的歷史前提。」[1]在我國古代社會的「四民」中，最有可能變成資本家的就是這一階層，因爲他們擁有雄厚的資

---

[1]　馬克思：《資本論》（北京：人民出版社，1975），第一卷，頁 167。

金儲備，以追求金錢為最終目的，能在流通領域中獲得巨大利潤，而且我國的商品經濟幾經周折，到清中後期，覆蓋全國範圍的商品流通體系已經逐步建立並日益成熟，一個全國性的市場也已出現端倪，[2]商人從流通中獲得了大量利潤，產生了許多聞名遐邇的富商巨賈，但是，這些能夠成為潛在資本家的商人並沒有將商業利潤的多數用於追加商業資本，即沒有投入到生產領域，而是將其用來進行購買土地、捐官、建設義莊、個人消費等非生產性活動，我們知道，資本主義所賴以生存的剩餘價值產生在生產領域，財富的長期非生產領域流向必然導致生產領域中資金來源的缺失與枯竭，對於資本累積來說，沒有大量源源不斷的資金投入生產，僅憑賤買貴賣、以少換多是帶不來剩餘價值的，如果說中國的傳統文化和傳統經濟結構是導致資本主義無從發展的根本原因，那麼商人手中大量資金的非生產領域流向則是資本主義無法發展的直接原因，從道、咸時期的傳奇小說中，我們看到了商人財富的實際流向。

# 第一節　政治投資：捐納

朱梅叔的《埋憂集》中有一則題為《捐官》的故事：

> 松江趙某者，以販布起家。其後捐一通判，引見時，上問其
> 出身所自，對以向來販布。上曰：「然則何以捐官？」對曰：

2　楊德才：〈正式制度、非正式制度與商業資本轉化〉，《福建師範大學學報（哲社版）》第 6 期（2006 年），頁 139-143。

「竊以做官較販布生涯更好也。」上怒，即著革職。某憤然退，至吏部堂上大噪索金，曰：「既奪我官，應須還我捐資也。」堂官聞之，發所司掌嘴五十，笞一百，逐去。[3]

與該篇立意相似，《客窗閒話·職謬》中也有一段極富諷刺意義的對話：「商曰：『彼父母官者，是何科甲出身耶？』客笑曰：『彼銅進士出身，汝何不知？』商曰：『吾實不知，銅進士爲幾甲？』客曰：『是不過銀子科第三甲耳。』」[4]

從以上兩則富有喜劇色彩的笑話中我們看到，用錢買官已經成爲當時社會的普遍現象，它根植於我國特殊的社會體制下，產生於特定的歷史時期，是世界上其他國家絕無僅有的歷史現象。捐官又稱捐納，俗稱買官鬻爵，是清政府爲了緩解財政危機而採取的一種飲鴆止渴的辦法。它以清政府爲賣方，使賣官買官市場化、公開化、合理化，杜絕了私下交易，把買方爲升官而賄賂給官員個人的錢以捐納的形式貢獻給了國家，變中飽私囊爲中飽「公」囊。京官自郎中以下，外官自府道以下，均可捐納。捐納的氾濫與合法化確立在嘉慶年間，到了道、咸時期，清政府爲了解決日益嚴重財政危機，大開捐納之門，道光皇帝一向以節儉著稱，但他在賣官方面卻出手大方，道光二十四年，「因東河漫口工用浩繁，經戶部議准開捐，又因辦工緊急准其以錢抵銀以鼓勵捐納。」[5]道光年間所開的捐例

---

[3]　朱梅叔著：《埋憂集》（長沙：嶽麓書社，1985），頁 28。

[4]　《客窗閒話》，頁 129。

[5]　余育國、齊玉東：〈清末的賣官制度〉，《春秋》第 3 期（2006 年），頁 52-55。

中規定，貢監生捐銀一萬三千一百二十四兩就可捐納道台，捐銀一萬六百四十兩就可捐納知府，捐銀四千八百二十兩就可捐納知州，道光皇帝在位的 30 年間，僅捐監一項，就收入了 3388 餘萬銀兩。咸豐三年，諸臣奏請開捐，戶部尚書孫文定公瑞珍，奏請捐納舉人。禮部侍郎陶樑，請仿康熙年間例，報捐生員。文生每名一百兩，武生減半。朝廷大開方便之門，一些饒有資財但卻腹如草莽之輩趨之若鶩，與「十年寒窗」的科舉正途相比，捐納獲職不知要比科甲及第輕鬆、快捷多少倍，儘管捐納的生員名聲差，常受人歧視，但是捐納比科舉正途容易，其週期短，見效快，雖然只是捐出身，對於那些富庶殷實卻又科舉無望的家庭來說無疑是一條立竿見影的有效捷徑，道光皇帝在位 30 年，捐監總數達 315825 人，加上直隸的京捐，總數在 32 萬人之多。上有所行，下必甚焉，民間捐納之風日熾，凡是稍有資財的富商地主，多數都通過捐獻銀兩在政治上尋求出路，傳奇小說中有大量生動詳盡的描寫：《客窗閒話‧淮南宴客記》「鹾商洪姓者，淮南之巨擘也。曾助餉百萬，賜頭銜二品，其起居服食者，王侯不逮。」[6]《客窗閒話‧假和尚》「（生）貨其珠寶，豐獲盈餘。值大捐例開，生以原名納資，得太守。」[7]《續客窗閒話‧許湛然》「（許湛然）中年家業成就，納粟，得從九品」，《翼駉稗編‧巧騙》「石埭蘇某，性浮誕，讀書不成，質產得數百金赴都，謀充供事，冀得一小官。」[8]《翼駉稗編‧金春畦》「金

---

[6]　《客窗閒話》，頁 31。

[7]　《客窗閒話》，頁 35。

[8]　陸林主編：《清代筆記小說類編‧計騙卷》（合肥：黃山書社，1994），頁 208。

春畦，……家饒於財，母恐其蕩廢，適西陲軍興，開事例，令入都就丞尉。」《途說・相士》「江西星子縣村民袁某，與妹俱幼孤，母撫成人，家富萬金。……因母欲爲納監，萌仕進心。」《客窗閒話・沈竹樓》中的沈竹樓以鹺業起家，巨帑金百萬，「值國家有川楚之變，助餉十萬，獲賞四品銜」[9]。

商人的本質是唯利是圖，他們能在國家危難之際慷慨解囊，這種現象在歷史上的其他國家並不多見，那麼，爲什麼中國的商人會心甘情願地將銀兩投到了他們並不熟悉的政治領域？捐納對於商人來說有什麼益處？透過捐納的背後，我們看到了中國傳統商人在皇權專制下的真實處境，李贄曾說：「商賈亦何可鄙之有？挾數萬之資，經風濤之險，受辱于關吏，忍詬于市易，辛勤萬狀，所挾者重，所得者末。然必交結于卿大夫之門，然後可以收其利而遠其害。」[10]可見，商人必須結交公卿，依附于官僚士大夫才能避禍遠害，這種社會現狀的存在歸根結蒂是由我國傳統的「官本位」體制決定的，封建皇權的至高無上是任何朝代都無法回避的事實，權力和金錢對人的誘惑是不可抗拒的，權力和金錢之間形成了一種迴圈的因果關係，越是有權就越是有錢，越是有錢就越會高枕無憂，平步青雲。在我國封建社會中，「權大於錢」的觀點幾乎是每個人心中的共識，儘管在個別朝代的個別時期會出現金錢至上的「拜金主義」，比如在商品經濟萌芽初期的明末和風雨飄搖的清末，都出現過迷戀

---

[9] 《客窗閒話》，頁 62。

[10] 轉引自劉倩：〈從明清通俗小說看皇權專制制度下中國商人及商業資本的命運〉，《明清小說研究》第 2 期（2006 年），頁 45-58。

金錢的熱潮，但是相對於整個社會的歷史進程來說，中國人更迷戀權力，對權力的尊崇和神往是幾千年來積累在國人血液裏的沉澱，無論是前倨後恭還是趨炎附勢，其背後的實質都是對權力的敬畏，因為「權力」這一概念包含了太多的社會內容，有豐厚富裕的物質利益，有凌駕於人的個人尊嚴，有「一人得道，雞犬飛升」的家族榮耀……所以，在皇權專制的封建體制下，我國形成了具有中國封建特色的「官本位」社會，一切以官為中心，也就是以官員手中的政治權力為中心，官員統治著商人，權力統治著財富，一方面，如《中國官僚政治研究》一書的作者王亞南所說：「整個政治權力，結局也即是整個經濟權力」，中國長期的官僚政治，「給予了做官的人，準備做官的人，乃至從官場退出的人，以種種社會經濟的實利，或種種雖無明文規定，卻十分實在的特權。」[11]商人必須尋求到官場的保護和避翼，才能談得上保障與發展；另一方面，政治權力以其居高臨下的姿態直接影響著商人的經濟活動，如馬克思所說：「政治權力還通過如任意徵稅、沒收、特權、官僚制度，加於工商業的干擾等等辦法來捉弄生產。」如果沒有政治的庇護，任何富可敵國的豪商大賈都可能在一夜之間淪為窮光蛋，因此面臨中國商人的只有兩條路，要麼任人宰割、隨人盤剝，要麼積極主動地向官僚階級靠近，以金錢換取政治的保護，再通過權力攫取更多的金錢，比如文學創作中的西門慶，比如現實生活中的胡雪巖，商人誠然表現出了濃厚的政治興趣，他們捐納、結交公卿、附庸風雅，但

---

[11] 王亞南著：《中國官僚政治研究》（北京：中國社會科學出版社，2005），頁 97。

這些只是事情的表像，分析其背後，他們的政治投資還是為了保護自己的商業利益。可以說，中國商人自產生以來就處於一種根底不牢、無依無靠的尷尬境地，這種先天不足的狀態導致了商人自身的缺乏自信和底氣不足，西門慶曾對他的兒子講過這樣一番話：「兒，你長大來，還掙個文官。不要學你家老子，做個西班出身，雖有興頭，卻沒十分尊重。」[12]他深諳經商之道，手腕活絡，短短幾年間攫取了無數錢財，但是，不光是西門慶包括中國所有的商人，他們聚斂了財富之後，除了給自己買官、買地、供子女讀書走仕途之外，想不出別的什麼出路，社會也沒有給他們提供別的出路，這是中國商人的悲哀，也是社會體制的悲哀。

　　捐納制度是滋生腐敗的溫床，官員出身的魚龍混雜直接導致了官場風氣的混濁黑暗，那些出身捐納的官吏一旦得到了實缺，就會變本加厲地搜刮民脂民膏，以此來彌補其經濟和心理上的損失，梁章鉅在《歸田瑣記》中寫到，當時的官場有作《首縣十字令》者：「一曰紅，二曰圓融，三曰路路通，四曰認識古董，五曰不怕大虧空，六曰圍棋馬釣中中，七曰梨園子弟殷勤奉，八曰衣服齊整、言語從容，九曰主恩憲德、滿口常稱頌，十曰坐上客常滿、尊中酒不空。」[13]《清史稿・選舉七》「侍郎王琰疏」條載當時捐員中甚且有「一竅不通，徒以銅臭熏天，得以列名士版者。」捐納制度儘管暫時性地緩解了朝廷的經濟危機，但是它給清政府造成了無法挽回

---

[12]　蘭陵笑笑生著、陶慕寧校注：《金瓶梅》（北京：人民文學出版社，2000），第五十七回。

[13]　梁章鉅撰、于亦時校點：《歸田瑣記》（北京：中華書局，1981）。

的損失，不但敗壞了吏治，加速了清朝的滅亡，而且從整個歷史進程來說，引導了財富的非生產性投向，貨幣無法轉化成資本，更不可能轉化成剩餘價值，因此必然會阻礙資本主義萌芽的發展。

# 第二節　支援宗族：建設義莊

　　中國商人這一有可能成為資本家的潛在階層，除了將大量的財富投入到政治領域，還將它們投到了購置田地、建設義莊、義祠田等家族公產事業上。中國歷史上出現過許多著名的商人和商幫，他們在商業領域縱橫捭闔，賺取了巨額利潤後，不斷地將其投入到土地上，購買田產、為宗族建設莊園，乾隆年間，有記載曰：「近日富商巨賈挾其重資，多買田地，或數十頃或數百頃。」（清代戶部鈔檔）「約計州縣田畝，百姓所自有者不過十之二三，餘皆紳衿商賈之產。」清中後期，商人置辦土地更是蔚然成風，很多人由此成為了商人地主，對土地、田產的特殊熱愛是由我國傳統的「農本」觀念決定的，長期以自然經濟為主導地位的經濟模式使農本意識強化，也加強了人們對土地的認同，錢永《履園叢話》卷七中認為：「凡置產業，自當以田地為上，市廛次之，典當鋪又次之。」[14]這一觀點代表了當時大多數人的想法，「農本」觀念的深入人心促使商人把大量財富投入到利小潤薄的土地上，在他們心裏，只有土地是可靠的不動產，只有土地是永恆的搖錢樹。土地買賣再多，土地的總數還是那麼多。對某個個體來說，買土地即使是擴大了投資，

---

[14]　錢永：《履園叢話》，上海進步書局民國間石印本。

但是，就社會來說，投資並沒有擴大。他們買了土地，並不是發展工業或者變革性地經營農業，就社會而言，沒有什麼進步或者發展可言。

　　商人購置了田產，並非只是爲了供自己的享樂和消費，而是用它來發展宗族土地，創建受益於整個家族的義田和義莊，提攜族人，帶動家族整體利益的發展。傳奇小說《妙香室叢話》中有一篇《金陵陶翁》[15]的故事，講金陵陶翁不辭艱辛，以販貨爲業，十餘年中成爲富甲一方的豪商。回到家鄉以後，族人某迫于生計，企圖變賣祖產爲活，陶翁得知後，「召族子至曰：『汝因家貧，遽棄先業，我豈忍負汝！』仍以三千金署券。族子感泣。……一日，（陶）掘地得窖金二十餘萬，……乃舉所有，置義莊以贍族焉。」《道聽塗說・朱方富民》中，朱方富民秦覲，資財巨萬，「析產而居，家有七典，各分其三，以一典作公業，遇有公同事，則于此支應。」再如，《埋憂集》中的《金鏡》[16]，主人公金鏡恰逢「白蓮教匪反」，由販樹起家，「不數年致富巨萬」。歸里之後，遇兄嫂觸犯刑獄，全家上下十餘口待哺爲憂，金鏡慷慨解囊，全權料理，時時撫恤。《續客窗閒話・許湛然》「自此湛然名益噪，不僅扶危濟困而已。邑中修廟宇、建書院、勸賑濟、立義塚諸大事，凡所首倡，無不立成，人信其誠故也。」像這樣描寫商人飛黃騰達了以後，購置義莊，贍養親族的小說屢見不鮮，義莊的創建始於北宋時期的范仲淹，他曾說：「吾吳中宗族甚眾，於吾固有親疏，然以吾祖宗視之，則均

---

[15]　陸林主編：《清代筆記小說類編・勸懲卷》（合肥：黃山書社，1994），頁 301。
[16]　《清代筆記小說類編・勸懲卷》，頁 277。

是子孫，固無親疏也。吾安得不卹其饑寒哉？且自祖宗來積德百餘年，而始發於吾，得至大官，若獨享富貴而不卹宗族，異日何以見祖宗於地下，亦何以入家廟乎？」自範氏起，家族中的出人頭地者紛紛建置義莊，創建族產，特別是清中期以後，富人投資開建義莊的現象更是比比皆是，例如，道光時期的蘇州地區，由程楨義創建的資敬義莊，占地 2400 畝；由潘遵祁創建的松鱗義莊，占地 2414 畝；由於錦仁創建的于氏義莊，共占 2000 畝，書田 301 畝，義塾 12 楹，藏書 3 萬；咸豐時期的常熟地區，徐氏義莊，占地 1460 畝；趙氏義莊，1223 畝；衛氏義莊，1596 畝。義莊族田在南方地區尤盛，據史料記載，江蘇地區「義莊林立」[17]，「義田之設仿于宋範文正公」（光緒《奉賢縣誌》）。「族田成了江南的一種特色」，「常熟、吳縣、無錫、昆山等縣的族產都在十萬畝上下」。（民國《江蘇省農村調查》）浙江地區「族無論大小，各有宗祠，祠各有產。」（《武義縣誌》）「鉅族多立宗祠置祭產。」（《義烏縣誌》）「祠之富者，皆有祭田，歲征其租，以供祠用，有餘則以濟族中之孤寡。」[18]雖然商人開始經商的目的可能是滿足一己的私利，提高自己的生活品質，然而，當他們的物質滿足並且有了積蓄之後，他們並不熱衷於將資金投放到生產流通中來進一步創造更多的財富，而是把光宗耀祖、促進整個家族的發展看得十分重要，究竟是什麼原因促使商人將苦心經營賺來的錢財義無反顧地投放在家族的公共事業之中呢？這一點我想從傳統文化中的「宗法」意識角度

---

[17] 王昶著：《春融堂集》，光緒十八年（1892）重修本，卷三七。

[18] 《安徽民國歙縣誌卷一·輿地·風土》

來解釋比較合理。

　　我國長期的封閉式的以自然經濟爲主體的社會經濟結構，促進了家庭內部成員之間容易形成一種相互幫助、相互依賴的穩固關係，李大釗曾經分析過中國人的心理特點：「自然的、安息的、消極的、依賴的、苟安的、因襲的、保守的」，因爲封閉，他們沒有機會也不需要和外界接觸，越是缺乏和外界的接觸，就越是依靠和重視家族內部的關係，久而久之就形成了以血緣爲基礎，以嫡庶親疏、長幼尊卑爲劃分標準的等級制度，這種利用血緣紐帶將族人世世代代、縱橫交錯地維繫在一起的制度，我們習慣上稱之爲「宗法」。宗法制度產生在自然條件落後、缺乏生存保障的奴隸社會，在一定的歷史時期起到了保護個體、維持整體的積極作用，但是，宗法制度提倡小範圍內的互助，不可避免地帶有頑固、狹隘的特點，在《中國族產制度考》一書中，作者寫到：「……而因同居、同財、同興之共同體的關係，復自我對外形成關閉。然對於家族成員之私則爲公的家族，在其對外關係上，業已化成私的存在。故爲超越家族之私而成較大之公起見，則必須揚棄家族之此種私的立場。惟打破家的封鎖性而使之超越家族之私的立場者，首爲將在近親者間所見之一體的意識向較遠大之族人所推及之立場是也。」[19]同時作者進一步指出，宗族乃有「其自行關閉的，鞏固而封鎖的集團之性質。」家族爲了保護本我利益，不可避免地帶有盲目的排外性，宗族在小範圍內是共有的，可往往因爲小範圍的共有而忽視了大範

---

[19]　[日]清水盛光著，宋念慈譯：《中國族產制度考》（北京：中國文化大學出版部，1986），頁198。

圍的整體利益，孫中山曾說：「中國人最崇拜的是家族主義和宗族主義，所以中國只有家族主義和宗族主義，沒有國族主義……中國對於家族、宗族的團結力非常強大，往往因爲保護宗族起見，寧肯犧牲自家性命。」[20]宗族內部的牢不可破和堅不可摧加固了家庭成員的「一損俱損」、「一榮俱榮」的思想意識，成員彼此之間要負連帶責任，例如，我國古代對重大罪犯實行滿門抄斬、株連九族的刑罰，相反，如果一個人功成名就，飛黃騰達了，那麼就意味著其他家人也修成了正果，也可以隨之獲得許多的權力和殊榮。

正是由於中國商人頭腦中根深蒂固的宗法意識的存在，才使得他們一旦物質富裕之後，就罷商而歸，贍養親族，將財產分給諸弟，這一點和西方商人有本質的不同，西方商人以賺錢爲「天職」，以財力來證明能力，用商業的成功來說明自己在「上帝」面前的與眾不同，而中國商人卻是在爲祖先奮鬥，在爲整個家族奮鬥，傳奇小說《客窗閒話·劉智廟》中的作者評語道：「富貴者，造物所不惜，往往有無意得之。而其所最靳者，唯名耳。」[21]對中國商人而言，能光宗耀祖，名垂宗譜，受到本族後輩的景仰比任何事情都重要，因此，財富的宗族共用分流了商人一部分資本，使其缺乏發展商業的持續動力，從而阻礙了中國商業的發展和資本的形成。

---

[20] 楊德才：〈正式制度、非正式制度與商業資本轉化〉，《福建師範大學學報（哲社版）》第 6 期（2006 年），頁 139-143。

[21] 《客窗閒話》，頁 67。

# 第三節　重義輕利：散財

　　義與利的關係，即經濟利益與倫理道德的關係，是任何國家任何時代的人們在進行抉擇時都會面臨的一個問題，我國傳統儒家學說的核心是「仁」，自孔子開始，就高舉道德主義旗幟，《論語》中，孔子對「仁」的解釋儘管有許多不同，「但『仁』的基本內容則是很明確的，這就是『愛人』（《顏淵》）」[22]。「愛人」的範圍十分廣泛，在家庭中，孝親悌弟，父慈子孝，兄友弟恭。家庭以外，將這種具有宗法特質的血緣親情推而廣之，「邇之事父，遠之事君」，「己欲立而立人，己欲達而達人」，「愛人」的範圍包括對社會履行一種應盡的責任，即「達則兼濟天下」，視天下為一家，認為任何以一己私利為目的的行為都是可恥的，反對為物質利益而奮鬥，孔子對顏回的甘於平淡尤為讚賞：「子曰：『賢哉，回也！一簞食，一瓢飲，在陋巷。人不堪其憂，回也不改其樂。賢哉，回也！』」顏回的安貧樂道奠定了儒家價值觀念的核心：重義輕利。此後，無論是孟子、荀子，還是程頤、朱熹，都從各個角度反復強調重義輕利，「不獨財利之利，凡有利心便不可。」（《遺書》卷十六）「對義而言，則利為不善」（《論語或問》卷四），這種建立在農業宗法社會基礎上的義利觀影響深遠，千百年來一直左右著古代人們社會生活的價值判斷，人們讚揚李白「千金散去還復來」的慷慨與灑脫，敬佩陶淵明「淡泊以明志，寧靜以致遠」的情操與氣節，錢謙益為江蘇洞庭山的富商之子寫傳時，將司馬遷《史記·

---

[22]　趙杏根著：《論語新解》（合肥：安徽大學出版社，1999），頁213。

貨殖列傳》中的思想引申爲「人富而仁義附，此世道之常也。」[23]歸有光在《東莊孫君七十壽序》中，暗用太史公「君子富，好行其德」的筆法，爲孫姓富商頌壽，世人對於那些富而仁義之人都會投以極高的禮贊，而對於那些見利忘義、蠅營狗苟之流則是充滿了鄙夷和不屑，元雜劇《看錢奴》中的看錢奴被塑造成了吝嗇、爲他人看守錢財的短命鬼，《儒林外史》中的嚴監生，臨終還爲燃油燈裏的兩根燈草遲遲不肯咽氣，他們是現實生活中爲富不仁者的真實寫照，在文學家的筆下都成了視財如命，貪得無厭的可憐蟲。明清商人自小受儒家傳統思想的耳濡目染，難免會下意識地將重義輕利的價值觀納入到商業活動中，用倫理道德約束商業行爲，誠信經商，君子愛財，取之有道。余英時在《儒家倫理與商人精神》中說：「以16至18世紀的中國社會而言，商人階層正處在上升發展的階段，因此當時流行的商業道德對他們大體上確是發揮了約束的作用的。明清商人中雖有欺詐之事，如明末《杜騙新書》之所示，卻不足以否定商業倫理的存在。」[24]

道、咸之際的傳奇小說中活躍著許多豪曠豁達、揮金如土的慷慨富商形象，他們重義輕利，視金錢爲草芥，頗具儒、道風流。《蝶階外史·何翁》中的何翁，乃莊中巨富，他慷慨好客，每在家中「畜豚一笠，客至必特殺」。一日夕陽漸落，忽有巨盜二十餘人，排闥而入，何翁鎮定自若，交對如流，文中有一段精彩的對白：

---

23　錢謙益：《有學集》卷三五《太學生約之翁君墓表》。

24　余英時撰：〈儒家倫理與商人精神〉，載《余英時文集》第三卷（桂林：廣西師範大學出版社，2004），頁318。

翁曰：「我識若皆英雄，承枉顧，何所需，告我，必有以應。」
盜曰：「何翁長者，吾輩走關東，乏資斧，願假貸焉。」翁
曰：「諾。」延至廳事。眾速之，翁曰：「諸君遠來倉卒，
宜盡地主誼，村醪一杯勿辭。」……酒數行，漏三下，眾曰：
「可矣。」翁命主計者獻以桙，朱提累累。眾大喜，各以囊
取，盈束腰際。[25]

　　群盜不識路徑，何翁又不勝其煩地將他們送至二十里之外，何
翁的仗義感動了諸盜，盜首曰：「何翁真長者，我輩唐突」，隧將
何翁之銀兩散落院中，自此，盜相戒勿過翁門。清中後期的傳奇小
說多半以越來越淺顯的、近乎白話的文言寫成，而該篇則出語不
俗，以簡短幹練的語言，寥寥數筆就勾勒出了一個豪爽落拓、處變
不驚的仗義富商形象，何翁頗有古俠士風度，他的仗義疏財令盜匪
敬佩不已，作者站在高度讚揚的立場，將他心目中商人所應具有的
理想人格賦予了何翁，可見，不光商人自己用傳統的文化來約束自
己，世人也會用傳統的道德標準來衡量他們，試想如果何翁是一個
愛財如命的吝嗇鬼，那麼在小說家的筆下，他必然落得個倍受盜匪
奚落、不得善終的下場。所以說，中國商人身上背負了太多的負擔，
有源自內心深處與生俱來的社會責任感，有來自外部環境對他們近
乎苛刻的理想企盼，在我國古代社會，沒有給商人提供一個可供發
展的自由空間，也不可能出現像西方國家那樣以賺錢為人生唯一目
標的純粹商人。與該篇類似，《客窗閒話・劉智廟》中的劉智、《蝶

---

[25]　陸林主編：《清代筆記小說類編・世相卷》（合肥：黃山書社，1994），頁285。

階外史・查小山》中的查小山、《香飲樓賓談・沙三爺》中的沙三爺，也都是視金錢如浮雲的仗義富商，這三個人物的另一個共同點是具有民間傳說性質，他們在歷史上真實存在過，死後事蹟代代相傳，比如《蝶階外史》中的《查小山》，《清朝野史大觀・清朝藝苑卷九》有傳，他是乾隆年間人，性情豪爽，任誕自如，頗具魏晉狂士風流，自稱「千古之能散財者，當以查小山為第一人。」其名享譽中外，「小山則中國皆知，三臕子，外國靡不知也。」宗感澤《金壺七墨・陳釀和》中的陳釀和，是一個與查小山有相似之處的宿遷大賈，他酒酣耳熱，即歌哭嗚嗚，對友人更是慷慨解囊，毫不吝嗇，其他像《續客窗閒話・阮封翁》，性格豪爽好義氣，年輕時經營鹽業，歲入百餘金，往往周恤親友，一揮數十金，貧不能贍妻子，而泊如。《里乘・劉封公》「山東諸城劉封翁，素饒於財。值歲荒，斗米千錢，民不聊生。封翁計：『擁厚資，饑民未必甘心坐視不發難者。』遂決意毀家救荒，活人無算。」[26]《里乘・潘氏祖》「蘇州吳縣潘氏，其先累世巨富。虔奉大士，樂善不倦，凡求資助者，皆能曲如其願。」[27]

　　中國商人的重義輕利不光表現為仗義、義氣，還表現為仁義、道義。道、咸時期的傳奇小說中，有一類故事情節頗似話本、戲曲的小說，它們以「讓產」為主題，表現了商人知恩圖報、重情尚義的高尚品質，比如《續客窗閒話・趙甲》、《里乘・甲與乙為善友》、《勸戒三錄・貧女報恩》、《翼駉稗編・俠報》等等，都屬同類題

---

26　許奉恩著：《里乘》（濟南：齊魯書社，1988），頁 29。
27　《里乘》，頁 62。

材。限於篇幅，僅以道光年間梁恭辰《勸戒三錄》中的《貧女報恩》
爲例，來說明中國商人所尊崇的仁義道德。故事梗概如下：一貧一
富兩個新人出嫁之日偶遇大雨，二人在避雨亭中相識，富女同情貧
女，以裹金錠二十兩的荷囊相贈，貧女與夫以此爲資本，「行大賈，
家驟起，廣市田園」。後來發現家中乳媼乃昔日贈金之富女，二人
遂將財產分爲兩半，「兩家世爲婚姻，如朱陳村焉。」小說通過貧
女夫婦的讓產，反映了商人重義輕利、飲水思源的仁愛情懷，這個
故事倍受小說家的青睞，從它的改編流傳中便可見出一斑，據程毅
中先生的考證，《貧女報恩》的本事源於乾隆年間胡承譜創作的《只
塵談》中的《荷包記》，此後的流程可概括爲以下環節：《勸戒三
錄・貧女報恩》──傳奇小說《翼駉稗編・俠報》──傳奇小說《夜
雨秋燈錄・閨俠》──京劇《鎖麟囊》[28]。清代的文言小說有題材
相因、缺乏創新的通病，但是對商人「讓產」題材的情有獨鐘充分
反映了世人對商人道德的特別關注，他們期望商人輕財好施，慈善
仁義，「樂施與無吝嗇」，不知不覺中將儒家的傳統道德移植到商
人身上，用儒家的價值體系來評判商人，甚至產生了「儒商」一詞。
實際上，無數的材料都已證明，從社會史的角度看，商人的「睦媚
任卹之風」已使他們取代了一大部分以前屬於「士大夫」的功能，
如編寫族譜，修建宗祠、書院、寺廟、道路、橋樑等，在《儒家傳
統文化與徽商》一文中，作者葉顯恩舉出很多儒商的例子，它們來
源於史料中的傳記、方志、墓誌銘等，茲不詳述。商人的儒化不能

---

[28] 程毅中：〈清代軼事小說中紀實與虛構的消長〉，《明清小說研究》第 1 期（1998
年），頁 33-53。

不說是一件好事，儒商把傳統的倫理道德納入到商業軌道，追求「陽光下的利潤」，使金錢交易變得文明而溫和，遠離了赤裸的銅臭氣味，然而，「儒商」一詞本來就有多種解釋，由儒而商、儒化的商人、似儒似商……無論哪一種，都意味著商人獨立特徵的喪失。在我國，商人沒有獨立特徵並不是偶然的，因爲以農爲主的封建經濟體制沒有給他們提供獨立生存和發展的空間，中國商人要麼依附於官僚，在政治權力的避翼下極爲有限度地發展，要麼轉而回歸於土地，成爲帶有濃厚的封建宗法特色的地主商人，總之很難找到一個純粹以經商爲職業的真正的商人。文藝作品中，無數的以商人爲題材的小說都沒有出現一個「魯賓遜」似的人物，商人的形象也不像書生和官員那樣面目清晰，不是追逐蠅頭小利、猥瑣鄙賤的「奸商」，就是以天下爲己任、傾慕與追隨文人士大夫的「儒商」，很難找到一個除去道德評價而客觀定位的商人，在強大的傳統道德的約束下，中國商人頗有些「戴著手銬跳舞」的味道。

## 結　語

　　商人處境的尷尬和地位的不獨立是致使大量資金流向非生產領域的直接原因，當然，除了上述小說中常見的三種以外，商人自身極盡奢華的個人消費也是財富流散的一個管道，劉志琴曾說：「中國商人資本並不乏有巨額資金積累，問題是在於商人資本不能自行抉擇自己的前途，頑固的封建生產方式無情地把它納入自己的軌道，使商人轉化爲地主，商人資本轉化爲土地生產資料，迫使農民依附土地，繼續簡單再生產，維持自耕自食的自然經濟，從而對封

建生產方式起到加固的作用。」[29]在頑固的封建體制下，商人手中的資本並不能促成一種生產方式向另一種生產方式的轉化，中國封建地主式的商人也不可能完成向資本家的轉變，限於這兩個條件的制約，中國的資本主義就無從發展，只能處於「萌芽」狀態。

---

[29]　劉志琴：〈商人資本與晚明社會〉，《中國史研究》第 2 期（1982 年），頁 10-17。

# 第八章　清末「煙花粉黛」類傳奇小說

　　如果將清代的傳奇小說看作一個連續、不間斷的發展流程，那麼清末的傳奇無疑顯示出與清初的顯著不同，正如魯迅先生在《中國小說史略》中所言：「迨長洲王韜作《遯窟讕言》《淞隱漫錄》《淞濱瑣話》各十二卷，天長宣鼎作《夜雨秋燈錄》十六卷，其筆致又純爲《聊齋》者流，一時傳佈頗廣遠，然所記載，則已狐鬼漸稀，而煙花粉黛之事盛矣。」[1]「煙花粉黛」取代了「花妖狐怪」，文人筆下富於浪漫幻想的人鬼之情、人狐之戀讓位於充斥著商業色彩的狹客和妓女之間的恩恩怨怨，真情漸少，利益日增，這就是清末傳奇與生俱來的時代特點。清末屬於「煙花粉黛」類的傳奇小說主要有以下數種：王韜《花國劇談》、《海陬冶遊錄》、《豔史叢鈔》、黃協塤《淞南夢影錄》、無名氏《梵門綺語錄》，從嚴格意義上說，這幾部作品還不能算作真正的傳奇小說，因爲無論是體例還是內容，它們都和《教坊記》、《青泥蓮花記》等史料雜記有相似的地方，而真正屬於「煙粉」類傳奇小說的，是散見於文言小說

---

[1]　魯迅著：《中國小說史略》（北京：人民文學出版社，1973），頁188。

集中的數篇：宣鼎《夜雨秋燈錄》三集卷三、卷四、鄒弢《三借廬筆談》卷二《銀珠》、卷三《紅顏福薄》、卷四《寅姑》、《奇女子》、卷六《黃金娘》、卷七《吳琴仙》、卷八《妓詩》、卷九《沈文蘭》、《橫塘感舊》、《白門新柳》、黃鈞宰《金壺遁墨》卷二《義妓》、王韜《瀛壖雜誌》記「客居滬上」之「見聞」、諸晦香《明齋小識》卷五《名妓》、卷十二《船妓》、王韜《淞濱瑣話》卷七《談豔》、卷九《東瀛豔譜》、卷十一《燕台評春錄》、《珠江花舫記》、王韜《淞隱漫錄》之《胡姬嫣雲小傳》、俞樾《右台仙館筆記》之《鄂人》、《紫鵑》、《紅蘭》、《秦娘》、《李玉桂》、《香珠》、《常州一女子》、《某少婦》、吳沃堯《上海三十年豔跡》之《李巧玲》、《豔跡略記》、《四大金剛小傳》、《胡寶玉小傳》[2]。和以往青樓文學相比，清末傳奇小說所展示的是一個別開生面的全新世界。

# 第一節　清末滬上之煙花粉黛

在多數人的記憶中，清代豔跡是與秦淮金粉聯繫在一起的，無數文人騷客不厭其煩地回味摹寫，使一灣秦淮與清初名妓成爲昔日金陵最爲亮麗的風景線，尤其讓後世文人津津樂道的，是易代鼎革之際青樓粉黛所表現出來的高尚氣節，香豔尤物與民族興亡、黍離之思水乳交融，被認作是舊院繁華的時代特質。200 年後，斗轉星

---

2　以上歸類參考杜志軍〈近代狹邪小說原因興起新探〉(《明清小說研究》，1999年第 3 期)、陸林主編《清代筆記小說類編·煙粉卷》(合肥：黃山書社，1994)

移，萬物輪回，古老的中華民族再一次面臨天崩地坼、改朝換代的存亡危機，與清初粉黛不同，清末香豔告別了國事與政治，體現了向消遣尤物、聲色煙花的回歸，她們不再擁有「雖婦人女子亦知嚮往東林」的理想抱復，也不會以「福慧幾生修得到，家家夫婿是東林」爲人生目標，取而代之的，是以媚惑男性、追求物質享樂爲目的的競態爭妍。《秦淮感舊集》說：「三五年來……每見秦淮名妓，最著者不施脂粉，淡掃蛾眉，或效女學生裝束，居然大家。是以湖海賓朋，烏衣子弟，靡不目眩神迷，逢迎恐後，情長氣短，沉溺日深。」[3]清末粉黛爲了抬高身價，名噪世林，不惜花費一切代價進行保養修身，《清稗類鈔》中提到：「（娼優）晨興以淡肉汁盥面，飲以蛋清，湯肴饌，亦極醲粹。夜則敷藥遍體，唯留手足不塗，云瀉火毒。三四月後，婉好如處女。」[4]許多高級妓女不僅擁有姣好的面容和體態，還有良好的文化修養和八面玲瓏的交際能力，她們的言行舉止、坐態臥姿都受過專門的嚴格訓練，比如眼神，爲了具備秋波一轉勾人魂魄的魅力，要進行如下練習：首先正坐在鏡前，練習眼珠的圓潤靈活，直到不脫不黏爲止，然後側坐，橫波流盼，與鏡中人眉目傳情，互相顧盼。在應對各色不同的嫖客時，她們各有一套靈活自如的周旋之術：逢來客性情剛烈者，則以柔相對；性情懦弱者，則以強相克；若遇高官貴賈，極盡阿諛奉承之能事；對待普通狹邪者，則欲取故與，欲擒故縱。清末的煙花粉黛遠比清初的秦淮佳麗現實得多、時尚得多，她們一改往日的卑微和軟弱，既

---

[3]　王書奴著：《中國娼妓史》（北京：團結出版社，2004），頁298。
[4]　《中國娼妓史》，頁310。

沒有董小宛的逆來順受，也沒有卞玉京的自甘落寞，在晚清人們的
心目中，明末秦淮早已成爲塵封的記憶，那種海誓山盟、吟風弄月
的浪漫愛情和幾乎罕見，許多文人將清末妓院比做「銷金之窟」、
「迷香蕩魄之國」，較爲眞實地描摹了彼時青樓充斥著商業色彩、
金錢至上的眞實境況，王韜在《海陬冶遊錄自序》中說：「更有歎
者，流俗勝則雅會稀，朱顏賤而黃金貴，乍羞覿面，已解淳於之襦，
未及盟心，遽薦宓妃之枕，繼以色荒而錢盡，遂至情斷而恩離。此
亦情天之變態，幻海之沸波也！」[5] 靈芬館主有詩云：「漫擬留賓
投轄飲，豈知慢客閉門羹。」殆清末作狹邪遊之人，多以歡娛始而
以怨恨終，當嫖客金盡裘敝之日，便是遭受白眼、吃盡閉門羹之時。

　　單從地域上來說，娼妓密集的區域從清初的金陵轉移到了清末
的滬上，風光旖旎的一灣秦淮對於清末人士早就喪失了吸引力，倒
是開埠日久，「商務冠全國」的上海具有更強大的誘惑性，洋場風
月掩蓋了舊院繁華，昔日哀婉淒豔的俏嬌娃難勝散發時尚氣息的風
塵翹楚，《海陬冶遊錄》中記載：「滬城妓藪也，地瀕海，華彝錯
處，鉅賈大賈往來如梭織，比日繁豔，……其中粉黛雜陳，妍媸畢
具……修容飾貌，爭妍取憐，所著衣服，競尚新裁，燈火連宵笙歌
徹夜，裙屐少年，鮮不喪魂惑志者，即銷金之窟與。」寫盡了「繪
脂粉之生涯，續煙花之記錄」的滬城風貌。19 世紀末 20 世紀初，
隨著租界的建立和逐步繁榮，上海成爲中國最具有近代因數的新型
都市，工商業的發展和外來思想的輸入使得這裏的生活方式、社會

---

[5] 　王韜著：《海陬冶遊錄》，載蟲天子輯：《香豔叢書》（北京：人民文學出版
　　社，1994），第二集卷三，頁 5637。

風尚、倫理觀念都發生了前所未有的變化，而近代妓女，作爲一個反映時代特徵的特殊群體，她們受新環境薰染、具備得風氣之先的天然優勢，從她們的身上，我們捕捉到了時代所賦予的新鮮氣息。

# 第二節　引領時尚之開路先鋒

受自身生長環境和職業特徵的影響，我國古代文人歷來欣賞含蓄內斂、矜持優雅的超凡脫俗型女性，在他們筆下，能夠入得法眼的多數是稟賦聰慧、能詩善畫的青泥蓮花，而清末妓女，她們拋去了昔日的嬌羞與怯懦，無意於留戀片石孤雲、幽林遠澗，她們不甘心深居簡出地隱匿於世，以一種張揚、顯示的姿態暴露於世人面前。身處都市，整日周旋於男性中間的妓女不像恪守「婦德、婦言、婦容、婦功」的家庭婦女一樣無知和閉塞，她們更容易感受到新環境的風起雲湧，在服飾、言行、思想等方面擁有更多的自由，從某種程度上說，近代青樓女子是引領時代風尚、覺醒較早的一批開路先鋒。

首先表現在精神面貌上。清末以前的史料雜記中，鮮見對妓女服飾的詳寫，大概古代妓女的穿著打扮大同小異，只能在容貌和品行上區分高下，何況古代青樓小說中的妓女，大多是多愁善感、悲天憫人的哀怨者形象，她們一旦誤入風塵，便失去了自我，成爲飽受蹂躪、任人擺佈的受害者，自憐自愛尚且不及，很少有心思精心雕琢和修飾自己。而近代妓女則不同，她們生活在充斥著金錢、商業的大都市環境中，外界相對寬鬆的氛圍給思想的解放提供了一個自由的空間，她們更容易擺脫舊有傳統對行爲的束縛與牽絆，多數

妓女已經把「賣身」當成一種賺錢謀生的「職業」來看待,《海上花列傳》中的趙二寶就說:「你不要看不起我們,我們倒也看不起你!你的生意,比我們開堂子、做倌人也差不了多少!」既然是「生意」,少不了苦心經營,在金錢利益的指引下,只要對「經營」有益,她們都會義無反顧、不擇手段地追求,而這種追求,再不像過去那樣遮遮掩掩、偷偷摸摸,開始變得光明正大和理直氣壯。妓院是靠色相吃飯的娛樂場所,外表的出類拔萃是吸引嫖客的先決條件,近代妓女深知容貌與身價的等比關係,因此她們表現出了對時尚的主動追求,以雕琢誇張的衣著服飾奪人耳目,有意識地從性別角度重新為自己定位,在衣著外貌上展露自我、突出自我,和以往的妓女相比,近代妓女更注重女性自我價值的實現,從操控於男人手中的尤物回歸到了女性本身、女人本身。王書奴說:「至上海娼妓衣服之別裁,尤駭人耳目。清季每逢秋賽,遊客如雲,爭相誇美,皆鮮衣盛服,鬥豔於十里洋場中。」[6]《海陬冶遊錄》載:「衣服之制,以青樓之趨尚為雅俗。滬城之妓皆從吳門來,故大半取吳為式,⋯⋯授以新樣,備諸組織,窮極巧靡。」[7]為了標新立異和與眾不同,青樓粉黛們絞盡腦汁地翻新出奇、競相爭妍,許多時髦、新式的打扮皆以青樓女子為始作俑者,她們不光吸引了男性的目光,抬高了自己的身價,而且引領了時髦的風尚,帶來了時尚的潮流。被譽為「四大金剛」之首的林黛玉即以「濃豔」著名,據記載,林黛玉相貌平平,與同輩中享有「一時之彥」的花春林、小金珍相

---

[6] 王書奴著:《中國娼妓史》(北京:團結出版社,2004),頁298。
[7] 《香豔叢書》,頁5641。

·232·

比相形見絀，但她善於造勢，懂得用誇張的手段包裝自己，吳沃堯在《上海三十年豔跡·四大金剛小傳》中說：「黛玉實不豔，廣瘡初瘥，頰上疤痕儼然，乃故施濃脂以掩之。晚近上海娼之盛飾濃脂者，實自黛玉始。以廣瘡故，眉脫落，乃以柳炭濃畫之，以泯其跡。晚近上海娼之盛飾濃眉者，亦自黛玉始。」[8]與林黛玉同時而稍早的胡寶玉，更是那個時代引領時尚的風向標，胡寶玉乃自古以來堪與士大夫相提並論的「第一妓女」，當時上海有「三胡」之稱：實業家胡雪岩、書畫家胡公壽、青樓名豔胡寶玉。由此觀之，則寶玉之芳譽，誠有非他人所可及者。胡寶玉的一言一行乃至飲食起居都會受到社會的關注，成為眾人追隨模仿的標榜，比如：胡寶玉效仿粵妓剪額上髮，使之「鬖鬖下覆」，「故上海之有前劉海，自寶玉始」；寶玉為與洋人交往便利，將房間另闢一室，以西式器具佈置，宣鼎《夜雨秋燈錄·胡寶玉小記》中提到：「其中陳設，盡是西洋器具。以銀光紙糊壁，地鋪五彩絨毯。夏則西洋風扇，懸掛空中，涼生一室；多則外國火爐，奇燠異常。」[9]吳沃堯說：「故上海之有外國房間，有拉風，自寶玉始」；寶玉用繩穗代替銅扣栓繫二馬車的煙筒，「未幾，北里中竟學為之，不數月而遍上海皆學為之矣。」[10]寶玉見學之者多也，又舍繩而用銀鏈，「北里中又競學之。寶玉乃創為銀質煙筒。此數者，今人慣用之，而不知皆自寶玉始」；晚近北里風行結交伶人，妓女莫不以能交伶人為榮，「是則寶玉為之

---

8　陸林主編：《清代傳奇小說類編·煙粉卷》（合肥：黃山書社，1994），頁478。
9　宣鼎著：《夜雨秋燈錄》（重慶：重慶出版社，1996），頁274。
10　《夜雨秋燈錄》，頁486-487。

作俑也」……凡此種種皆自寶玉始，可見寶玉乃一「製造風氣者」也！女性本來就是美的化身，是時尚的化身，創造美、引領時尚是女人天生的權力，可是在男人主宰一切的世界裏，女人這一權力遭到了無情的扼殺，無數條清規戒律、禮教道德需要女人來遵守，美是男人眼中的美，審美也是男人的審美，所謂「女爲悅己者容」還不是女人爲了迎合男人而選擇的妥協和屈就？所以，近代妓女的追求時髦風尚、展露女性風采，與其說是試圖以鮮亮的外表來奪人眼球，不如說是試圖以女人、女性的面貌來重塑自我。

其次，表現在人格獨立上。如果說服飾外貌的追新求奇只是表面層次的自我意識，那麼近代妓女的追求個性、張揚自我則體現出新式女性的價值覺醒。西方列強的侵入和掠奪，一方面造成了中國人民的厄運和磨難，另一方面也使得他們在血雨腥風中礪煉了自己，一些基於物質之上的價值觀念和思想體系都出現了巨大的轉型與變軌。以妓女爲例，在古代，風塵女子無一例外地依附於男性，無論是癡情剛烈的霍小玉，還是善良決絕的杜十娘，她們最大的人生理想莫過於棄妓從良，找一個可以終生託付的男人，一個平淡安全的人生歸宿，但是，她們要麼中道遭棄，要麼遇人不淑，最終都難以改變受欺辱、受踐踏的悲慘命運，這並不只是文人墨客的有意安排，而是有著廣泛的現實依據，在男權絕對至高無上的社會體系中，女性的卑微、屭弱幾乎是她們的必然命運。不過，這種狀況隨著鴉片戰爭的爆發被徹底打碎了，早在戊戌變法之前，梁啓超就明確指出：女子「惟其不能自養而待養於他人也，故男子以犬馬奴隸畜之，於是婦女極苦。」第一次從經濟獨立的角度分析了女人仰人鼻息、地位低下的社會根源，近代上海租界的畸形繁榮給女性經濟

的獨立提供了獨特的空間，在妓院、茶館、酒樓、戲院、煙館等新興的娛樂場所中，占主導地位的角色都是女人，妓院自不必說，茶館、酒樓、戲院、煙館皆是伴隨妓院而起的連帶性產業，無論是文人學士還是官員紳商，大多都視大庭廣眾之下擁妓看戲、攜妓坐洋馬車遊觀街市為無限風光的一種時尚，據《海陬冶遊錄》記載：上海茶樓「環台皆青樓也」；當時上海知名戲館不下數十所，如金桂、丹桂、攀桂、同桂、三雅園、滿庭芳等等，皆是「客之招妓同觀者」；滬北茶寮中「野鴛鴦幾至逐隊成群」。新鮮多彩的娛樂方式和娛樂場所帶給妓女們無比豐厚的利潤，交際場中的女性最早擺脫了生活上的寄生性，實現了經濟的獨立，正如劉志琴曾說：「最早走向社會的職業婦女，並非都是產業工人，一批被社會視為低賤的女堂倌、傭工、女藝人和妓女，在數量上遠遠超過前者，而成為最早的婦女職業大軍。」[11]

　　經濟獨立是精神獨立的前提，作為第一批獨立的都市女性，她們拋開了對男性的物質依附，倫理綱常的鬆弛使得她們可以不畏禮俗，公開、大膽地挑戰女性的性別禁忌。以往「豪爽」、「張揚」等性格特徵都是男人的專利，而清末的煙花粉黛中，個性張揚、狂肆豪奢的女流比比皆是。章台翹楚李巧玲即以豪爽著稱，巧玲「享豔名獨久，豪於飲，一舉十觥，無閨閣瑟縮態。時流極賞之，姬自居奇貨，動以適人為辭，迭傾客囊，仍逡巡不去，且嗜阿芙蓉，善唱楊叛兒歌，而名顧不少貶。及齒稍長，猶復高張旗鼓，與後起諸

---

[11]　劉志琴為李長莉《晚清上海社會的變遷──生活與倫理的近代化》（天津：天津人民出版社，2002，頁3）一書所作的序言。

秀爭妍取憐。」[12]《上海三十年豔跡·李巧玲》講到，混世魔王李長壽曾煞費苦心地企圖用鉅資打動李巧玲，而巧玲「佈置之詭，應對之捷，神色之整以暇，有出夫長壽意料之外者。」[13]最終李長壽無計可施，只能「絕念于李巧玲」。李巧玲的不爲鉅資所動並不是因爲她不愛財，而是李長壽乃「頹然一老翁」，率真、任情的近代妓女不會只爲了錢而違背自己的心願，卑微地屈就於並不心儀的男人，她們更相信命運掌握在自己的手裏，以絕對優勢的姿態抵制男人的隨心所欲，將男人的自以爲是和高高在上玩弄於鼓掌之中，這是對男權的嘲諷和顛覆！晚於李巧玲的林黛玉，更是任性妄爲、我行我素的風塵嬌娃，她奢侈異常，揮霍無度，一生三度適人，但她的「從良」並不是爲了找個好的歸宿，而是爲了擺脫債臺高築的窘境，用男人的錢財償還她因揮霍所欠下的累累負債，她嫁給擁資巨萬的實業家黃某，奢靡益甚，糞土金珠，稿壤錦繡，不久黃便資財虧空，山窮水盡。黛玉則重理舊業，又入風塵，還竊喜其「脫然無復債累」矣！可見，在近代物質文明所展示的巨大誘惑力面前，妓女的思想發生了翻天覆地的變化，她們像男人一樣追逐欲望的滿足，隨心所欲，恣意妄爲，以一種張狂、恣肆的面貌暴露於世人面前，她們敢於向傳統價值體系展開挑戰和顛覆，儘管這種壓抑過久後的爆發難免帶有矯枉過正之嫌，但是它真切地反映了新型社會形態在重構價值體系時所無法避免的暫時性錯位與失序，那種在金錢掩飾下的個性伸展、對男性的欺詐哄騙、對三從四德的徹底摒棄，

---

[12] 《香豔叢書》，頁 5719。

[13] 陸林主編：《清代傳奇小說類編·煙粉卷》（合肥：黃山書社，1994），頁 478。

其實都曲折而真實地反映了那個轉型時期的種種印記。

再次，近代青樓女子的個性解放和覺醒還體現在與男性的關係上。以前的青樓文學中，稍有聞名的妓女接待的客人都是文化素質較高的名士或文人，他們之間演繹的纏綿緋惻的愛情故事給青樓平添了幾許浪漫與溫情，那些風流文士的吟風弄月，青蓮粉袖的淺吟低唱，妓女與客人之間的推才重情、引爲知己，使得妓院成了「同是天涯淪落人」的才子與佳人互訴衷腸、互相慰藉的一方樂土。而在近代妓館，來往客人雖然也有少數文士，但主要顧客已是士紳富商、洋行買辦、新式報人以及一些在各種行業投機鑽營的無業遊民和略有餘資的販夫走卒，狎客從妓女身上尋求欲望的滿足和感觀的刺激，妓女從狎客的腰包盡可能最大限度地榨取鈔票和銀兩，妓女和狎客之間，更多的是一種互相利用、互相滿足的「平等」關係，妓女在「平等交易」的前提下，並不太自視輕賤，原來十分濃厚的道德觀念已被日益商業化的利益觀念所沖淡，她們會有選擇性地取己所需，棄己所惡。《上海三十年豔跡・胡寶玉》的作者吳沃堯以略帶賞識和佩服的口吻敍述了胡寶玉運籌帷幄、風光無限的一生，她豔名初起時嫁給「擁巨產，善經營」的浙中巨富楊四，楊四罹禍之後，寶玉復出，名聲較前尤噪。在賺足了盛名與厚利之後，寶玉在風月場中更加遊刃有餘、隨心所欲，她搶盡了風頭，倍受眾人矚目，儼然成爲十里洋場中一呼百應、翻雲覆雨的「社會公眾人物」。尤其令都中人士所津津樂道的是寶玉與伶人的交往，當時伶人如楊月樓、黃月山、十三旦等，皆與寶玉相周旋，而十三旦與寶玉最爲相得，「寶玉既交之，大有終焉之志。無何，十三旦復入都，寶玉思之不置，乃北走京都以就之。」寶玉的「倒貼」引起了許多「吃

不到葡萄說葡萄酸」者的不滿,「(眾人)詫爲奇事。有羨十三旦者,有妒十三旦者;有鄙寶玉者,有憐寶玉者。」就連王韜也說:「噫!姬以籍隸平康,走馬王孫,墜鞭公子,閱人不知凡幾,果何所取于一武旦?」[14]和楊四相比,寶玉追隨一武旦顯然不是明智之舉,但是,如果說先前寶玉嫁給楊四是爲了積蓄能量、以備日後之需,那麼她眷戀十三旦就是爲了滿足自己的性愛和情愛需求,向人們奉爲真理的封建兩性規則挑戰,因爲「十三旦以色勝,眉舒柳翠,頰暈桃紅,流波動人,見者心醉。」[15]美國著名人類學家羅賓認爲:「尋求性快樂和性自由屬於基本人權範疇。」從胡寶玉與男人交往中取捨自如的行爲上我們看到,她十分清醒自己需要什麼,不需要什麼,在她頭腦中,已存有與男人平等或者略勝一籌的思想意識,她將命運牢牢地控制在自己手中,靈活掌握,拿捏自如,難怪胡寶玉一時竟有「雌胡雪巖」之稱!胡寶玉的出現讓我們清楚地認識到,那種自卑自賤、受到客人欺凌也只能忍氣吞聲的傳統妓女已不復存在了,妓女與男性之間男尊女卑、女人渴望憐憫、男人高高在上施捨同情的關係也被打破了,這種早期處於初級階段的「男女平等」意識的萌芽,既得益於日漸開化的社會風氣,更多地是來自妓女們摸爬滾打、獨自闖蕩的切實人生體驗。

在這裏,不得不提到妓女與文人的關係。傳統青樓文學中,故事的男主角多是志存高遠卻又懷才不遇的風流文士,隨著商業的日趨興盛和世人價值觀念的巨大轉變,文人能詩善賦、嘲風吟月的雕

---

[14] 《海陬冶遊錄》,頁 5750。

[15] 《夜雨秋燈錄》,頁 487。

蟲小技在金錢和實力面前顯得微不足道，環繞在文人頭上的光環日益暗淡失色，許多落拓文人迫於生活壓力開始了向早期職業報人的轉化，儘管還是舞文弄墨，但已一改往日「齊家、治國、平天下」的初衷。早期報人並不像今日的新聞工作者一樣風光，他們賣文爲生，生活窘迫，社會地位極爲低下，據載，王韜當時月收入大概百餘元，包天笑 1906 年左右的月收入是 120 元，除去交往應酬、個人消費等各項開銷，幾乎所剩無幾，和當紅妓女每月近 2000 元的收入相比，簡直相形見絀，存在著天壤之別。早期職業報人出於商業盈利的目的，創辦了多種純粹以消遣娛樂爲目的報紙期刊，他們的辦報宗旨十分明確，就是滿足市民消閒娛樂需求，《消閒報》（1897）第二號《釋消閒報命名之義》一文云：「閑者，勞之對也。……既歇息，則閑矣，既閑，則當有消閒之法矣。一篇入目，笑口即開，雖非調節精力之方，要亦可爲譴悶排愁之助也，此可爲當道諸公消閒者也。」（阿英《晚清文藝報刊述略》）爲了抓人眼球和提高報紙銷量，早期報紙的主打內容都是報導花界、伶界的風流韻事，當時影響力最大、發行量最廣的《申報》就經常爆料一些妓女、優伶的「緋聞」，比如，名妓張少卿和文人玉峰樵客的「韻史」：張少卿初與玉峰樵客交好，後嫁給滇南觀察張小伊，一次偶遊虎阜，少卿睹物思人，於虎阜寺壁題絕句四首，恰好又爲玉峰樵客看到，他殊感惆悵，拂袖新題，又作了四首和詩。《申報》詳細刊登了張少卿的原韻以及玉峰樵客的和詩，文人宣鼎在《夜雨秋燈錄》中這樣記載：「復讀《申報》，知清和之多情，喜雲英之早嫁，竊爲少卿幸也。今見虎阜題壁詩，並玉峰樵客和作，始知身雖跨鳳，卻又未

能忘情於野鴛鴦……」[16]，「及讀十月上旬《申報》，有題虎阜寺壁四絕句，意甚淒婉，語極溫存。雖使蘇小復生，亦當首肯。並讀玉峰樵客和韻，音節悲涼，令人嗚咽。」可見，《申報》對張少卿進行了「追蹤報導」，從她享譽一時到嫁給觀察，再到故地重遊題詩舊好，《申報》記者沒有放過任何一個可以「炒作」的環節；再如晚清轟動一時的「楊月樓案」：楊月樓是京戲班名噪四方的優伶，被茶商韋某之女看中，韋女不顧封建禮俗對楊狂轟亂炸、主動追擊，楊感其癡情，答應「倩媒妁，具婚書」，不料韋女的叔父強烈阻撓，以「良賤不婚」告發了楊月樓，《申報》不失時機地連載名伶楊月樓的風流公案：同治十二年（1873）十一月初四日載《楊月樓誘拐捲逃案發》、十一月初五日《拐犯楊月樓送縣》、十一月初六日《楊月樓拐監收外監》、十一月十一日《記楊月樓事》[17]。除《申報》外，一些小報也以爆料花、伶界的花邊新聞為吸引讀者的最大「看點」，香港《新報》曾載梁某與某妓相戀，妓不勝其擾，將梁某出賣[18]；《時報》載徐州延壽庵女尼皆貌似尼姑、行同娼妓：「類皆妙年俊俏，妖豔無倫，帶髮修行，不加薙度，晝則誦經禮佛，鐘魚並奏，鐃鈸齊鳴，固儼然尼也；夜則改裝易服，蛾眉蟬鬢，粉膩脂香，則又儼然妓也。引人入勝，真個消魂，凡青年子弟，咸以是為溫柔鄉。」[19]早期報刊文人對花、伶界的分外關注一方面源自

---

16  《夜雨秋燈錄》，頁 257。
17  焦潤明、蘇曉軒編著：《晚清生活掠影》（瀋陽：瀋陽出版社，2002），頁 144。
18  《夜雨秋燈錄》，頁 237。
19  無名氏著：《梵門綺語錄》，載蟲天子輯：《香豔叢書》（北京：人民文學出版社，1992），頁 1772。

男性精神世界的自我滿足，另一方面則是爲了迎合市民階層的需求，清末商業的繁榮、新興娛樂方式的興起、狎妓之風的盛行，這些都使得市民社會對煙花界的風流韻事產生了濃厚的興趣和極強的窺探欲望，多數研究者認爲，洋場才子的狎妓之風是靈魂孤寂鬱結、志願不遂而又處之無奈的真實寫照，這只是其中的一個原因，實際上，早期報人的出入梨園、醇酒婦人更多地是出於報人職業的需要，爲了獲取「第一手材料」，使創作可觀可感、真實可信，他們浪跡花叢、視訪豔狎妓爲家常便飯，因爲創作源於生活，沒有直接的切身體會，哪有充足的創作力量和感人的文學形象？據包天笑回憶，清末有的報界文人每晚必去妓院，借妓院做會客之處，從妓院中尋找創作靈感，有的作家甚至連寫作也搬到妓院中進行，滬上著名小說家李伯元、吳沃堯就是豔跡昭彰的人物，李伯元每天必去張園茶座與林黛玉等名花啜茗酬酢，對上海花界之事瞭若指掌，各大名姝亦無所不識，人稱「花間提督」，1896 年李伯元在上海創辦《遊戲報》、《世界繁華報》，專做風流遊戲文字，「記注倡優起居」。他還開創了在報紙上開花榜的風氣，一時士林捧妓之風、妓女選花榜活動盛行，1897 年袁祖志制定了《遊戲報花榜凡例六條》，展開花榜選舉活動，設藝榜和豔榜，根據薦函多少，參考輿論開榜，《遊戲報》的花榜之舉引起了市民極大的興趣和強烈的好奇心，開榜之日，盛況空前，人們奔相走告，一時《遊戲報》的銷量大增；吳沃堯雖然不像李伯元那樣放蕩，但於花場之事也堪稱「行家裏手」，其文言小說集《上海三十年豔跡》對上海各路妓女的色藝品行、逸聞韻事的記載，可謂詳細備至；直接將狎妓經歷與創作掛勾的莫過於王韜，他流傳後世的三部文言小說集《遁窟讕言》、

《淞濱瑣話》、《淞隱漫錄》，皆以自己年輕時的風流韻史爲素材來源，其撰寫於晚年的《海陬冶遊錄》7卷、《花國劇談》2卷、《豔史叢鈔》若干卷，也是「征海曲之煙花，話滬濱之風月」的典範，這幾部書搜羅了江南一帶、金陵揚州、姑蘇濱滬的南部煙花和北里風月，正如王韜在《豔史叢鈔·自序》中所說：「搜羅近日之嬌娃，采輯四方之名妓」，因此，無論是李伯元報紙開花榜的「創意」，還是王韜小說中「煙花粉黛」的記載，皆源自他們多年的狎妓經歷和豐厚的青樓體驗，如果沒有他們浪跡風月、流連歌樓戲館的人生經歷，沒有青樓場中的所見所聞，僅憑冥思苦想和閉門造車是不可能耳熟能詳地摹寫情場歷劫中的個中況味的，文人對狹邪題材的趨之若鶩，對青樓的女子的留連忘返，都與狹邪小說的「暢銷」有不可分割的關係，當時的白話小說領域中，單是以上海狹邪事蹟爲題材的小說就有《海上花列傳》、《海上塵天影》、《海上繁華夢》、《續海上繁華夢》、《海天雪鴻記》、《九尾龜》、《最新上海繁華夢》等二十餘種，所以，早期報人的「常戀煙花場」與其說是解脫痛苦的自我逃避，不如說是利潤驅使下的職業熱衷，文人與妓女之間的關係是一種工作和工作物件的關係，就像今天的娛樂記者和影視明星的關係一樣。而妓女對文人，多半是出於一種利用的心理，文人的囊中羞澀顯然是難以吸引妓女的最大原因，不過與出手闊綽的富商、官員相比，文人自有其用武之地，許多妓女一經品題，便聲名鵲起，身價百倍，王韜之所以能以拮据的經濟狀況「買醉黃壚，寄情青樓」，就是因爲他狂名大著，爲上海文人、妓女所景仰，許多妓女都以結交王氏爲榮，《海陬冶遊錄》中記載沈君向妓女芸卿推薦王韜時，「以余能文告之」，芸卿聽後「喜甚」；揚

州妓女陳玉卿原本名不見經傳，後「一經縷馨仙史（蔡爾康）品題，
聲譽漸噪」；鴛湖散花仙史爲滬上名豔沈文蘭題詩小影，「一時和
者，至二百數十餘首」。許多文人與妓女交往後，都要爲她們品評
作傳，以示酬謝，近代狹邪小說中，很難見到妓女與文人之間生死
不渝、傳爲佳話的真摯感情，更多的是男女雙方各取所需式的平等
交易，這是近代都市形成、商品經濟發展進程中社會價值觀念轉變
的必然結果。

## 結　語

　　魯迅在《中國小說的歷史的變遷》中說：「作者對於妓家的寫
法凡三變，先是溢美，中是近真，臨末又溢惡，並且故意誇張，謾
罵起來……」[20]男人對妓女態度的變化反映了女性人格獨立、男性
（尤其是文人）地位漸趨衰落的一種矛盾心理，妓女作爲第一批生
活在都市中的女性群體，她們率先感應時代的呼喚，拋棄了對男性
經濟、精神上的依附，遊刃有餘地把握自身的命運，義無反顧地挑
戰傳統的道德禁忌，而男人在女性覺醒、人格獨立的現實面前突然
顯得手足無措和力不從心，男權神聖光環的暗淡和消散連同士大夫
特權的現實挫敗都給男人帶來了一種無形的壓力，文人對妓女「溢
惡」態度的形成與其說出於對世風日下的不滿，不如說是呼喚自身
意義的需要，他們借著對妓女的謾罵來實現自我價值的認同，找回
遺失的自信。清末「煙花粉黛」類傳奇小說如實記錄了一批逐漸擺
脫男權陰影的職業妓女的生活史，我們敏感地感受到，女性在日益

---

[20]　魯迅著：《中國小說史略》（北京：人民文學出版社，1973），頁 308。

覺醒，一切建基於上的價值觀念和倫理道德面臨巨大的轉型與變軌，家族、男權已經變得頗爲遙遠，女人相信的是金錢和物質，相信的是自己和個人，「煙花粉黛」的出現既是我國沿海通商口岸社會轉型的必然，又是歷史發展、封建體制解體、近代社會到來的必然。

# 餘論　清代文言小說的通俗化

　　長久以來，人們普遍存在這樣一種看法：文言小說是「雅」文
學的代表，它們文字優美，古奧典雅，行文敍事中蘊涵著一種儒醇
雅正之道；而白話小說是「俗」文學的象徵，它們淺顯易讀，通俗
易懂，鋪陳勾勒時透著一股淺近自然的世俗之理。然而，隨著出版
印刷技術的提高和知識教育的推廣，文言小說發展至清代，已不再
僅僅只是「貴族士大夫的沙龍文學」，它們早已走出「貴族士大夫」
的高門大戶而「飛入尋常百姓家」。筆者稱這一現象爲「文言小說
的通俗化」。

## 第一節　情節構思通俗化

　　情節是小說的骨架，小說吸引人與否完全取決於構思是否巧
妙，情節是否跌宕起伏、引人入勝。早期的文言小說大多是單線式
的，故事中的人物不多，人物關係簡單，多數都是一文一事，不會
輾轉鋪陳枝枝蔓蔓，更少有節外生枝。唐代以前的就不必說了，即
使作爲唐代文言小說代表的唐傳奇也是如此。唐傳奇中比較著名的
是才子佳人的愛情故事，像頗爲後世所稱道的《鶯鶯傳》，文中主
要出場的人物只有三個：張生、崔鶯鶯、紅娘，情節流程也較爲簡

單,整個故事按照時間的順序單線發展：崔張相識——張生單戀
——崔張結合——張生棄鶯，其間儘管有些小的波折，但就整體而
言還是脈絡清晰的單線式。再如蔣防的《霍小玉傳》，小說開篇即
交代李益「思得佳偶，博求名妓」[1]，沒有任何鋪墊陳述，然後緊隨
其後地引出色藝雙全的霍小玉，主體部分是二人的相戀相守相悖，
結局是霍小玉對負心郎的懲罰報復，完全按照開端——發展——結
局的敍述模式結構文章，中間較少或幾乎沒有閒散情節和其他枝
蔓。唐代其他傳奇小說大都符合這樣的創作模式，這與唐傳奇所處
的發展階段有關，眾所周知，可以稱爲是「小說」這種文體的作品
當屬「粗陳梗概」的魏晉志怪小說，至唐代，小說作爲獨立的文體
才發展了僅僅 400 餘年，明顯處於不成熟階段，所以，結構簡單、
情節單一是早期文言小說不可避免的特點。此後，隨著民間說話藝
術的興起與發展，文言小說和白話小說分別走向了不同的發展道
路，在這一過程中，白話小說的勢力遠遠勝於文言小說，文言小說
在白話小說的壓制下一直處於緩慢發展的狀態，直至清代順、康時
期，被譽爲「文言小說新高峰」[2]的《聊齋志異》的出現，才將文言
小說拉離了瀕臨消亡的邊緣。此後作文言小說者紛紛效仿蒲松齡，
出現了以《聊齋志異》爲代表的藻繪派同以《閱微草堂筆記》爲代
表的尙質派兩軍對壘的新局面，文言小說呈現出中興態勢。然而此
時的文言小說，已經歷過歷史和時間的洗禮，發展成一種高雅通俗

[1]　蔣防撰：《霍小玉傳》，載張友鶴選注：《唐宋傳奇選》（北京：人民文學出版社，1983），頁 45。
[2]　吳志達著：《中國文言小說史》（濟南：齊魯書社，1994），頁 723。

並存、文言白話共處的「雜揉小說」狀態。

　　清代的文言小說，情節設計上跌宕起伏、引人入勝，有明顯的白話通俗小說的傾向，這一點有以下兩方面的表現：

　　其一，出場人物眾多，情節框架波瀾起伏，懸念百出，有意鋪敍渲染，吸引讀者。比如許奉恩《里乘》中的《杜有美》[3]一篇，杜有美與表妹慧娟兩小無猜，青梅竹馬，至婚嫁年紀，雙方都以爲結爲伉儷是水到渠成的事，沒想到遭到慧娟之父盧某的強烈反對，理由是：「女子三從：在家從父，出嫁從夫，夫死從子。我一息尚在，不惟慧娟當從父命……」杜有美與慧娘得知後抑鬱成疾，雙雙病倒。慧娘之母即杜有美的姑母卻很通情達理，她意識到二人感情的深厚：「若自幼哺同乳，寢同席，比長，相親相愛，此人情也。既知親愛，則必欲偕伉儷，以圖永好，此尤人情之常也。」看到病倒的兩個孩子，慧娟母心痛無比，她與盧展開了激烈的爭吵：「老物尚夢夢耶！……聖人制禮，尚緣人情，偏汝老物，拘執成見，竟不曲體人情耶？」然後以死相威脅，「言畢，袖出匕首，長尺有咫，瑩然如雪，擲置案頭，錚錚有聲。」矛盾發展到節骨眼上，讀者的心不禁爲之一懸，在慧娟母的緊逼下，盧終於做出了讓步：「卿且少安毋躁，容再商議。」後以杜有美必須考重功名爲條件，答應了二人的婚事，激化的矛盾得到了解決，讀者的心情隨之一鬆。誰知好事多磨，在婚宴的當晚，又發生了一件怪事。周生，乃當地一名士，與杜有美素來友善，他悄悄和韋生商量：「有美與慧娟……當此良辰定情，不知若何歡洽。我倆人當設法偵聽，以快所聞。」恰被有

---

[3]　許奉恩著：《里乘》（濟南：齊魯書社，1988），頁 261-266。

美在屏風後面聽見，有美點頭暗笑，默默思量預防的辦法。恰巧來參加婚宴的還有一個叫阿笨的人，是有美乳媼的兒子，平日裏遊手好閒，嗜賭如命，他想趁此人多混亂之際竊取些財物，正當阿笨憑欄眺望的時候，有美誤以爲是準備偷窺的周生，「悄從背後出兩手於面，反掩其目。」阿笨則以爲是有美發現了他，又驚又恨，用力扼住有美的喉嚨，「須臾氣絕」。禍事發生於偶然，喜事變成了喪事，讀者又感歎於世事的難料。得手的阿笨見有美已死，陡起惡念，他穿上有美的衣服，欲犯慧娟，幸而被慧娟奮力掙脫，此時，氣絕的有美蘇醒了過來，兩人都以爲是周生所爲，但念有驚無險，且平日裏交情甚好，便不欲追究。可慧娟之父得知此事後，勃然大怒，定欲將周生繩之以法，周生有口難辯，糊里糊塗蹲了冤獄。後來經過縣官明察，在樓上書箱下索得阿笨的破衣爛襪，才使整件事情水落石出。作者在很短的時間內安排了曲折的情節，收縱自如，步步扣人心弦。

再如《聊齋》中的《紅玉》[4]，紅玉與馮相如私自交好半年有餘，終被馮父發現，馮父嚴厲地詬罵相如，又羞辱了紅玉，紅玉羞愧難當，臨行出白金四十兩贈生，並告之可娶鄰村衛氏，然後別去。此後的情節中，相如聘娶了鄰村衛氏、衛氏被宋史逼迫身亡、虯髯客行俠仗義手刃宋史、相如身陷囹圄、馮父憤怒而亡，一波未平，一波又起，層層疊疊，扣人心弦，但是在這緊張急迫的環節中再也沒出現過紅玉，讀者不禁心生疑竇：該篇題目是《紅玉》，依據中國

---

[4] 蒲松齡著、張友鶴輯校：《聊齋志異（會校會注會評本）》（上海：上海古籍出版社，1962），頁 276-283。

古典小說和《聊齋》其他篇目的創作特點，紅玉應當是小說的主人公，可是爲何紅玉只在開頭閃了一下就不見了的芳蹤？其實這只是作者在情節設計上所使用的技巧，當整個故事經歷了刀光劍影，家破人亡的大波大浪以後，終於歸於了平靜，「生歸，甕無升斗，孤影對四壁……念大仇已報，則輾然喜；思慘酷之禍，幾於滅門，則淚潸潸墮；及思半生貧徹骨，宗支不續，則於無人處大哭失聲，不復能自禁。」正當故事不知如何延續、瀕臨尾聲的時候，突然出現了一抹亮色，紅玉抱著相如的兒子福兒出現在他的面前，相如悲喜交集「抱女嗚哭」，這時才揭露了紅玉的真實身份：「妾實狐。適宵行，見兒啼谷口，抱養于秦。聞大難既息，故攜來與君團聚耳。」善人得了善報，有情人終成眷屬，讀者稍稍鬆了一口氣，可是第二天紅玉又要離去，剛剛得來的幸福又要轉瞬即逝，相如不知所措，「裸跪床頭，涕不能仰。」不料紅玉笑曰：「妾誑君耳。今家道新創，非夙興夜寐不可。」從此勤儉勞作，振興家業。整個故事張弛有節，亦收亦縱，即勾勒了驚心動魄的大場面，又在細枝末節中見出別具匠心之處，這些都體現了作者情節構思的技巧。

　　其他像《念秧》、《促織》、《畫皮》、《阿寶》、《小翠》等等，無一例外地體現了這個特點。我們知道，鋪張渲染，挪延情節是白話小說慣用的伎倆，我國的白話小說起源於民間說書，說書藝人爲了養家糊口，賺取更多的錢財，不得不在情節上下功夫，情節越誇張，越出人意料，就越能吸引更多的聽眾。清代的文言小說吸收白話小說的創作手法，輔助白話小說來延續自己的生命，這說明文學創作本身也是一種消費活動，有看點、有銷路成爲作家進行創作時除寄託自身情感外另一重要著眼之處。

其二，如前所述，唐傳奇的情節多是單線的，故事按照時間的流程緩緩向前發展，而清代的文言小說以多線爲主，往往是「花開兩朵，各表一支」，雙管齊下或多管齊下。這一特點在清代文言小說中的公案傳奇裏體現最爲明顯。

公案小說的名稱最早見於宋代「說話」，據宋代耐得翁《都城紀勝・瓦舍眾伎》記載：「說話有四家：……說公案，皆是樸刀、杆棒及發跡變泰之事……」可見，公案小說是典型的通俗小說代表類型，明代是通俗小說的大獲全勝時期，也是公案小說的集大成時期，至清代，除少數幾部有代表性的白話公案小說以外，絕大多數的公案傳奇都散見於文言小說之中。

文言小說中的公案傳奇，具備與白話通俗小說的公案相同的特點：玄妙百出、撲朔迷離。比如朱梅叔《埋憂集》中的《奇獄》一篇，描寫了這樣一件怪事：楊翁之子娶婦某氏，新婚之夜不知何故婦亡子逃，此一奇；縣令以爲是父子同謀，將楊翁拘以刑訊，開棺驗屍之時卻發現屍首乃一「六七十老翁也」，此二奇；月餘，楊翁之子投案自首，自言新婚之夜與婦相狎，「戲掐其神潭，匿笑方劇，而婦寂然不動。挑燈視之，死矣。」楊氏子因懼而逃，但他也不知爲何棺中不是其婦而是一「六七十老翁」，此三奇。奇案懸而未決，數月以後，楊翁在周溪忽然遇到兒媳，疑其爲鬼，兒媳具以實告，原來兒媳入棺之時並沒有死，正巧叔侄二人從此經過，聽到呼救聲後啓棺救婦，二人就如何處理此婦的事產生了分歧，侄見婦心動，「將以偕歸」，而其叔「細詢里居，將送之還家」。兩人爭執不下，侄一怒之下砍死其叔，將其叔的屍體放入棺材，這就解釋了爲什麼棺中是一老翁的緣故。看似奇獄，實在合情合理之中，與該篇情節

類似的還有文言公案小說《秋燈叢話・清河奇案》、《續只塵談・淄川誤殺奸》、《塗說・吳興異聞》、《談屑・誤殺》等等。這些故事中一波數折的情節十分像《古今小說》中的《沈小官一鳥害七命》，不同之處在於前者用文言寫成，後者用白話寫成，用文言文來創作公案小說，比用白話文顯得節奏更緊湊一些，語言更精練一些。

通俗文學中的公案故事，偵破手段不外乎兩種：一種是「天網恢恢，疏而不漏」，依靠天助、神的力量抓獲兇手，如戲曲中的《蝴蝶夢》、《初刻拍案驚奇》中的《李公佐巧解夢中言，謝小娥智擒船上盜》，另外一種是清官斷案，由明察秋毫的官吏根據案情的蛛絲馬跡，經過苦心經營的偵察過程後，最終破獲案件，如《百家公案》、《施公案》等等。單從破案模式來說，文言小說中的公案傳奇完全借鑒了通俗文學公案類的創作手法，用上述兩種手段來破解案件。例如，《蝶階外史》中有一篇名爲《張立》[5]的公案小說，就採用了「神助」的方式破獲案件。小說的情節是這樣的：靜海人張立，長年在外經營生意，將嬌妻獨留於家中。七年後，張立盈利而歸，臨進家門之前，突然心生一計：妻美貌無比，而自己又多年未歸，她會不會早已琵琶別抱？於是「埋金社公廟香爐中，易襤褸衣，作乞兒相，歸至家。」以試探其妻的反映。不料，其妻非但沒有責備他，還將自己作針線所賺的銀錢交與張立，張立無比感動，就將他把所得多金埋於社公廟香爐中的事告知於妻，誰知隔牆有耳，一

---

5　　無名氏著：《蝶階外史》，載《筆記小說大觀》（臺北：新興書局，1984），第二編第二冊，頁 671。

個名叫朱喜的鄰人途經於此，他早就對立妻垂涎已久，這日他見一
「懸鶉男子」入舍，便尾隨其後，準備捉姦，在偷聽了夫妻二人的
對話之後，朱喜激動不已，儘管「姦」沒有捉成，但是他得到了一
個更爲實惠的消息，「既聞所言，陰趨至祠，攫爐中金，並衣裝盡
取去。」第二天，張立去社公廟取金，「則烏有矣」。張立深覺愧
對其妻，「縊于祠之楣」。這件事情驚動了官府，官府面對無頭摻
案，無以爲證，便笞打土地神問罪，不久，見一紅蜘蛛吐絲「下垂
明府冠」，忽然恍然大悟，問立妻曰：「汝鄰人有朱姓乎？」張立
妻曰：「朱喜者，素無賴，以市腐爲業。」這樣，官府尋著這一線
索，將無賴朱喜抓獲。無獨有偶，在另一部文言小說《咫聞錄》中，
一篇名爲《江恂》[6]的小說也敍述了相似的公案，不同之處在於清官
江恂最終破案是「土地夢指」，即土地神托夢於他，如此的偵破手
段在今天看來簡直是撲風捉影，荒唐至極，不過這種通過「神示」
來斷案的方式早在元雜劇中就屢次出現，元雜劇的創作者多是沉淪
落魄的下層文人，他們幾乎沒有親臨過官場，對官府如何判案缺乏
直接的瞭解和認識，所以對於偵破手段的描寫只能在不著邊際的猜
測與想像中進行。清代文言公案小說採取了與元雜劇相類似的描寫
模式，一方面表明了清代文言小說向通俗文學的靠近，另一方面也
證明清代文言小說的作者與元雜劇的作者一樣，大部分都是身份卑
微、沒有做官經歷的下層文人，關於作者身份這部分內容，在文章
的後面部分有詳細論述，此處不贅述。

---

6　憕訥居士著：《咫聞錄》，載《筆記小說大觀》（臺北：新興書局，1984），
　　第二編第六冊，頁 3416。

# 第二節　題材內容市民化

從內容選材上來看，唐以及唐代以前的文言小說都有一個共同的特點，那就是非奇不錄，非怪不書，中國文人自古就有尚異好奇的傳統，魏晉時期的文言小說，被魯迅先生定名爲「志怪」，足可見出此時文言小說選材的價值取向。唐代的文言小說多是出自士大夫之手，更有許多是舉子們的行卷投謁之作，他們所關心的、也是當時比較熱門的話題主要是文士和佳人的愛情糾葛，唐傳奇中寫得最多、最好的就是這部分故事，比如流傳千古的《鶯鶯傳》、《柳毅傳》、《霍小玉傳》、《任氏傳》等等，沒有一部逃脫情愛故事的藩籬，難怪後世在研究明末清初的才子佳人小說時，都將這類故事的肇始之源歸於唐傳奇，這是不無道理可言的。總之，早期的文言小說選題單一、內容狹隘，再一次體現了小說這種文體在不成熟階段所體現出的不成熟的特點。

文言小說發展到清代，隨著作者身份的普通化和創作目的的趨利化，小說描寫所涉及的範圍也極度擴大，原本不登大雅之堂的市井小民成了小說的表現主體，原本爲士大夫所不屑一顧的繁瑣小事成了小說的表現物件，爲什麼會出現這樣的變化？筆者認爲，主要原因在於小說作者對經濟利益的追求，誠然，中國文學自產生之日起就是用來抒發情感的，孔子所謂：「詩言志，歌永言」，但是，隨著社會的進步和經濟的發展，文學抒情言志的功能漸漸弱化，明代通俗小說的繁榮足以證明了這一點。通俗小說繁榮的前提是出版業的繁榮，明代的福建建陽和江蘇南京是當時的出版中心，雙峰堂、三台館、金陵萬卷樓都是頗負盛名的私人書坊，而且許多出版商人

本身就是小說作家，較爲著名的如余象斗、熊大木，他們創作小說的唯一目的就是盈利。在清代，讀小說亦是人們日常生活中不可缺少的一部分，清代文言小說集湯用中《翼駉稗編》中一篇名爲《聞妙庵尼》中描寫道：「每歲大士誕辰，士女赴庵燒香者甚眾，賃販雲集，皆賃寓庵中房舍。往往有賣小說唱本者，靜（小說女主人公）亦購數種，以備觀覽……」[7]連閨中少女對小說都愛不釋手，足以見出當時小說行業的繁榮景氣。出版商人給作家優厚的經濟報酬，在經濟利益的驅動下，作家的創作目的發生了質的變化，他們再也不像傳統的文學創作那樣爲了傳道，或者「爲往聖續絕學」，或者爲傳之後世、藏之名山，而是爲了取得更多的金錢和效益，使出渾身解數來迎合出版商和讀者，他們有意識地把自己的創作跟廣泛的讀者聯繫起來，使自己的作品從原來只是面向士大夫向面向廣大群眾轉變，爲此，他們不得不將關注的重心由才子佳人轉向市井小民，由離奇古怪轉向日常起居。在通俗小說的帶動下，清代的文言小說完成了這一轉變。

　　主人公是文學創作的核心人物，詩歌有抒情主人公，小說有敘事主人公，無論哪一種文體，主人公在作品中都起著無足輕重的作用。作家在選擇作品主人公時，態度是十分謹慎的，許多著作的主人公就是作家自己的化身，人物形象中含有作者自己的影子，比如賈寶玉、杜少卿。主人公的選擇體現了作者對社會的關注、對世態的看法，明代通俗文學的代表「三言」、「二拍」中描寫了商人、販夫酸甜苦辣的生活，近世的研究者稱之爲「市民階層」的真實寫

---

[7]　程毅中編著：《古體小說鈔・清代卷》（北京：中華書局，2001），頁 371。

照，作者馮夢龍、淩濛初被認爲是不同於施耐庵、羅貫中的又一類文學大家，同樣，清代文言小說的作者選取了社會各個階層（上自王公大臣，下至奴僕走卒）的人物作爲主人公，說明了清代文言小說作者對世態眾生的關注，這比魏晉或唐的文言小說對某類故事的鎖定要進步得多，體現了清代文言小說相容並納、龐大博雜的特點。

清代文言小說刻畫了一系列栩栩如生的人間眾生相，其間有：囤粟千斗、青蚨成貫卻又「節縮若寒士，屑屑謀朝夕」的吝嗇土財主黃亮功（《過墟志》）；奇妒無比、棒擊眾妾，夫婿畏之如虎的妒婦張氏（《子不語》）；爲保全舅姑性命而捨身賣花，又爲丈夫重新娶婦的農家婦人郭六（《閱微草堂筆記》）；貌若嬌女、行若處子，與狐女相戀最終結合的皮工竺二八（《螢窗異草》）；以賣畫爲業、多情善良，得狐仙相助娶得嬌妻的賣畫人胡承業（《夢廠雜著》）；身輕似燕、體捷如猱，機警聰慧而又知恩圖報的繩技女蕙娘（《影談》）；任俠使氣、力大無比，遇人間不平事輒奮身而起的洛陽少年巫猛兒（《夢花雜誌》）；初爲梨園丑角兒、後經事變，拋卻故業削髮爲僧的花面僧人（《野語》）；相貌英武、性情爽健，手刃數盜而面不改色的女中豪傑孫壯姑（《客窗閒話》）……此外，還有專寫妓女的文集《秦淮感舊集》、《蘭芷零香錄》、《潮嘉風月》等等，總之，在清代文言小說中，我們可以找到生活在社會各個層面的各色人物，他們以平凡的身份演繹著各自平淡的人生，正如淩蒙初所說：「語有之：『少所見，多所怪。』今之人，但知耳目之外，牛鬼蛇神之爲奇。而不知耳目之內，日用起居，其

爲譎詭幻怪非可以常理測者固多也。」[8]清代文言小説的作者選擇和通俗小説作家一樣的視角，說明了清代文言小説越來越通俗化、大衆化。

就題材來源而言，清代文言小説也走了與唐代文言小説截然不同的道路。唐代文言小説的題材多半來源於上層士大夫社會，唐代初行的科舉制度，導致官員外任內遷頻繁，交遊唱和之風盛行，而這恰恰爲文人之間頻繁地溝通、聚會創造了便利條件。《任氏傳》作者沈既濟在講到創作緣起時有這樣一段話：「建中二年，既濟自左拾遺于金吳。將軍裴冀，京城少尹孫成，戶部郎中崔需，右拾遺陸淳皆適居東南，自秦徂吳，水路同道。時前拾遺朱放因旅遊而隨焉。浮穎涉淮，方舟沿流，晝燕夜話，各徵其異說。眾君子聞任氏之事，共深歎駭，因請既濟傳之，以志異云。」[9]我們不妨設想一下當時的情景：一群意氣風發的青年官吏，在乘舟南下的途中不期而遇，他們晝談夜飲，各自講述著傳聞異事來消遣時光，其中，某一個人講了任氏的故事，這個故事引起了所有人的關注，他們議論紛紛，各抒己見，最終推舉沈既濟執筆將這個故事記錄下來，這樣便產生了我們今天所看到的《任氏傳》。再如《廬江馮媼傳》，篇末有云：「元和六年夏五月，江淮從事李公佐使至京，回次漢南，與渤海高鉞，天水趙攢，河南宇文鼎會於傳舍，各盡見聞。鉞具道其事，公佐因爲之傳。」這個故事的產生與前篇類似，都是文人士大夫詩酒之會後的結果，題材內容也是他們所關心的才子佳人、奇事

---

8    淩濛初著：《初刻拍案驚奇》（北京：人民文學出版社，1957）。

9    張友鶴選注：《唐宋傳奇選》（北京：人民文學出版社，1983），頁6。

異聞的類型模式。對此，石昌渝先生有一段經典的論述：「士大夫講說和寫作傳奇小說是一種高雅的消遣，在客廳裏、旅舍中、航船上、冬爐前，徵奇話異已成爲一種時尚，在這個意義上說，唐代傳奇是貴族士大夫的『沙龍』文學。」[10]

與唐代文言小說產生的途徑不同，清代文言小說的故事來源則更爲隨便一些，蒲松齡在《聊齋自志》中寫道：「……久之，四方同人，又以郵筒相寄，因而物以好聚，所積亦夥。」[11]可見，將友人寄來的隻言片語整理而成文言小說，是《聊齋》故事的創作模式之一。再有《閱微草堂筆記》[12]，它雖由身居顯宦的紀昀所作，但書中所記的故事有許多出自作者周圍的奴僕、走卒之口，茲舉例如下：《灤陽消夏錄卷一》「臺灣驛使」一篇，出自作者的舍人陳雲亭之口；《灤陽消夏錄卷三》中「賣面婦」一篇，乃先太夫人乳媼廖氏所言；《如是我聞卷二》中「夏日鋤禾」一篇，出自佃戶張九寶之口；同卷「某婦弟某」一篇，乃老僕劉琪所言；《如是我聞卷三》有「貧極棄家者」一篇，出自先太夫人的司炊婦張媼之口；同卷「某家凶宅」一篇，乃老僕施祥所言；《槐西雜誌卷一》有「鹽山劉某」一篇，出自作者侍姬之母沈媼之口；《槐西雜誌卷二》中「玉孩」一篇，乃客居裘文達公家的琴工錢生所言……據筆者不完全統計，《閱微草堂筆記》中有四分之一的篇目都出自家奴、卒吏的口中，我們知道，一個人的身份地位決定他的生活內容，奴僕卒

10 石昌渝著：《中國小說源流論》（北京：三聯書店，1994）。

11 蒲松齡著、張友鶴輯校：《聊齋志異（會校會注會評本）》（上海：上海古籍出版社，1962），《聊齋自志》。

12 紀昀著：《閱微草堂筆記》（上海：上海古籍出版社，1980）。

役所關注的多半是鬼神靈異、善惡報應,與文人們在意的科舉仕途、識經考證是截然不同的,《閱微草堂筆記》的長處在於議論,它的很多議論都由僕役所講述的親身經歷或故事引發而來,紀昀在創作小說時將著眼點從士大夫所熟知的官場轉向了下層社會,說明文言小說已從高不可攀的朱門大戶走入了尋常普通的平民百姓之家,代表了清代文言小說由上而下、由雅而俗的整體走向。

除了故事來源的大眾化以外,清代文言小說的選材範圍也日益擴大,對社會時事的關注、對周圍環境的關注,越來越成爲文言小說家創作時的一種風尚,題爲「破額山人」所著的《夜航船》中有一則《酒店女子》的故事,就代表了這種傾向,所記如下:

> 村中張氏世爲望族,城內有段生,韶年都雅,皎若天仙,其舅氏静嚴孝廉,自都旋里。生到村省舅,借此遊春,對門酒店女子,瞧見生風姿不凡,如夢如癡。暇日,乘間問鄰媼曰:「前日與張舉人同折桃花者,何人也?」媼曰:「即其甥段家郎君也。」女積思成疾,逾年殁,段始終不知。[13]

這是當時風靡一時的時文掌故,許多文人作詩詠及此事,毗陵趙一琴詩云:「玉貌淮家子,神光賽洛神,桃花湖上折,腸斷浣紗人。」即言此事;還有金沙王荃人的詩:「自昔真娘死少年,傳聞紫玉喪嬋娟。江南一種奇花草,不到春風便化煙。當壚不是卓文君,

---

眉鎖春山鬢從雲。他日熙春橋下過，桃花休折小姑墳。」也是就這個傳聞有感而發，可見，這個故事在當時流傳很廣，引起了社會的廣泛轟動，「破額山人」就地取材，將它以文言小說的形式記錄在案，這在以往的文言小說創作中是比較罕見的。前代的文言小說作家，很多都是博覽群書、滿腹經綸，他們習慣於從史書舊聞中選材作爲寫作對象，比如洪邁的文言小說巨著《夷堅志》，許多記載來自《太平廣記》，選材的陳陳相因使得文言小說陳腐守舊，道路越走越窄，清代文言小說家以時事、時聞入小說，爲文言小說的進一步發展提供了先決條件。

不光如此，清代文言小說家還將自己的親身經歷、個人隱私納入小說創作的軌道，較有代表性的如《浮生六記》（沈復）、《影梅庵憶語》（冒襄）、《香畹樓憶語》（陳裴之）、《秋燈瑣憶》（蔣坦）、《寄心瑣語》（余其鏘）等等，在這類作品中，作家以真實的筆觸描寫了自身的家庭生活，坦誠而大膽地將個人隱私公佈於眾，爲文言小說添進了淒婉柔美的一筆，大大開拓了文言小說的表現空間，也充分證明了清代文言小說的平凡性、趨俗性。

# 第三節　作者身份平民化

作品是作家思想的結晶、身份的體現，早期的文言小說之所以具備古奧典雅、高不可攀的格調，實際上與作者的身份有密切的聯繫。清代以前的文言小說家，他們創作小說多半是在公事之外、閒暇之餘，創作小說的目的或爲傳世留名、或爲消遣娛樂。他們大多飽讀經書，以求取功名爲人生第一奮鬥目標，有豐富的仕宦經歷。

這一點從下面表格中便可一目了然：

| 作品 | 作家 | 仕途經歷 |
|---|---|---|
| 《搜神記》 | 干寶 | （東晉）著作郎，領修國史 |
| 《世說新語》 | 劉義慶 | （南朝宋）貴族 |
| 《古鏡記》 | 王度 | （唐）御史兼著作郎 |
| 《遊仙窟》及《朝野僉載》 | 張鷟 | 進士出身，授參軍 |
| 《靈怪集》 | 張薦 | （唐）官自拾遺、御史大夫至工部侍郎 |
| 《鶯鶯傳》 | 元稹 | （唐）左拾遺，監察御史 |
| 《南柯太守傳》《謝小娥傳》《盧江馮媼傳》 | 李公佐 | （唐）江南西道觀察史判官 |
| 《秦夢記》《異夢錄》 | 沈亞之 | （唐）殿中丞御史，內供奉 |
| 《甘澤謠》 | 袁郊 | （唐）祠部郎中，翰林學士 |
| 《洛陽搢紳舊聞記》 | 張齊賢 | （宋）秘書丞、史官、左拾遺 |
| 《越娘記》 | 錢易 | （宋）進士及第，「宰開封」 |
| 《夷堅志》 | 洪邁 | （宋）兩浙轉運司、吏部郎、禮部郎 |
| 《剪燈餘話》 | 李昌祺 | （明）翰林庶起士 |
| 《中山狼傳》 | 馬中錫 | （明）兵部侍郎 |

　　清代的文言小說家則不同，他們中很多人沉淪下僚，仕途坎坷，甚至終生困頓，但是，貧困的生活狀況並沒有掩蓋住超人的才華，在艱難的條件下，他們創作出了一部又一部警醒世人、流傳千古的著作，且看：

　　《聊齋志異》，作者蒲松齡（1640-1715），從小熱衷於功名，但應童子試後，一直科場蹭蹬。三十一歲時，因「家貧不足自給」，到江蘇寶應、高郵做幕僚一年。後來在畢際友家設帳做塾師，他的家庭經濟來源，主要是靠他當塾師的收入。到了晚年，「甕中始有餘糧」，七十歲才撤帳回家，他的一生，可謂「十年貧病出無驢」、「終歲不知肉滋味」。可是他的作品《聊齋志異》卻是登峰造極之作，在文言小說史甚至是整個小說史上都佔有「前無古人，後無來者」的地位；《諧鐸》，作者沈起鳳（1741-？），乾隆三十三年舉人，後屢試不第，遂「絕意進取，以著書自娛」。五十歲前後，一度任安徽祁門縣學導。一生窮困潦倒，以賣文和做幕僚為生。小說《諧鐸》被稱為「靈心四照，妙語雙關，其書亦誠諧矣」[14]。《青燈軒快談》則說：「《諧鐸》一書，《聊齋》以外，罕有匹者」[15]；《夜雨秋燈錄》，作者宣鼎（1835-1880），二十歲以前，家境殷實；二十歲以後，「家難既起，外侮乘之，梟獍成群，爭噬吾肉，家道遂中落」。後來從軍，幾死戰場，回上海，以賣畫為生。三十一歲「始入當道幕，司筆劄」。後又在淮海、兗州為幕客。蔡爾康在《夜

---

[14]　蕭相愷主編：《中國文言小說家評傳》（鄭州：中州古籍出版社，2004），頁719。
[15]　同上。

雨秋燈錄》序言中評論：「書奇事則可愕可驚，志畸行則如泣如訴，論世故則若嘲若諷，摹豔情則不即不離。是蓋合說部之眾長，而作寫懷之別調也。」此外，還有《浮生六記》的作者沈復，曾做過幕賓，亦曾從商。三十五歲後，窮愁潦倒，浪跡江湖；《聽雨軒筆記》作者徐承烈，訓童蒙於鄉曲，後游幕於嶺表，乾隆四十年返鄉，再未外出；《吹影編》作者程攸熙，諸生，七試棘闈不售，教書為業；《影談》的作者管世灝，深為常人所惡，久無所遇，後於桐鄉為館師，往來於荒村窮巷間，鬱鬱而沒；《塗說》作者繆艮，一生未入過仕途，乃鄉間一秀才。……總之，清代文言小說的作者身份低微的大有人在，姓名不詳、生卒無可考的也大有人在，他們拿起筆來描繪自己的周邊世界，使文言小說從風格到內容都呈現出異於貴族文豪的色彩，從這個意義上說，前面所述的「題材的擴大」、「情節上的渲染」並不是偶然的，它們符合了小說創作者的身份。

　　早期的文言小說家都出身於貴族，而清代文言小說家多是淪落下層的文人，為什麼會出現這樣的變化呢？主要原因有以下兩點：

　　其一，隨著封建社會經濟的發展，到明清時期，接受教育早已不單單只是貴族子弟的事，一般的平民百姓為了求取功名也飽讀詩書，特別是在經濟發達的南方地區。考查清代文言小說作者的籍貫，我們不難發現這樣一個現象，有95%以上的小說作家都來自南方，尤以江浙一帶最盛。例如：《補張靈崔瑩合傳》，作者黃周星，上元（今江蘇南京）人；《看花述異記》，作者王晫，仁和（今屬浙江杭州）人；《會仙記》，作者徐喈鳳，宜興人；《新齊諧》，作者袁枚，浙江錢塘（今杭州）人；《只塵談》，作者胡承譜，涇川（今安徽涇縣）人；《六合內外瑣言》，作者屠紳，江蘇江陰人；

《夢廠雜著》，作者俞蛟，山陰（今浙江紹興）人；《耳食錄》，
作者樂鈞，江西臨川人；《影談》，作者管世灝，海昌（在今浙江
海寧）人；《塗說》，作者繆艮，仁和（今屬浙江杭州）人；《七
嬉》，作者許桂林，海州（在今江蘇東海）人；《里乘》，作者許
奉恩，安徽桐城人；《淞隱漫錄》，作者王韜，江蘇長洲（在今蘇
州）人……人數眾多，舉不勝舉，之所以會出現這種區域性的分佈
狀況，主要與區域經濟背景和文化教育背景密切相關，自北宋時經
濟重心南移後，南方經濟迅速崛起，至明清之際，江蘇、浙江、江
西、福建等地已取得了矚目的成績，興化人「以讀書爲故業」，泉
州人「素習詩書」[16]，《大明一統志》記載全國書院 308 所，長江
流域以南各省占 230 所，王炳照統計明清兩代南方書院占全國 3/4。
勤於詩書，習文重儒是南方各地的民風，明代狀元申時行說：「吳
故以文字稱翹楚，而學官亦巨甲海內。」[17]較爲準確地概括出了江
南重視教育的特點。在這樣一個大的背景中，清代南方自然人才輩
出，一部分人通過科舉平步青雲，走上了仕途的道路，而大部分人
則沒那麼幸運，科舉失利後窮困潦倒，從事各種各樣的行業以求溫
飽，他們大多滿腹經綸，抑鬱苦悶之餘又難免會發發牢騷，於是拿
起筆來著書立說、寫寫故事以澆胸中塊壘，《里乘》的作者許奉恩
在說例中寫到：「自癸卯秋試報罷，毷氉無聊，聽客述伊文敏相國
言，戲援筆記之。厥後歲有所增，積久居然成帙。乃迄今三十餘年，
所得僅此。」可知作者科舉不利，乃著書以自遣，許多作者著書與

---

16　《嘉慶重修一統志》，卷四二四至卷四二九。
17　胡敏著：《蘇州狀元》（福州：福建人民出版社，1996），頁 26-27。

此情況相類，這樣便出現了今人所見的浩如煙海卻又作者佚缺的文言小說。

其二，一些經濟狀況不好、爲生活所迫的下層文人，他們爲了謀生，爲了改善生活條件，也來創作文言小說。這種情況在晚清表現的尤爲明顯，《聊齋志異》銷路走俏，許多作者將自己的小說掛以「聊齋」之名，以求多銷。題爲「青城子」所撰的《志異續編》本來名爲《亦復如是》，但爲了經濟利益而易名；王韜的文言小說《遁窟讕言》、《淞隱漫錄》、《淞賓瑣話》合起來又命名爲《後聊齋志異》，也是爲了銷路起見。

總之，文言小說發展到清代，越來越向通俗文學靠近，向大眾靠近，漸漸喪失了「高雅尊貴」的本來面目，最終爲白話文學所取代。

# 主要參考書目

## 一、辭典類：

王重民，《清代文集篇目分類索引》（北京：中華書局，1965）

袁行霈、侯忠義，《中國文言小說書目》（北京：北京大學出版社，
　　1981）

莊一拂，《古典戲曲存目匯考》（上海：上海古籍出版社，1982）

孫殿起，《販書偶記》（上海：上海古籍出版社，1982）

孫殿起，《販書偶記續編》（上海：上海古籍出版社，1980）

孫楷第，《中國通俗小說書目》（北京：人民文學出版社，1982）

劉世德，《中國古代小說百科全書（修訂版）》（北京：中國大百
　　科全書出版社，1998）

楊廷福、楊同甫，《清人室名別稱字型大小索引》（上海：上海古
　　籍出版社，1988）

寧稼雨，《中國文言小說總目提要》（濟南：齊魯書社，1996）

## 二、傳奇小說相關書籍：（大致按作者姓名筆畫順序排列）

張潮等，《昭代叢書》（上海：上海古籍出版社，1990）

陸林，《清代筆記小說類編》（合肥：黃山書社，1994）

程毅中，《古體小說鈔‧清代卷》（北京：中華書局，2001）

雷瑨，《清人說薈》（上海：上海文藝出版社，1992）

曉園客，《清人稗錄》（上海：上海文藝出版社，1991）

曉園客，《清說七種》（上海：上海文藝出版社，1992）

歷代學人，《筆記小說大觀》（揚州：江蘇廣陵古籍刻印社，1984）

蟲天子，《香豔叢書》（北京：人民文學出版社，1992）

## 三、經、史、子、集等：

丁冶棠，《仕隱齋涉筆》（成都：四川人民出版社，1985）

王韜，《後聊齋志異》（成都：巴蜀書社，1991）

王韜，《淞隱漫錄》（北京：人民文學出版社，1983）

王士禎，《池北偶談》（北京：中華書局，1982）

朱梅叔，《埋憂集》（長沙：嶽麓書社，1985）

吳熾昌，《正續客窗閒話》（長春：時代文藝出版社，1988）

李慶辰，《醉茶志怪》（天津：天津古籍出版社，1990）

李斗，《揚州畫舫錄》（北京：中華書局，2007）

余懷，《板橋雜記》（上海：上海古籍出版社，2000）

沈起鳳，《諧鐸》（北京：人民文學出版社，1985）

沈復著，《浮生六記》（北京：人民文學出版社，1980）

和邦額，《夜譚隨錄》（上海：上海古籍出版社，1988）

長白浩歌子，《螢窗異草》（濟南：齊魯書社，1985）

紀昀，《閱微草堂筆記》（上海：上海古籍出版社，1980）

俞蛟，《夢廠雜著》（上海：上海古籍出版社，1988）

俞樾，《右台仙館筆記》（上海：上海古籍出版社，1986）

宣鼎，《夜雨秋燈錄》（上海：上海古籍出版社，1987）

昭槤，《嘯亭雜錄》（北京：中華書局，1980）

徐昆，《柳崖外編》（長春：吉林大學出版社，1995）

高繼衍，《蝶階外史》（上海：上海大達圖書供應社，1934）

袁枚，《子不語》（上海：上海古籍出版社，1986）

陳球，《燕山外史》（瀋陽：春風文藝出版社，1987）

陳其元，《庸閑齋筆記》（北京：中華書局，1989）

許奉恩，《里乘》（濟南：齊魯書社，1988）

梁章鉅，《浪跡叢談、續談、三談》（北京：中華書局，1981）

梁章鉅，《歸田瑣記》（北京：中華書局，1981）

曹宗璠，《塵餘》（上海：文明書局，1925）

屠紳，《蟫史》（北京：人民文學出版社，1992）

張岱，《陶庵夢憶》（上海：上海古籍出版社，1982）

張潮，《虞初新志》（石家莊：河北人民出版社，1985）

陸以湉，《冷廬雜識》（北京：中華書局，1984）

曾衍東，《小豆棚》（鄭州：中州古籍出版社，1989）

梅鼎祚，《青泥蓮花記》（鄭州：中州古籍出版社，1988）

鈕琇，《觚剩》（上海：上海古籍出版社，1986）

樂鈞，《耳食錄》（長沙：嶽麓書社，1986）

鴛湖煙水散人，《女才子書》（瀋陽：春風文藝出版社，1983）

韓邦慶，《太仙漫稿》（北京：人民文學出版社排印本《海上花列傳》附錄，1986）

# 四、今人編纂文集與著作：

丁錫根，《中國歷代小說序跋集》（北京：人民文學出版社，1996）

王紹璽，《小妾史》（上海：上海文藝出版社，1995）

王曾才，《閱微草堂筆記研究》（臺北：國立臺灣大學，1982）

王英志，《袁枚全集》（南京：江蘇古籍出版社，1993）

王德昭，《清代科舉制度研究》（北京：中華書局，1984）

方正耀，《中國小說批評史略》（北京：中國社會科學出版社，1990）

石昌渝，《中國小說源流論》（北京：三聯書店，1994）

石麟，《傳奇小說通論》（鄭州：中州古籍出版社，2005）

朱一玄，《明清小說資料選編》（上、下）（濟南：齊魯書社，1989）

余英時，《儒家倫理與商人精神》（桂林：廣西師範大學出版社，
　　2004）

沈新林，《李漁評傳》（南京：南京大學出版社，1998）

李厚基、韓海明著，《人鬼狐妖的藝術世界》（天津：天津人民出
　　版社，1982）

李劍國，《唐前志怪小說史》（天津：南開大學出版社，1984）

李樹，《中國科舉史話》（濟南：齊魯書社，2004）

吳組緗等，《聊齋志異欣賞》（北京：北京大學出版社，1986）

吳波，《閱微草堂筆記研究》（上海：上海古籍出版社，2005）

阿英，《晚清文學叢鈔·小說戲曲研究卷》（北京：中華書局，1960）

阿英，《晚清小說史》（北京：人民文學出版社，1980）

林辰，《明末清初小說述錄》（瀋陽：春風文藝出版社，1988）

孟森，《明清史講義》（北京：中華書局，1982）

苗壯，《筆記小說史》（杭州：浙江古籍出版社，1998）

周明初，《晚明士人心態及文學個案》（北京：東方出版社，1997）

侯忠義、劉世林，《中國文言小說史稿》（北京：北京大學出版社，1993）

侯忠義，《中國文言小說參考資料》（北京：北京大學出版社，1985）

胡益民，《張岱評傳》（南京：南京大學出版社，2002）

馬瑞芳，《蒲松齡評傳》（北京：人民文學出版社，1986）

馬瑞芳，《聊齋志異創作論》（濟南：山東大學出版社，1990）

馬瑞芳，《幽冥人生——蒲松齡和〈聊齋志異〉》（北京：三聯書店，1995）

馬振方，《聊齋藝術論》（上海：上海文藝出版社，1986）

徐震堮，《世說新語校箋》（北京：中華書局，1984）

袁世碩，《蒲松齡事蹟著述新考》（濟南：齊魯書社，1988）

張俊，《清代小說史》（杭州：浙江古籍出版社，1997）

張舜徽，《清人筆記條辨》（北京：中華書局，1986）

張庚、郭漢城，《中國戲曲通史》（北京：中國戲劇出版社，1981）

張懷承，《中國的家庭與倫理》（北京：中國人民大學出版社，1993）

張友鶴，《聊齋志異會校會注會評本》（上海：上海古籍出版社，1978）

張海林，《王韜評傳》（南京：南京大學出版社，1993）

陳炳熙，《古典短篇小說藝術新探》（上海：華東師範大學出版社，1991）

陳平原，《中國小說敘事模式的轉變》（上海：上海人民出版社，1988）

陳平原，《二十世紀中國小說史》（北京：北京大學出版社，1989）

許並生，《中國古代小說戲曲關係論》（北京：文化藝術出版社，
　　　2002）

齊裕焜，《中國古代小說演變史》（甘肅：敦煌文藝出版社，1990）

董乃斌，《中國古典小說的文體獨立》（北京：中國社會科學出版
　　　社，1994）

葉德均，《戲曲小說叢考》（北京：中華書局，1979）

葉樹聲、余敏輝，《明清江南私人刻書史略》（合肥：安徽大學出
　　　版社，2000）

程毅中，《古體小說鈔·清代卷》（北京：中華書局，2001）

路大荒，《蒲松齡年譜》（濟南：齊魯書社，1980）

蔣瑞藻，《小說考證》（上海：上海古籍出版社，1984）

趙景深，《中國小說叢考》（濟南：齊魯書社，1980）

趙杏根，《論語新解》（合肥：安徽大學出版社，1999）

趙園著，《明清之際士大夫研究》（北京：北京大學出版社，1999）

蔣瑞藻，《小說枝談》（北京：古典文學出版社，1958）

楊鳳城等，《千古文字獄——清代紀實》（北京：南海出版公司，
　　　1992）

楊義著，《中國古典小說史論》（北京：中國社會科學出版社，1995）

蔡國梁，《明清小說探幽》（杭州：浙江文藝出版社，1985）

蕭相愷，《中國文言小說家評傳》（鄭州：中州古籍出版社，2004）

蕭一山，《清代通史》（北京：商務印書館，1928）

魯迅，《中國小說史略》（北京：人民文學出版社，1981）

歐陽建，《晚清小說史》（杭州：浙江古籍出版社，1997）

歐陽健，《歷史小說史》（杭州：浙江古籍出版社，2003）

薛洪績，《傳奇小說史》（杭州：浙江古籍出版社，1998）

謝正光，《清初詩文與士人交遊考》（南京：南京大學出版社，2001）

謝國楨，《明清之際黨社運動考》（瀋陽：遼寧教育出版社，1998）

謝國楨，《明末清初的學風》（北京：人民文學出版社，1982）

謝國楨，《明清筆記談叢》（上海：上海古籍出版社，1981）

戴逸，《乾隆帝及其時代》（北京：中國人民大學出版社，1992）

鄭振鐸，《插圖本中國文學史》（北京：人民文學出版社，1957）

國家圖書館出版品預行編目資料

清代傳奇小説研究

曲金燕著. – 初版. – 臺北市：臺灣學生，2009.12
面；公分
參考書目：面

ISBN 978-957-15-1474-1 (平裝)

1. 傳奇小說 2. 清代小說 3. 文學評論

820.9707                                                98015748

清代傳奇小説研究（全一冊）

著　作　者：曲　　　　金　　　　燕
出　版　者：臺 灣 學 生 書 局 有 限 公 司
發　行　人：孫　　　　善　　　　治
發　行　所：臺 灣 學 生 書 局 有 限 公 司
　　　　　　臺 北 市 和 平 東 路 一 段 一 九 八 號
　　　　　　郵 政 劃 撥 帳 號：0 0 0 2 4 6 6 8
　　　　　　電　話：（0 2）2 3 6 3 4 1 5 6
　　　　　　傳　眞：（0 2）2 3 6 3 6 3 3 4
　　　　　　E-mail：student.book@msa.hinet.net
　　　　　　http：//www.studentbooks.com.tw
本書局登
記證字號　：行政院新聞局局版北市業字第玖捌壹號

印　刷　所：長　欣　印　刷　企　業　社
　　　　　　中 和 市 永 和 路 三 六 三 巷 四 二 號
　　　　　　電　話：（0 2）2 2 2 6 8 8 5 3

定價：平裝新臺幣三二〇元

西 元 二 〇 〇 九 年 十 二 月 初 版

# 臺灣學生書局 出版

## 中國文學研究叢刊